中国生态文明发展战略研究丛书

丛书主编 刘湘溶

U0640288

"十二五"国家重点图书出版规划项目

国家出版基金资助项目

教育部人文社会科学重点研究基地湖南师范大学道德文化研究中心重大项目（13JJD720006）

湖南省中国特色社会主义道德文化协同创新中心项目

湖南师范大学生态文明研究院项目

国家重点学科——湖南师范大学英语语言文学资助成果

文学艺术生态化：

从背景到前景

龙娟 向玉乔 著

湖南师范大学出版社

图书在版编目（CIP）数据

文学艺术生态化：从背景到前景/龙娟，向玉乔著 . —长沙：湖南师范大学出版社，2015.12
　　（中国生态文明发展战略研究丛书 / 刘湘溶主编）
　　ISBN 978 - 7 - 5648 - 2394 - 8

Ⅰ . ①文…　Ⅱ . ①龙…　②向…　Ⅲ . ①文艺—生态学—研究　Ⅳ . ①I0 - 05

中国版本图书馆 CIP 数据核字（2015）第 314654 号

中国生态文明发展战略研究丛书
主编：刘湘溶

文学艺术生态化：从背景到前景
WENXUE YISHU SHENGTAIHUA：CONG BEIJING DAO QIANJING

龙　娟　向玉乔　著

◇丛书策划：陈宏平　何海龙
◇丛书组稿：何海龙
◇责任编辑：何海龙
◇责任校对：蒋旭东
◇出版发行：湖南师范大学出版社
　　　　　　地址/长沙市岳麓区　邮编/410081
　　　　　　电话/0731 - 88873070　88873071　传真/0731 - 88872636
　　　　　　网址/https：//press. hunnu. edu. cn
◇经销：新华书店
◇印刷：天津画中画印刷有限公司
◇开本：710 mm×1000 mm　1/16
◇印张：13. 5
◇字数：228 千字
◇版次：2015 年 12 月第 1 版
◇印次：2024 年 8 月第 2 次印刷
◇书号：ISBN 978 - 7 - 5648 - 2394 - 8
◇定价：48. 00 元

序

2007年，由我主持的"我国生态文明发展战略研究"获批为国家社科基金重大项目，项目于2012年顺利结题。在项目的研究过程中，我和团队成员先后在《新华文摘》《哲学研究》《光明日报》等重要刊物上发表了数十篇论文，总计80万字的结题之作《我国生态文明发展战略研究》亦于2013年1月由人民出版社出版，产生了较为广泛的积极影响。特别令人振奋的是，2013年5月8日，《光明日报》头版头条以"以生态文明理论支撑美丽中国"为题，对我们数十年辛勤耕耘，尤其是近些年的劳作所取得的成就做了专题报道。我心存感激之际，更感责任所系。

党的十八大将生态文明提升到人类社会发展的一个特定时代的高度，指出走中国特色社会主义道路，实现"中国梦"的理想，必须以"五位一体"的总体布局进行生态文明建设，在"五位一体"总体布局中把生态文明建设放在突出地位，并融入经济建设、政治建设、文化建设和社会建设的各方面和全过程。为此，进一步加强我国生态文明建设理论与实践研究就显得尤为重要和迫切。现在呈现给大家的这套丛书就是在这么一种背景下组织论证与撰写的。

围绕着一个主题，从系列论文的产出到一部专著的付梓，再到一套丛书的问世，表明了我们的研究工作一脉相承，循序渐进，不断深化，凝聚着团队成员集体的智慧和心血。如果说"一部专著"是对"系统论文"研究心得的集成，那么"一套丛书"则是对专著所集成研究成果的继续开拓和升华。"路漫漫其修远兮，吾将上下而求索。"这种开拓和升华是没有止境的。

本套丛书和上述专著相比，开拓与升华主要表现如下：

一是视域更加广阔。生态文明是一个全新的人类文明形态，在向它跃迁的历史过程中，不但人与自然的关系会发生深刻的变化，而且人与人、人与社会、人与自身的关系也会发生深刻变化。这是一种趋势，顺其者昌，逆其者亡。为揭示它，把握它，从而主导它，我们在国家社科基金重大项目的结题之作中提出了中国生态文明建设要致力于"一个构建"和"六个推进"的总体框架，即构建生态文明核心价值，推进思维方式、经济发展方式、科学技术、消费方式、城乡建设和人格的生态化。这套丛书，虽仍依据总体框架的思路，但却对它进行了拓展，增加了法治生态化和文学艺术生态化。道理不言自明：中国的生态文明建设不但需要以核心价值的构建为灵魂，以思维方式、经济发展方式、科学技术、消费方式、城乡建设和人格的生态化推进为先导、基础、动力、牵引、载体和归宿，还离不开法治的生态化推进、文学艺术的生态化推进为保障、为催化。可见，原定的框架体系不是封闭僵化的，而是开放包容的，且富于弹性，必须与时俱进，逐步完善。这是学术的生命力所在！

二是内容更加充实。这套丛书中有 7 部著作是在原有的"一个构建"和"六个推进"的框架下写成的，除加了副标题外，主标题几乎都一样，但内容上得到了极大的充实，仅从文字数量的增加便可见出。在《我国生态文明发展战略研究》一书中，这 7 部著作都是一章的篇幅，每章 6 万至 8 万字不等，而在丛书中，一章成为一书，篇幅都到了 20 万字左右。内容的充实最关键的地方在于，观点更加明确了，结构更加合理了，逻辑更加严谨了，材料更加翔实了，论述亦更加周全了。

三是实践指向性更加突出。生态文明建设，对于现时代既是一个重大的理论课题，又是一个重大的实践课题，尽管对它的理论研究，尤其是基础理论研究还有许多薄弱环节，须臾不可松懈与停顿，但理论的目的在于应用，应用于指导实践，以增强实践的自觉性、主动性，避免实践的盲目性、被动性，在指导实践中接受实践的检验，走向成熟。于是，我们对丛书做了战略对策性研究的学术定位，要求作者尽可能地参照国外正反两个方面的经验教训，结合中国的国情，博采众长，集百家之言，成一家之说，力争从理论与实践的结合上，对我国生态文明建设提出更多、更好的建议。尽管我们做得还很不够，但可以肯定的是，我们努力了。

全套丛书由 9 部著作组成，它们既是一个有机整体，在内容上和排篇布局上具有较高的关联性和统一性；同时，在文字表达与论证方式上又各具风格与个性。这 9 部著作分别为：

1. 《生态文明的愿景：寻求人类和谐地栖居》（李培超、张启江著）；

2. 《思维方式生态化：从机械到整合》（舒远招、周晚田著）；

3. 《科学技术生态化：从主宰到融合》（李培超、郑晓绵著）；

4. 《经济发展方式生态化：从更快到更好》（刘湘溶、罗常军著）；

5. 《消费方式生态化：从异化到回归》（曾建平等著）；

6.《城乡建设生态化：从分离到一体》（朱翔著）；

7.《法治保障生态化：从单一到多维》（李爱年、肖爱著）；

8.《文学艺术生态化：从背景到前景》（龙娟、向玉乔著）；

9.《人格教育生态化：从单面到立体》（彭立威、李姣著）。

丛书是国家新闻出版广电总局"十二五"国家重点图书出版规划项目，由湖南师范大学出版社出版，它的研究与撰写得到了国家出版基金、教育部人文社会科学重点研究基地、湖南省中国特色社会主义道德文化协同创新中心、湖南师范大学生态文明研究院的经费资助，在此，我代表我们团队向所有对丛书出版给予帮助和支持的单位和个人表示衷心的感谢！

刘湘溶

2015 年 11 月

目 录 CONTENTS

第 3 章　环境危机的爆发与文学艺术生态化的肇始 / 041

第 4 章　以自然为前景：文学艺术生态化的根本标志 / 059

导　论

INTRODUCTION

　　文学艺术活动是人类社会生活的一个重要内容。狭义的文学艺术是指"文学"这种艺术形式，广义的文学艺术则包括文学、音乐、舞蹈、电影、绘画、建筑等艺术形式。本书是从广义的角度来使用"文学艺术"这一概念的。

　　人类对文学艺术的喜爱源远流长。早在原始社会，人类的祖先就已经在从事一些朴素的文学艺术活动。他们或者在祭祀先祖的时候载歌载舞，或者在采集和狩猎之余模仿鸟鸣风语，或者用简陋的工具做一些简单的雕刻，或者以口头的方式讲授神话故事。传统社会的人类对文学艺术的认识和理解无疑不同于当代人类，但他们从文学艺术中获得的深切感受一定与当代人类有相通之处，甚至有相同之处；否则，文学艺术就不会被人类一代又一代地流传下来。

　　文学艺术是人类必不可少的精神食粮。人类是一种需要精神食粮的动物。除了思想观念之外，人类的精神食粮还包括各种各样的情感体验。作为一种精神食粮，思想观念带给人类的是知识、理论和信念。作为另外一种精神食粮，情感体验带给人类的是亲情的温馨、友情的感动、爱情的激动。文学艺术中包含知识、理论和信念的力量，但它更多的是一种情感体验。这就是为什么有些文学艺术作品能够让人产生马斯洛所说的"高峰体验"，但这种体验往往是人类难以用语言准确表达出来的东西。我们不难想象，我们有时候会因为听了一首赏心悦耳的歌曲或看了一幅美妙绝伦的绘画而"欣喜万分"，但如果人们要求我们准确地描述这种感受或体验，我们一定会感到无比困难。或许我们只能粗略地告诉人们：我们确实太高兴了；或者说，我们确实太兴奋了。至于我们到底高兴或兴奋到了何种程度，这恐怕只有我们自己才可以体会。这对于有些人来说可能是不可思议的事情，但这样的事情往往是真实的。能够让我们真切地感受或体验到一种难以言传的真实性，这就是文学艺术的魅力所在。

文学艺术是历史的镜子，也是时代的镜子。有什么样的历史，就有什么样的文学艺术。同样，有什么样的时代，也就有什么样的文学艺术。文学艺术家在特定的历史和时代中进行文学艺术创作，他们的文学艺术作品总是要被打上历史和时代的烙印。从这个意义上来说，业已产生的文学艺术作品是不可复制的，因为所谓的复制肯定不能完全再现文学艺术作品承载的历史痕迹和时代印记。古希腊的《荷马史诗》是因为"荷马时代"而产生的。如果当今世界的某一个文学家宣称他要复制一部《荷马史诗》，那么，通过他的手复制的《荷马史诗》一定是一个不伦不类的东西。源于历史和时代的文学艺术不可避免地具有历史性特征和时代性特征。

当今世界正处于众所周知的经济全球化时代。市场经济体制在全球范围内的普遍推行将整个世界变成了一个庞大的市场。这种经济体制有利于市场经济的进一步发展，但也导致了许多值得人类警惕的问题。例如，西方发达资本主义国家的资源高消耗和生活资料高消费的生产方式和生活方式在经济全球化过程中被广大发展中国家竞相模仿，这极大地加剧了人类对自然环境的破坏力度，使日益严重的全球性环境危机变得更加难以扭转。

与全球性环境危机日益加剧的现实形成鲜明对比的另外一种现实是，环境保护运动在当今世界也呈现出日益强劲的态势。人类社会的运动总是在矛盾中展开。在环境危机日益加剧的时代背景下，旨在缓解环境危机的环境保护运动必定也会如火如荼地开展起来。在当今世界，人类其实可以区分为三个群体：一部分人可以被称为环境破坏者，他们是那些对自然采取算计、盘剥和掠夺态度的人；另一部分人可以被称为环境保护主义者，他们是那些对自然采取热爱、尊重和保护态度的人；还有一部分人可以被称为对自然环境漠不关心的人，他们不关心自然环境状况的好坏，在是否保护自然环境的问题上保持"价值中立"态度。在环境危机越来越多地威胁到当代人类生存和发展状况的时代背景下，环境破坏者与环境保护主义者之间的斗争必定会越来越尖锐化。这种斗争会导致何种结果，这不仅直接影响到人类与自然的未来关系状况，而且会深刻影响当代人类对未来发展道路的选择。

当代人类应该以"破坏"的态度对待自然，还是应该以"保护"的态度对待自然，抑或以"价值中立"的态度对待自然，这需要当代人类进行理性的选择。当代人类目前正站在一个三岔路口。何去何从？横亘在他们面前的道路有三条。在如何选择道路的问题上，他们之间不可避免地会存在激烈争议。这种争议甚至可能是无休无止的。

当今世界正在汇聚成一股洪流的生态化潮流代表的是环境保护主义者的立场和态度。它与环境破坏者算计、盘剥和掠夺自然的态度和立场截然对立，也不同于那些对自然环境状况漠不关心的人的态度和立场。它要求人类树立生态化的思想、意识和信念，并将这样的思想、观念和信念转化为实实在在的社会实践，以便从理论和实践的层面同时促进人类与自然的和谐共荣。毫无疑问，这种立场和态度还会受到来自环境破坏者和价值中立者的巨大阻力，但它所显示的感召力和影响力非常强大。人类不可能心甘情愿地通过破坏自然环境的方式使其自身陷入毁灭的深渊，因此，走生态化道路必将成为当代人类的坚定选择。

当今世界并不是一个"大同世界"，经济全球化时代的到来为国与国之间、民族与民族之间的交流和合作创造了更好的条件，甚至为国与国、民族与民族之间减少误解和分歧提供了更大的可能性空间，但这种交流、合作和减少误解和分歧的可能性空间毕竟是有限的。在经济全球化条件下，由于不同国家和民族依然有不同的利益诉求，国家与国家、民族与民族之间的分歧依然严重存在。从一定意义上来说，由于国与国、民族与民族之间的相互渗透、相互影响日益深化，如何保持国家独立性和民族自主性的问题在经济全球化时代甚至变得更加重要。在这种时代背景下，要推动整个世界全面步入生态化轨道无疑是一件无比艰难的事情。与其他需要在国际层面加以解决的全球性问题一样，如何推进全球生态化的问题必定是一个国与国、民族与民族之间进行激烈而艰难的讨价还价的过程。

　　需要强调的是，走生态化道路是当代人类不得不选择的未来发展道路。理由很简单，人类不是为了显示其存在的荒谬性才降生于地球之上的。不容置疑，人类需要在地球上持续生存和发展。地球的寿命是有限的，但人类绝对没有理由在地球灭亡之前就与地球同归于尽。能够让人类与地球同归于尽的只有一样东西，这就是环境危机。环境危机是人类在对自然进行不合理开发利用的过程中慢慢引发的一种危机，它是以人类对自然生态系统的致命性破坏为标志的一种危机。当自然生态系统在人类活动的过度影响下变得异常脆弱，甚至难以继续承载人类活动的时候，环境危机的爆发就不可避免。环境危机的可怕性在于，它不仅会彻底摧毁自然生态系统的内在平衡规律，而且会彻底割裂或阻断人类在地球上生存和发展的可持续性。从实质上来说，环境危机是人类的生存危机。

　　人类经历了各种各样的生存危机。自然灾害、战争、经济危机、人与人之间的相互迫害等，都给人类的生存造成严重威胁和危害。一个人可能因为遭遇百年不遇的自然灾害而失去所有亲人，一个人可能因为参加战争而变成行动不便的残疾人，一个人可能因为经济危机而破产，一个人也可能因为受到另外一个人的残酷迫害而不得不过一种一贫如洗的生活。这些都是人类的生存危机。这些生存危机都不是人类愿意看到的东西，但它们总是以顽固的方式出现，并给人类的生存和发展造成严重的困扰。不过，这些生存危机并不是人类可能遇到的最严重的生存危机。目前正困扰整个人类的环境危机才是人类最严重的生存危机。无论自然灾害、战争、经济危机、人与人之间的相互迫害等生存危机严重到什么程度，它们对人类造成的危害往往是局部性的。与此不同，环境危机危及的绝对不是自然界中的一人一物，而是包括人类在内的所有自然存在物。

　　环境危机的爆发具有全球性特征。我们只要了解一下全球气候变暖的事实就能够深刻理解这一点。由于人类在使用汽车、工业排放等活动中越来越多地排放二氧化碳等气体，地球气温升高已经成为一个不争的事实。地球气温升高不是意味着地球的某一个地区的气温升高，而是意味着包括南极地区、北极地区等区域在内的所有地区的气温都升高。众所周知，南极地区和北极地区是地球气温的调节器，让它们保持稳定的低温状态对维护地球生态系统的稳定性是绝对必要的。如果地球的气温全方位升高，这不仅说明了无人烟的南极地区和北极地区受到了人类在其他地区的活动的影响，而且说明整个地球的生态状况开始恶化。我们不难想象，如果整个地球变成了一个"火盆"，生物将何以生存？人类将何以生存？这就是为什么人类必须阻止环境危机的根本原因。

走生态化道路是人类避免环境危机或摆脱环境危机的必经之路。许多生态学家、生物学家和人文社会科学家已经向当代人类揭示环境危机的真相，这需要引起我们的警醒和重视。我们是因为自己的无知或狂妄才引发了环境危机。对此，我们除了进行必要的自责之外，更多的是应该思考如何纠正我们的错误。尽管要缓解全球性环境危机并不是一件容易的事情，但我们不能因此而无所作为。作为人类，我们曾经无知地发动了全球性世界大战，但我们最终凭借自身的努力终止了它们。作为环境危机的引发者，我们也应该担负起缓解环境危机的责任。除此而外，我们还能怎么样呢？我们不能把解决环境危机的希望寄托在虚无缥缈的上帝身上吧？基督教《圣经》中的希望之舟——"诺亚方舟"毕竟只是一个神话传说而已。

在这个世界上并没有什么神秘的救世主。如果真的有这样的救世主，那也应该是我们自己。没有一个"上帝"曾经"亲手"结束过一次世界大战，也不可能有一个上帝会出面来帮助人类解决环境危机问题。纵然在我们生活的世界上真的存在一个万能的上帝，他也应该在人类陷入环境危机之前阻止那些试图破坏自然的人为非作歹。既然没有这样的神灵，人类就只能依靠自己。必须自力更生的人类只能走生态化道路，只能走经济、社会和自然环境和谐共荣的道路，只能走生态文明之路。

中国是世界的一个组成部分。在整个世界陷入环境危机的时候，中国不可能幸免于难。这一方面是指中国无法逃脱环境危机的全球性危害，另一方面是指中国本身也是引起环境危机的重要原因之一。由于开始工业化、城市化、机械化的时间早，西方发达国家无疑是引起环境危机的主要原因，但发展中国家的责任也不容忽视。虽然开始工业化、城市化、机械化的时间比较迟，但是它们在工业化、城市化、机械化的时候大都重蹈了西方发达国家的覆辙。它们的经济增长模式往往是粗放型的、资源高消耗型的和对自然环境非友好型的。这样的经济增长模式对自然环境所造成的危害也是不容低估的。

当今中国的一个时代特征在于，它与整个世界一起陷入了日益严重的环境危机。通过酸雨、雾霾、生物多样性锐减、气候变暖等形式表现出来的环境危机，对当代中国人的生存和发展构成了让人忧虑的威胁，它迫使当代中国人将其经济眼光、政治眼光和文化眼光共同聚焦于人类与自然的关系问题，并推动着当代中国人为缓解环境危机采取共同的行动。这种局面的出现说明，在当今世界已经步入生态化时代的背景下，中国并没有成为例外。它积极融入其中，并且致力于作出应有的贡献。

当今中国正在以越来快的速度融入全球性的生态化潮流。除了大力发展生态经济和生态政治之外，生态文化在当今中国的推进也呈现出良好态势。作为文化生态化的一种重要表现形式，文学艺术的生态化演绎的是文学艺术在当今中国促进经济、社会和环境和谐相处、同生共荣的强大功能和重要作用。当今中国旨在迅速推进的生态化进程不能没有文学艺术的在场和参与。

融入世界生态化潮流的中国文学艺术是生态化的文学艺术。这一方面意味着当今世界发生的生态化潮流对中国文学艺术的发展产生了深刻影响，另一方面也意味着中国文学艺术会对当今世界发生的生态化潮流产生不容忽视的影响。在当今中国，环境文学、环保电影、环保音乐、环保建筑等新文学艺术形式的兴起和发展使文学艺术的生态化趋势显得十分强劲，其社会影响力也在随着时间的推进而日益提升。

本书的研究主题就是发生在当今中国的文学生态化进程。这一进程的核心问题是如何认识、理解和处理文学艺术与自然的关系问题。更进一步说，这主要是如何认识、理解和处理自然在文学艺术中的地位问题。本书认为，"自然"曾经长期在文学艺术中处于"背景"的地位，这种状况根深蒂固，一直顽固地延续到文学艺术出现生态化趋势之后；文学艺术的生态化进程使"自然"从先前的"背景"状态转入"前景"，这是人类文学艺术活动在当代发生的一种根本性转变。

本书对文学艺术的生态化进程的研究是按照如下思路展开的：

　　探寻"自然"作为一个永恒文学艺术主题的意义是本书的逻辑起点。这构成了本书第一章的研究内容。第一章强调了"自然"这一主题在文学艺术中的重要地位，认为文学艺术对该主题的表现主要集中于三个方面，即自然的神圣性、神奇性和真实性。具有神圣性、神奇性和真实性的"自然"常常是文学艺术着力表现的一个对象。对于人类来说，"自然"是神圣的、神奇的，但它所具有的真实性只能是一种"逼真"。人类总是希望借助于其文学艺术活动最大限度地"逼真"，这也是文学艺术家不断围绕"自然"这一主题放飞想象力的动因所在。

　　本书第二章对以自然为背景的传统文学艺术作了分析，其侧重点在于探析传统文学艺术将"自然"作为"背景"处理的后果。所有文学艺术作品都注重背景设置。所谓背景设置，就是对文学艺术作品得以展开的自然环境和社会环境进行人为的设计和安排。由于传统文学艺术内涵的核心价值观是人类中心主义的，"自然"在文学艺术作品中就只能处于"背景"的位置。处于"背景"中的自然仅仅是文学艺术家借以放飞艺术想象力的工具，其存在价值仅仅被归结为一种工具价值。在传统文学艺术作品中，"自然"总是处于"退隐"状态。虽然它是文学艺术作品必不可少的背景条件，但是它在文学艺术作品中的重要性是很有限的。

　　文学艺术的生态化与众所周知的环境危机有直接关系。环境危机是当代人类在地球上生存和发展不得不直接面对的一种现实境况。全球性环境危机的爆发是文学艺术步入生态化进程的现实原因。生态化的文学艺术就是文学艺术家对日益严重的环境危机进行反思和艺术表现的产物。文学艺术的生态化进程是人类借助于文学艺术活动对人类与自然的关系进行艺术化处理的结果。作为当代人类走生态化道路的一个重要表现形式，文学艺术的生态化彰显了当代人类试图解决环境危机的强烈愿望和未来希望。这些构成本书第三章的主要内容。

　　第四章认为，文学艺术的生态化是以"自然"从"背景"转入"前景"作为根本标志的。文学艺术的生态化不再让"自然"隐居于"背景"之中，而是让其进入显眼的"前景"。这种做法具有伦理意蕴，它不仅仅意味着"自然"在文学艺术中获得了引人注目的重要位置，更重要的是它通过文学艺术的形式赋予了"自然"前所未有的尊严。居于"背景"中的"自然"微不足道，其存在价值难以得到充分彰显。居于"前景"中的"自然"在文学艺术中的地位非常显要，它拥有受到人类尊重的尊严。

第五章侧重于探析文学艺术生态化的多样化表征，即多元化表现形式。环境文学是文学艺术生态化的一项标志性成果；或者说，它是文学艺术生态化催生的一朵奇葩。环境文学首先于19世纪中叶崛起于西方发达国家，后来在20世纪中后期发展成为一种世界性文学思潮。环境文学在世界范围内的蓬勃发展彰显了文学艺术生态化的强劲势头。它主要借助于生态诗歌、生态小说、生态散文等文学体裁来揭示人类与自然和谐相处的重要性、必要性和可能性。环境文学是一种典型的"主题型"文学。它着力于体现文学艺术的思想性，尤其是环境文学内在具有的环境伦理思想。本书第六章对此作了深入探讨。

环保电影是文学艺术生态化演绎出来的一种新的伦理剧。顾名思义，环保电影就是以表现生态环境保护为核心主题的电影。环保电影在主题思想上是严肃的，它注重表现环境危机的可怕现实，注重表现人类在环境危机状态下的悲惨生存状况，注重表现人类为了使他们自己摆脱环境危机而采取的各种措施。环保电影具有相当可观的观众群。近些年进入人们视野的《后天》《2012》《阿凡达》等环保电影都有很高的票房收入，这至少在一定程度上说明环保电影是深受观众欢迎的一种电影艺术形式。

环保音乐体现的是文学艺术生态化追求的诗学意境。音乐之美在于音韵之美，也在于歌词之美。环保音乐以倡导和歌咏人类与自然的和谐共荣为主题，它把音韵变化的诗学之美与倡导环境保护的思想观念融合在一起，从而达到音韵美和歌词美的有机统一。中国和西方国家均已存在许多环保音乐作品。这些音乐作品深受环境保护主义者的喜欢，是促进当代人类致力于推进的环保事业的一种重要力量。本书第七章对此作了细致而深入的论述。

第六章侧重于分析文学艺术生态化的价值取向问题。文学艺术的生态化主要体现了三种价值取向，即环境科学价值取向、环境道德价值取向和环境美学价值取向。文学艺术的生态化反映了当代人类对环境科学价值、环境道德价值和环境美学价值的共同追求。生态化的文学艺术往往兼有环境科学、环境伦理学和环境美学的思想特征和理论特征。不拘一格地从这些相邻学科吸取思想营养和理论支撑是文学艺术生态化的一个重要表现。

第七章探析了文学艺术生态化进程与当今中国生态文明建设之间的紧密关系。建设生态文明是当今中国发展必须选择的一条道路。环境危机给当今中国带来的严重危害使越来越多的中国人开始认识到，当今中国在谋求发展的过程中绝对不能重蹈西方发达国家以牺牲自然环境为代价来谋求经济增长的覆辙，而是应该走经济、社会和自然生态环境和谐相处、同生共荣的生态文明道路。在当今中国，建设生态文明的号角越来越响亮，这反映了当今中国社会各界要求从根本上改善自然环境状况的强烈呼声。文学艺术的生态化无疑反映了当今中国建设生态文明的时代大势。

文学艺术的生态化是世界生态化潮流中的一股劲流。人类不能没有文学艺术。在"生态化"成为一种世界潮流的今天，人类更需要文学艺术的生态化。文学艺术的生态化代表的是人类在文学艺术观念、文学艺术意识和文学艺术创造活动朝着有利于建设生态文明的方向发展的时代趋势。生态化的文学艺术打破了人类在传统文学艺术中的特权地位，致力于推动人类将其自身当成"自然界"这一大家庭中的一个普通成员来看待。生态化的文学艺术是一种环境友好型文学艺术。这种文学艺术追求的是人类社会与自然环境的和谐、同生和共荣。生态化的文学艺术内在具有的美是一种生态美。

本书写作是基于两种知识背景完成的。本书的第一位作者龙娟是英语专业教授和博士生导师，目前在湖南师范大学外国语学院英语系任教，主要研究美国环境文学和环境文学批评，著有《环境正义：美国环境文学的绿色之思》等3部著作。本书的第二位作者向玉乔曾经就读于湖南师范大学外国语学院英语系，并获有英语语言文学专业学士和硕士学位，目前是湖南师范大学伦理学研究所的教授、博士生导师，主要研究生态伦理学、经济伦理学和西方伦理思想史，著有《经济·生态·道德——中国经济生态化道路的伦理分析》等8部专著和多部译著、合著。在写作过程中，两位作者进行了很好的交流和合作。

关心环境问题是两位作者的共同志趣。本书的写作对作者而言也是一个提高思想境界、道德情感和精神品质的过程。在对日益严重的环境危机进行理论反思的过程中，我们的脑海时刻晃动着酸雨、雾霾等阴影。我们为人类在地球上生存和发展的未来命运感到忧虑，为人类至今仍然在破坏自然的行径感到悲愤，当然也为那些为了生态环境保护事业的推进而奋斗或抗争的有志之士感佩万千。我们是环境保护主义者，对当今世界正在推进的生态化进程持积极的支持态度。我们希望人类能够生活在优美、舒适、安全的自然环境之中。我们希望中国是一个具有生态美的国度，期待"美丽中国"的梦想能够变成现实。

第 1 章

自然：作为文学艺术的永恒主题

人类以多种多样的方式生存和发展。作为人类的一种生存方式，文学艺术总是要深刻地反映人类在自然界中的生存状态。人类源于自然，依赖于自然，不能脱离自然而独善其身，这一客观事实为人类的文学艺术创造活动提供了不竭的题材。人类文学艺术活动离不开自然，自然则作为人类文学艺术活动的一个永恒主题而存在。正在当今中国发生的文学艺术生态化进程与自然作为人类文学艺术永恒主题的事实有着千丝万缕的关系。

第一节　自然的神圣性与人类的文学艺术想象力

人类的文学艺术活动是以其文学艺术想象力作为前提和基础的。人类文学艺术想象力的展开首先与人类试图深入自然的神圣性的思维方式有关。

一、神圣的大自然与自然的神圣性

"神圣性"是相对于"世俗性"而言的。前者是指神身上具有的一种"圣洁性"，它意指真正的神可以达到至真、至善、至美的状态，因此，它主要是宗教神学中被广泛使用的一个术语。不过，人类也用"神圣性"来描写他们认为达到至真、至善、至美状态的事物。例如，当一座至真、至善、至美的大山出现在我们面前的时候，我们认为它具有某种难以言传的神圣性。相比而言，世俗性则指现实世界所具有的平凡性和普通性。一个具有世俗性的事物之所以被称为世俗的，是因为它是平凡的和普通的，是因为它不像真正的神那样至真、至善、至美。一个至真、至善、至美的事物因其自身的原因而达到至真、至善、至美的状态，它对于普通人或平凡的人来说简直是一种不可理解、不可解释的状态，因而它是神圣的。一个世俗的事物对于普通人或平凡的人来说是可以理解的，也是可以解释的，因而它是世俗的。

人类生活于其中的自然界既是世俗的，也是神圣的。说它是世俗的，是因为自然万物的存在似乎很普通、很平凡，它们不仅自然而然地存在着，而且似乎能够被人的经验和理性所认识和把握。说它是神圣的，是因为自然万物的存在其实并不像我们的经验和理性所能把握的那种状态。自然界中的万事万物可以作为"现象"而存在，但"现象"并非自然万物的全部，因为它们的背后还有许多不容易被我们认识和把握的东西。它们隐藏于自然现象的背后，就是哲学中所说的统一性、普遍性、规律性之类的东西。由于这些东西或多或少有点像神那样神秘，更由于人对它们的认识和理解比较困难，因此，我们完全可能将自然视为一种神圣的存在。

自然界的神圣性主要是通过其内在具有的规律性来表现的。这是指，自然总是按照它自身的规律存在，自然的进化从来不以人的意志为转移。在自然规律面前，人类所能做的只是"适应"。虽然这种"适应"有时可以是能动的，但是人类所达到的能动性是有限度的。人类适应自然规律的能动性必须在自然规律许可的范围内来展开。也就是说，人的能动性无论在何种程度上发挥，它都必须以遵循自然界的内在规律作为合理性边界。正是从这种意义上来说，自然界是伟大的，也是神圣的。自然界按照其自身的内在规律存在所展现的自然力是无比强大的。英国戏剧家莎士比亚曾经如此描写人类面对神圣大自然的状况：

> 生活在森林之中，
> 可以远离尘嚣，
> 倾听树木的话语，
> 涓涓细流犹如万卷书籍，
> 路边小石，寓寄着神的教诲，
> 大千世界处处可以受到启迪。①

————————————————

① 德富芦花. 自然与人生［M］. 周平，译. 上海：上海文化出版社，1998：5.

在莎士比亚看来，自然界是神圣的，它的神圣性散布在森林、岩石、花草等自然存在物之中。在自然界面前，人类就像一个必须温驯、必须服从、必须聆听其教诲的小孩！

与自然力相比较而言的是人的能力。人的能力是多方面的，其中最强大的莫过于人的理性思维能力和想象力。人的理性思维能力不仅使人能够认识和理解其自身的存在，而且使人能够认识和理解其外部世界的存在。哲学家笛卡尔说："我思故我在。"① 这是指，人是通过其理性思维能力来认识和把握其存在的现实性的。然而，虽然人具有理性思维能力是一个不容置疑的事实，但是这并不意味着人的理性思维能力是万能的。按照德国哲学家康德的说法，人的理性思维能力能够认识和把握的只是世界中的现象，它并不能洞察现象背后的"自在之物"，即存在的本质和规律性。康德的观点具有极端性。它揭示了人类理性思维能力的局限性，但它对这种局限性所作的界定是可以商榷的。可能更恰当的说法是，人类凭借其理性思维能力对现象世界的认识和把握是比较容易的，而对本质世界的认识和把握则是相当难的，人类洞察事物本质的理性思维能力毕竟是有的。

二、文学艺术家的文学艺术想象力

人的想象力是与人的理性思维能力紧密相关的一种能力，但它不等于人的理性思维能力，因为人的想象力既有理性因素，也有非理性因素。当一个人的想象力得到释放的时候，它既可能因为基于合理的逻辑推理而具有合理性，也可能因为不基于合理的逻辑推理而不具有合理性。想象力是人类精神活动的一个重要内容，它可以把人带入一个无限广阔的自由思维空间，能够使人体会到一种无拘无束的精神自由。

一个人的想象力状况与他的性情、性格、思维习惯、知识素养等因素有关，也与他的社会身份、生活状况等因素紧密相关。一个情感丰富的人所具有的想象力往往与一个情感不够丰富的人的想象力是不一样的。一个哲学家的想象力也往往不同于一个文学艺术家的想象力。哲学家的想象力通常是在理性支配下展开的，因此，它通常具有雅斯贝尔斯所说的"理性氛围"——"几千

---

① 笛卡尔. 笛卡尔思辨哲学 ［M］. 尚新建，等，译. 北京：九州出版社，2004：31.

年来的哲学，好比是对理性的一首唯一的赞美诗"。① 而文学艺术家的想象力常常是在非理性因素（如文学家的个人情感）驱动下展开的，因此，它往往表现为一种强烈的情感张扬、情绪宣泄或浪漫主义思想状态。

文学艺术家所拥有的想象力被称为文学艺术想象力。这种想象力是文学艺术得以产生和发展的生命力源泉。文学艺术创作必须以文学艺术家的想象力作为始基，文学艺术作品必须"安装"文学艺术家的想象力翅膀才能引人入胜。一部优秀文学艺术作品往往是因为具有无与伦比的文学艺术想象力才变得优秀。

人类的文学艺术想象力无比强大，也无比丰富。通过借助于文学艺术想象力，文学艺术家可以化现实为理想，可以化平凡为神奇，可以化实在性为超越性，可以化超越性为无限性，可以化腐朽为不朽。在文学艺术想象力得到张扬的世界，一切都可以变得无比美好。文学艺术想象力是引领人们在文学艺术世界里追求完美的一种强大力量。人类的文学艺术想象力可以无限拓展。只要人类愿意，人类的文学艺术想象力可以达到无边无际的程度。

人类的文学艺术想象力常常与自然的存在紧密相关。由于"自然"是文学的一个永恒主题，文学艺术家的想象力不可避免地与"自然"有着千丝万缕的联系。古代人类社会的神话、寓言、传奇和史诗往往都是人类对自然界展开文学艺术想象力的产物。例如，神话就是人类对自然的神圣性进行文学想象的结果。正因为如此，古代神话中的神都与具体的自然意象相联系。山神主管山，水神主管水，土地神主管土地，太阳神主管太阳，月亮神主管月亮。在中西古代神话中，人类都是神用黏土捏造的。例如，根据基督教《圣经》的传说，人类的祖先亚当和夏娃都是上帝在创造世界的时候用黏土仿照他的样子造出来的。在神话传说中，"土"即"自然"的象征，因此，人类源于"土"的神话传说实际上把人类视为自然界之子来看待。

原始社会的人类对自然界的神圣性的体会似乎比当代人类更深刻。由于生产方式和生活方式都是原始的，他们与原始自然的关系更加密切，他们的命运受自然力的影响也更加明显。这种生存现实不仅使原始社会的人类把依赖大自然当成自然而然的事情，而且使他们无时无刻都深刻地体会和感悟着大自然的

---

① 卡尔·雅斯贝尔斯. 生存哲学［M］. 王玖兴，译. 上海：上海译文出版社，2005：50.

神圣性。在这种神圣性面前，他们甚至达到顶礼膜拜的程度。原始社会的人类推崇图腾崇拜。所谓原始的图腾崇拜，从本质上来说就是原始人类对自然界的神圣性的崇拜。

要想象原始社会的人类对自然界的神圣性的崇拜，我们必须想象我们孤独地置身于一片漫无边际的原始森林的状况。在那样的语境下，我们不仅会深切地感受到大自然的博大精深——它就像一张无边无际的大网把我们网在中间，而且会体会到大自然的强大——他似乎随时都可以夺走我们的生命。在那样的语境下，我们很容易明白这样一个事实：自然界仅仅根据它自身的法则和规律存在，我们人类根本不可能从根本上违背那些法则和规律。

人类有时认为他们自身具有神圣性。如果人类将其自身视为一种神圣的存在，那么，他们的神圣性一定源于自然的神圣性。对此，中西哲学均有许多论述。例如，老子在《道德经》中说："人法地，地法天，天法道，道法自然。"[①] 这是指，人在自然界中的生存和发展从根本上来说是以"自然"为师的。人类的存在具有神圣性，但由于人类自始至终都没有摆脱对自然的依赖性，他们所具有的神圣性只能从自然的内在神圣性来获得解释。自然进化过程使人类从自然万物之中脱颖而出，成为万物中的灵长，并使之具有人之为人的尊严，人类才因此而具有了一种不可侵犯的神圣性。

人类的神圣性是人类具有自然的神圣性的结果。作为自然的一个组成部分，人类不可能具有完全脱离自然的神圣性。自然的神圣性在于，它总是以自己特有的方式和规律存在着，绝对不会按照人类的意志进化和演变。人类有时因为无知可能幻想自然会按照他们的意志存在，但事实总是证明这只是一种纯粹的幻想。认为人类能够把自然变成其统治、控制和支配对象的想法只是人类处于无知状态的产物。人类永远也不可能真正战胜神圣的自然，因为人类本身就是自然的一个组成部分，战胜自然的神圣性即战胜人类自身的神圣性，这种"战胜"从逻辑上来说不仅没有任何意义，而且意味着人类在做着摧毁自身的蠢事。

上述事实告诉我们，至今仍然过着原始生活方式的印第安人不一定是错的。印第安人有着原始的自然观，他们对自然界至今保持着强烈的敬畏心理。

---

① 老子. 道德经 [M]. 北京: 外语教学与研究出版社, 1998: 52.

在他们的内心世界，自然界永远是神圣的。他们对一切非人的自然存在物都怀有无比的敬意，特别是对自然界"恩赐"给他们的各种食物顶礼膜拜。正因为如此，当他们通过集体劳作的方式捕获一头大鲸的时候，他们所有人都会跪在死鲸面前。他们的跪拜旨在感谢神圣的自然界恩赐他们食物，使他们能够在地球上生存和繁衍。向非人的自然物跪拜是敬畏自然之神圣性的表现，也是印第安人能够清醒地认识其自身在自然界的地位的表现。

自然的神圣性不容人类以任何方式予以否认和践踏。人类在自然界中的生存和发展从根本上来说只能是一个不断适应这种神圣性的过程。由于人类具有非人的自然存在物无法具有的智力，他们可以在开发利用自然的过程中表现出能动性，但他们施展的能动性永远都是有限度的。人类只能在充分尊重和维护自然的神圣性的范围内施展其能动性。换言之，人类绝对不能无限地挑战和僭越自然的神圣性。自然界总是以其特有的方式维持着其自身特有的神圣性。如果人类试图以某种方式或途径挑战和僭越它的神圣性，自然界会通过其特有的方式或途径进行惩罚。自然具有不可侵犯的神圣性，更有维护其神圣性的方式和途径。

人类的文学艺术想象力在得到张扬的时候应该对自然界的神圣性保持一种敬畏。能否做到这一点，这是判断文学艺术家的想象力优劣的根本标准。一个具有合理文学艺术想象力的文学艺术家不会幻想人类能够轻易地征服和控制自然。一个对自然界的神圣性一无所知的文学艺术家则完全可能把神圣的大自然当成人类可以随心所欲地加以征服和控制的对象来加以描写。在大自然的神圣性面前，人类的文学艺术想象力必须停留在它的合理性边界之内。自然界的神圣性是人类为其文学艺术想象力确定合理性边界的界标。

第二节 | 自然的神奇性与文学艺术家的模仿能力

自然的神圣性显示的是自然界的强大和尊严。事实上，除了具有不容人类亵渎的神圣性之外，自然界还具有人类捉摸不透的神奇性。人类一直试图破解

自然界的密码，但自然界至今仍然以很神秘的姿态出现在人类面前。自然界有
太多的秘密。这就是自然界的神奇性。

一、神奇的自然界与人类的困惑

在神奇的自然界面前，人类经历过深刻的困惑。这种困惑首先是对自然万
物起源问题的困惑。日月星辰，斗转星移；百花盛开，争奇斗妍；草木枯荣，
自有定数……这一切似乎都是在某种自然力量的主导下发生的，但这种自然力
量总是显得神秘莫测，令人捉摸不透。这种关于人类起源问题的困惑是人类社
会发明神话传说的根源。由于对自然万物的起源问题困惑不解，加上缺乏必要
的理论引导，古代人类只能借助于想象力来猜测自然万物的起源。他们的想象
力所能达到的最高点就是把一个或多个神想象成自然万物的创造者。在基督教
的神话传说中，上帝是自然万物的创造者。在中国的古代神话里，创造自然万
物的是女娲、观世音菩萨等众多的神。把自然万物的起源归因于神，这是一种
超自然主义的思维方式。它说明人类置身于自然界之中，却无法真正认识和理
解包括其自身在内的自然万物的起源。

不过，困惑的人类从来没有停止探寻自然界的奥秘。这种探寻从多个角
度、以多种方式展开，其主要成果是自然科学的发展和推进。自然科学就是以
探寻和揭示自然界的奥秘或神奇性为根本任务的。物理学、化学、生物学等自
然科学学科的发展使自然万物的构成和起源建立在现实的实在性基础之上，从
而使人类起源于神的神话传说遭到否认。生态科学的发展揭示了自然界以生态
系统存在的内在机理，从而使人与自然的关系被置于合理的自然观之中得到考
量。自然科学以自然主义思维方式为基础，以揭示科学事实和科学真理为根本
使命，其主要价值就在于不断消解自然界的神奇性。在日益发展的自然科学面
前，自然界的神奇性日渐减少。虽然自然科学不可能彻底消解自然界的神奇
性，但是它的发展毕竟使原本无比神奇的自然界变得不那么神奇。自然科学的
发展使人类认识到这样一个事实：自然界是神奇的，但自然界也是人类可以认
识的对象。

二、文学艺术家：作为神奇自然的模仿者

自然界的神奇性也是文学艺术家试图揭示的内容。人类的文学艺术活动源

于自然界，它反映的是人类对其自身在自然界中生存和发展的状况的深切体验。对于人类来说，在自然界中生存和发展既有基于理性的一面，也有服从本能的一面，这两个方面都是人类生活的内容。它在人类文学艺术活动中的反映是：真正的艺术状态存在于自然界，艺术家都是自然界的"模仿者"，即他们要么是太阳神阿波罗式的梦幻艺术家，要么是酒神狄俄尼索斯式的醉狂艺术家，要么是兼有两种身份和特征的艺术家。① 阿波罗式的梦幻艺术家试图反映自然界以各种各样的现象呈现在人类面前并且显得合乎理性的存在状态，他们创造的文学艺术作品主题鲜明，人物身份明确，故事情节清晰，处处闪耀着理性的光辉。狄俄尼索斯式的醉狂艺术家着力反映自然界服从本能的一面，注重体现自然界隐而不显的本能力量，他们创造的文学艺术作品主题朦胧，人物受捉摸不定的本能驱动，故事情节跌宕起伏，处处彰显着本能力量的强大。兼有两种身份和特征的艺术家则试图同时体现这两种文学艺术家的特征。

尼采的观点是值得我们借鉴的。纵观人类文学艺术发展史，文学艺术家无不以模仿自然界的"自然状态"为最高境界。在音乐艺术中，那些最引人入胜的音乐作品都是模仿自然之音的产物。有些音乐作品模仿山泉叮咚的声音，有些音乐作品模仿骏马奔腾的声音，有些音乐作品模仿小鸟吟唱的声音，有些音乐作品模仿河水奔流的声音，有些音乐作品模仿森林随风摇动的声音，有些音乐作品甚至模仿小草从土壤里钻出来时发出的轻微声音。音乐之美在于旋律之美，在于歌词之美，在于意境之美，但所有这些"美"都应具有"自然而然"的特征，绝对不是矫揉造作的东西。"自然而然"的音乐美只能出于对自然之音、自然之语和自然之意境的模仿。能否达到这些要求是区分优秀音乐家和拙劣音乐家的根本标准。优秀音乐家的音乐作品贴近自然，最优秀的音乐作品类似自然之音。拙劣音乐家（这种人其实不是真正意义上的音乐家）的音乐之所以拙劣，是因为他们的音乐作品与自然之音、自然之语、自然之意境相差甚远。

在绘画艺术中，那些最精湛的绘画必定散发着浓烈的自然气息。例如，中国画在思想内容和艺术创作上，处处反映着中华民族的价值观念和审美情趣，处处体现着中华民族对人与自然的关系及与之相关联的政治、哲学、宗教、道

① 尼采. 悲剧的诞生［M］. 赵登荣，译. 桂林：漓江出版社，2007：20.

德、文艺等的认识。中国画追求融化物我，注重创制意境，强调以形写神、形神兼备和气韵生动，其一笔一画之中都显示着自然存在物的神奇以及人与自然的和谐。纵然是一幅专门描绘人的人物画，它追求的也不是简单地展现人的形体，而是要揭示人的自然形体内在具有的强大生命活力。一幅成功的绘画作品总是深刻地显示着自然界的神奇性。

在舞蹈艺术中，那些最优美的舞蹈往往是舞蹈家模仿自然之物的结果。有些舞蹈家用身体模仿动物的形态，栩栩如生；有的舞蹈家用身体模仿树木花草的形态，惟妙惟肖；有些舞蹈家用身体模仿河水流淌的状态，生动形象；有些舞蹈家用身体模仿大山岿然矗立的状态，神形并茂。优秀的舞蹈家都是自然界的观察家和模仿家。他们细心地观察自然万物的存在状态，并且以模仿自然万物的存在状态为美，其舞蹈造型处处留有模仿自然万物的痕迹。舞蹈出自自然，以接近自然的造型为美。舞蹈家是人类，但人类的舞蹈都是自然界启迪的结果。人类所舞所蹈，都是以自然为师。人类舞蹈艺术以自然为师，旨在最大限度地表现自然界的神奇性。

自然界的神奇性往往是文学作品力图表现的一个重要主题。在文学家的笔下，一山一石是神奇的，一草一木是神奇的，一鸟一兽是神奇的，一川一溪是神奇的，最神奇的是"人类"这一自然界的灵长，因为包括人类在内的自然万物都有其自身的独特性和特殊性，其存在在平凡之中透着神奇，在平静之中透着生命活力。文学作品中的自然总是神奇莫测，总是博大精深，总是能够把人类的想象力引入无限的空间。文学是用文字书写的艺术，它对自然界的神奇性的揭示总是隐含在字里行间。一部优秀的文学作品往往将自然界的神奇性表现得淋漓尽致。

对于人类来说，生命进化、山光水色、奇花异草、闪电雷鸣、斗转星移等自然现象无不包含着某些神奇的色彩。人类生活于自然界之中，但至今对自然万物的了解和认识还非常有限。在人类面前，自然界就好比是一部深不可测的书，其中有浩瀚的知识，有无限的奥秘，有无际的神奇。作为自然大家庭的一员，人类本身就是一个奇迹。人类对自身的身体和精神都缺乏了解。人为什么会同时拥有身体和精神？人的本质是什么？人为什么有七情六欲？人为什么必须讲道德？人为什么总是同时受理性和感性因素的支配？如此等等。所有这些对于人、特别是对于芸芸众生来说都是无比神奇的。在神奇的自然面前，我们永远显得很无知，永远自惭形秽。我们想领悟自然界的神奇，但我们总感觉与它的神奇性有差距。我们想用我们的语言来表达自然界的神奇性，但我们感觉我们的语言也缺乏表达力。自然界的神奇性可以引人入胜，但它是人类永远无法彻底领悟的东西。自然界以其自身的逻辑与规律保持和延续着它的神奇。虽然人类可以凭借文学艺术、自然科学等多种方式揭示它的神奇，但他们的揭示永远是有限的。

第三节 自然的真实性与文学艺术作品的"逼真"

与自然科学、哲学等学科一样，文学艺术中也存在真实性问题。如果一个人在自然科学或哲学领域承认世界存在的实在性或现实性，则他被称为一个科学实在论者或哲学实在论者。在文学艺术领域承认世界存在的实在性的人则被称为现实主义者。

一、真实性问题的实质及其与自然的关联

真实性问题即真理问题。对于人类来说，真实性或真理是存在的，这不仅为人类生活提供了现实基础，而且使"存在"具有了可以信赖的实在性。人类总是相信他们生活在一个真实的世界之中，并相信存在是真实的，这是人类普遍具有的一种生存信念，也是人类赋予其生存伦理价值的一种重要方式。

真实性以多种方式呈现自己。一种自然存在物作为现象存在，它是真实的，但它作为本质存在也是真实的，因为一种自然存在物总是同时作为现象和本质而存在。只是由于现象通常是人类可以经验的，本质往往不是人类可以经验的，人类很容易把经验可以把握的现象视为真实的，而把经验无法把握的本质看成非真实的。事实上，任何一种自然存在物的真实性都是它作为现象存在的真实性和它作为本质存在的真实性构成的一个统一体。如果一个人只是停留在现象的真实性层面来认识和理解真实性问题，他的视角是狭隘的，他得到的真实性是片面的，他的真理观则必定是不合理的。

自然界是真实的。自然界的真实性也有两个方面，即现象的真实性和本质的真实性。作为现象存在，自然界的真实性是自然万物通过其形状、颜色、气味等表现出来的真实性，它是人类可以借助于感官加以把握的一种真实性。作为本质存在，自然界的真实性是自然万物通过其存在的客观性、一般性、规律性、必然性等表现出来的真实性，它是人类必须借助于理性思维才能把握的一种真实性。作为现象呈现的真实性是自然界外显的真实性。作为本质存在的真实性是自然界隐形的真实性。人类要揭示自然界的真实性，需要同时将自然界作为一个现象世界和本质世界来看待。

二、文学艺术视域中的自然真实性

自然界的真实性常常是文学艺术家试图反映和揭示的东西。一个画家在画山画水的时候是想再现山水的真实性。一个音乐家在吟唱音乐的时候是想重现自然界存在的某种声音。一个舞蹈家在舞蹈的时候是想重复自然界的某种造型。一个建筑家在构思建筑的时候是想重构自然界的某种结构。一个文学家在描绘一种自然存在物的时候是想展现它由形状、颜色等构成的真实性。由于自然界的真实性总是表现为两个方面，即现象的真实性和本质的真实性，文学艺术家试图揭示这种真实性的困难总是非常巨大。一个文学艺术家在揭示自然界的真实性时往往很难兼顾其真实性的两个方面。他根本不可能将自然界的真实性淋漓尽致地展现出来。它所能达到的水平只是"逼真"。所谓逼真，就是非常接近自然界的真实性，但它永远不是自然界的真实性本身。我们不难想象，一个优秀画家画出来的一只栩栩如生的孔雀绝对不等同于任何一只真实的孔雀！

雅斯贝斯曾经说过："真理或者说真实性，也许就其本性而言，是根本不能明确地一致地加以表述予以言说的东西。"① 毫无疑问，每一位文学艺术家都希望他的艺术作品能够不折不扣地反映自然界的真实性，以达到巧夺天工的目标，但这对于任何一个文学艺术家来说都是无法完全实现的目标。任何人为的东西都不可能与自然天成的东西完全等同。在借助于文学艺术表现自然界的真实性时，艺术家比较容易表现自然界在现象层面的真实性，但难以表现自然

---

① 卡尔·雅斯贝尔斯．生存哲学［M］．王玖兴，译．上海：上海译文出版社，2005：22.

界在本质层面的真实性，因此，他们创造的文学艺术作品很难达到形神兼备的程度。一个非常优秀的文学艺术家也不可能做到以其文学艺术作品取代真实的自然存在物的程度。

由于根本不可能完全通过文学艺术作品反映自然界的真实性，优秀的文学艺术家不会走机械模仿自然界的道路。他们会在努力模仿自然界的过程中充分发挥自身的创造能动性。优秀的文学艺术作品都是文学艺术家的创造精神催生的产物。在进行艺术创造的过程中，真正优秀的文学艺术家不是把主要精力放在如何反映或表现自然界的现象真实性上，而是放在如何最大限度地反映或表现自然界的本质真实性上。一个优秀的文学艺术家总是期望他的文学艺术作品能够更好地反映或表现自然界存在的本质。正因为如此，画大山的画家应该致力于表现大山巍然屹立、雄伟挺拔和庄严肃静的气势，画花草的画家应该致力于体现花草内在具有的生命活力和奔放精神，画人物的画家应该致力于展现人物的性格特征、情感状态、思想境界和人格气质。真正优秀的文学艺术作品必定是基于自然界的真实性产生的，但它们绝对不是真实性的"翻版"——因为这种翻版是不可能的，而是文学艺术家对自然界的真实性——主要是本质的真实性——进行创造性表现的结果。文学艺术源于自然界的真实性，但它又不同于自然界的真实性，甚至高于自然界的真实性。

文学艺术家达到的"逼真"也是一种"真"。虽然这种真不能等同于自然界的真实性，但是它能够在一定程度上反映自然界的真实性，加上其中包含有文学艺术家的创造精神，因此，它是一种值得人类追求和肯定的真。人类之所以对文学艺术家推出的优秀作品赞美有加，仅仅是因为它们比较好地或很好地表现了自然界的真实性。"逼真"是值得人类信赖的一种真，因此也是人类乐意欣赏的一种真。在有些语境下，人们甚至乐于把文学艺术家的优秀作品当成真实可信的东西。他们对文学艺术家在其作品中表现的东西"信以为真"。正因为如此，一部成功的小说可以使它的读者相信它的情节是真实的，它可以驱使读者跟随小说中的人物发生思想的跌宕、情感的起伏和情绪的变化。一部成功的文学艺术作品一定是逼真的作品。一部逼真的文学艺术作品一定能够感动它的读者，一定能够使之仿佛置身于文学艺术作品创造的语境之中，一定能够使之体验一种"逼真"的生活方式和生活内容。也正因如此，文学艺术是人类必不可少的一种生活方式和生活内容。人类不能没有文学艺术。优秀的文学艺术作品是凭借其逼真性征服人类的。

小　结

诗人歌德曾经说过："大自然！我们被她包围和吞噬——既无法摆脱她，又不能深入其内。未经请求或警告，她把我们纳入她的循环舞蹈，并携着向前，直到我们疲惫不堪，从她的怀抱脱落。"① 自然界是人类的生活背景，是人类在地球上生存和发展无法摆脱的一种现实性。人类在自然界中诞生，在自然界中繁衍和发展，在自然界中面对和憧憬未来。对于人类来说，自然界的强大是压服性的，是人类根本无法企及的。

哲学家帕斯卡则指出："人本身就是自然界中的美妙对象，因为他不理解躯体是什么，更不明白什么是精神，而最难领悟的是，肉体如何与精神相结合。这是人的最大难题，虽然这是他自己的本质。"② 人不仅是自然界的一个组成部分，而且是自然界存在的最典型象征。人就是自然界，自然界就是人。

人与自然界的紧密关系从根本上决定了人类的思维方式。由于无法摆脱自然界的束缚和制约，人的所思所想和所作所为必须在自然界"许可"的范围内进行；或者说，人只能以自然界的一个成员身份来思考一切问题和做一切事情。人类只能在自然界中谋求生存和发展，他们的所思所想和所作所为都必须以服从和遵守自然规律为前提，因此，他们不能以自然界的主人自居。从这种意义上来说，自然界是人类在地球上生存和发展的背景，但它实质上处于前景的地位。在以自然界为前景的世界里，人类的伟大是非常有限的。人类的伟大只能在自然界中得到张扬和体现，也只能依据自然界的伟大才能得到解释。

人与自然界的紧密关系为"自然"成为文学艺术的永恒主题创造了条件。纵观人类文学艺术发展史，描写自然从来都是文学艺术家热衷于表现的一个主题。文学艺术家要么歌颂自然之真、自然之美和自然之善，要么批评自然之假、自然之丑和自然之恶，但无论从何种角度入手，它们都说明文学艺术家知道自然界的重要性。所不同的是，不同文学艺术家对自然界的重要性所达到的

---

① 狄特富尔特，等. 哲言集：人与自然［M］. 周美琪，译. 北京：生活·读书·新知三联书店，1993：17.

② 狄特富尔特，等. 哲言集：人与自然［M］. 周美琪，译. 北京：生活·读书·新知三联书店，1993：17.

认识高度并不相同。这种差异性使自然界在文学艺术世界具有截然不同的地位。

要深入认识和把握文学艺术的生态化进程，我们必须深刻考察和认识自然在文学艺术发展史上的地位。本章旨在为本书对文学艺术的生态化进程所作的理论反思确定一个基调，即文学艺术生态化现象的出现是以人类对人与自然关系的认识和理解为前提和基础的；或者说，它必定反映人类的自然观状况。在当今世界，人与自然的关系问题变得日益重要，尤其是生态危机的爆发使人与自然的关系问题变得特别引人注目。当代人类目前正在做的一件具有划时代意义的事情是，他们在对人与自然的关系问题展开空前深入的反思。在此时代背景下，人类的政治眼光、经济眼光和伦理眼光一起聚焦于人与自然的关系状况，并提出了可持续发展、科学发展等要求实现人与自然和谐相处、同生共荣的发展理念，从而使当代人类对人与自然关系问题的思考被提升到了一个前所未有的高度。正在当今世界发生的文学艺术生态化进程是这一时代大势的一个具体表现，它正作为一种正能量在影响着当代人类的思维方式、价值观念、行为方式和生活状况。

我们对文学艺术生态化进程的理论反思需要突出"自然"作为一个永恒的文学艺术主题的事实。文学艺术的生态化与"自然"在文学艺术中的地位有关，与人类对待"自然"的态度有关。我们对文学艺术的生态化进程进行理论反思和探析不能不考虑这些事实。要深入认识和理解发生在当今中国、乃至当今世界的文学艺术的生态化进程，我们应该首先关注"自然"在人类文学艺术传统中的重要地位。

第 2 章

以自然为背景的传统文学
艺术与自然的退隐

　　"自然"是文学艺术的一个永恒主题，这说明它在文学艺术中具有不容忽视的重要性。然而，自然在文学艺术中的重要性总是相对于它在文学艺术中的实际地位而言的，因此，在不同时代的文学艺术中，自然的重要性实际上是不同的。在传统文学艺术中，自然只是作为人类社会生活的一种背景而存在，它的存在价值不是目的性的，而是工具性的。这样的自然是为了人类的存在而存在。由于传统文学艺术侧重于突出人类的重要性，自然常常处于退隐的状态。

第一节 | 背景设置在文学艺术作品中的重要性

　　文学艺术作品都是人为建构的产物。为了建构优秀文学艺术作品，艺术家需要掌握很多技巧。背景设置是一个优秀文学艺术家不能不掌握的一种艺术技巧。

一、人类生存的自然背景与社会背景

　　"背景"是人们常常使用的一个词语，它常见于"生活背景"、"社会背景"、"家庭背景"、"政治背景"、"经济背景"、"文化背景"等术语中。从广义的角度来看，背景是指人类开展某项活动或实施某种行为所具有的各种自然条件和社会条件的总和。

　　人类的每一项活动或每一个行为都是在一定的背景下开展或实施的。这是指，人类的所有活动或行为都必须以一定的自然因素和社会因素为条件。一方面，空气、水、阳光等自然因素不仅是人类社会生活必不可少的基本条件，而且能够对人类的思想、观念、性格、情感、情绪等产生深刻影响；另一方面，

人类社会的生产方式、生活方式、制度、文化等社会因素也是人类活动或行为的基本条件，并且也能够对人类的思想、观念、性格、情感、情绪等产生深刻影响。人类是一种自然动物，也是一种社会动物。人类的生存和发展总是同时以自然和社会为背景。正因为如此，许多思想家把"自然性"和"社会性"视为人类的内在规定性，并将其作为"人性"的根本内容来加以强调。马克思主义经典作家就把人类视为一切社会关系的总和，并把"社会性"当成人性的根本内容。在马克思主义经典作家看来，作为个体存在的人是自然的人，他们具有人之为人的自然欲望、自然情感、自然本能等自然特征，但作为个体存在的人同时也是各种社会关系的集合体，因为个人身上总是反映着人与人之间的经济关系、政治关系和文化关系。人类是一种关系性动物。他们生活在复杂的关系网络之中，即总是生活在其自身与自然界和社会的复杂联系之中。从这种意义上来说，世界上并没有真正意义上的独立个体。作为个体存在的人类总是与自然界和社会融为一体。要认识和理解人类的存在状况，我们不能不考虑他们无法摆脱的自然状况和社会状况，即他们必须时刻依赖的自然背景和社会背景。

作为"背景"存在的"自然"和"社会"是人类生存和发展必不可少的条件，但也是制约人类生存和发展的因素。人类对此早有认识。例如，古代中国人就是因为深知自然界对人类的深刻制约性才写出了"愚公移山"、"精卫填海"之类的寓言和神话。"愚公"要移除的山其实是自然界对人类的制约性，"精卫"要填的海其实也是自然界的制约性。人类生活于自然和社会之中，这种生活对于他们来说简直是一种"命定"的"判刑"。事实上，人类必须生活于自然和社会之中，但他们并不喜欢受到自然和社会的制约。人类渴望的是无所顾忌地开发利用自然的生活方式，是自由自在的社会生活，因此，当自然和社会对其生存和发展构成制约的时候，他们在骨子里是"反感"的。人类不喜欢自然界对人的生命力、行动能力等进行限制，也不喜欢社会规范对其思想观念和行为方式进行限制。他们之所以接受、遵守和服从自然和社会的制约或限制，从根本上来说是出于"无奈"。在思想家看来，这种"无奈"恰恰说明了"自然"和"社会"作为人类生活背景的重要性，恰恰说明了人性的内在规定性，恰恰说明了人类生活的本质。人类的生存和发展不能不以"自然"和"社会"为背景。人类总是自然界中的人类，也总是社会中的人类。要理解人类，我们必须深入理解他们生存和发展所依赖的自然背景和社会背景。

二、文学艺术作品对背景设置的严重依赖

每一个人类个体都是他所处时代的自然状况和社会状况的镜子。他的物质生活水平和精神生活状况都会深刻地反映他所处时代的自然状况和社会状况。在原始社会，由于自然环境是原始的，它遭到人类的算计、破坏和掠夺微不足道，人类通过采集、捕猎的生产方式享受着大自然的食物供给，因此很容易产生敬畏自然、依赖自然和感谢自然的朦胧意识。原始社会的人类像大自然一样原始。他们在原始的自然环境中诞生，在原始的自然环境中结成原始的人际关系，在原始的自然环境中死亡。原始社会是人类与大自然融为一体的社会。原始人之所以被称为原始人，就是因为他们是原始社会的产物。进入文明社会之后，人类的一切都被打上了"文明"的烙印。经济文明、政治文明、精神文明等不断发展，这不仅说明人类本身的生存和发展状况在不断发生着深刻变化，而且说明人类所处的自然状况和社会状况在不断发生深刻变化。文明时代的人类与原始社会的人类有着根本性区别，其最重要的一个表现是他们生活在截然不同的自然背景和社会背景之中。

反映人类的生活状况是文学艺术的一个基本主题。文学艺术对人类的刻画和描写通常以全面反映人类的生存状况为理想目标。由于人类总是与自然界和社会不可分割地联系在一起，文学艺术对人类的刻画和描写也总是要关注和体现人类生存和发展所依赖的"背景"。注重背景设置是文学艺术的一个普遍特征。

文学艺术中的背景设置是指，文学艺术家在刻画和描写人类的时候总是要将人类置于一定的自然和社会背景之中。在文学艺术中，这种背景设置就是人们所说的背景描写，它的主要作用在于为文学人物的出现和活动提供一种自然背景和社会背景，并通过这种背景折射或反映文学人物的思想特征、性格特征、情感特征等。背景设置在文学艺术中具有不容忽视的重要地位。

画家达·芬奇曾经说过："眼睛是灵魂的窗子。"① 达·芬奇在哲学上是一个唯物主义者，在绘画艺术上是一个现实主义者。他认为优秀的绘画艺术作品必然是画家细心观察现实并精心创造的产物。他尤其强调自然的重要性，并认为优秀的画家都是模仿自然的艺术家。他说："画家是自然的镜子，临摹旁人

---

① 伍蠡甫，翁义钦. 欧洲文论简史 ［M］. 北京：人民文学出版社，1985：65.

的作品的人，是自然的孙子。"① 在达·芬奇看来，优秀的画家能够用心灵的眼睛观察世界的存在，并且把这种存在很好地表现出来。达·芬奇擅长借助于"现实背景"来衬托人物的形象。他的《蒙娜丽莎》是一幅享有盛誉的肖像画杰作，代表着他的最高艺术成就。该画成功地塑造了西方资本主义上升时期一位城市有产阶级的妇女形象。画中人物形象突出，雍容华贵，笑容微妙之中透着神秘，但我们不难发现，该画中的人物形象是通过幽深茫茫山水背景衬托出来的。画中的山水朦胧之中透着神秘，传统的色彩之中透着现代气息，飘逸之中透着欣欣向荣的气息，茫茫之中延伸着希望的路径，可谓淋漓尽致地表现了西方人在西方社会由崇尚农业经济的封建时代向崇尚现代市场经济的资本主义时代转型时期的形象：自由奔放，自信乐观。《蒙娜丽莎》的成功离不开山水背景的成功设置。

文学艺术中的背景设置非常重要。一幅成功的人物画需要有山水之类的背景来加以衬托。没有背景设置的人物画往往显得单调乏味，人物的性格、情感等也往往难以淋漓尽致地得到表现。一个成功的小说人物必须建立在成功设置的自然和社会背景基础之上。没有背景设置的小说人物是脱离生活现实的，其形象必然缺乏必要的真实性和生动性。一个成功的文学艺术家必定深知背景设置的重要性，并且能够很好地进行背景设置。

进行背景设置就是艺术家艺术地表现人物活动的自然背景和社会背景。背景设置不是照搬现实，但它一定源于现实。文学艺术作品中的背景是一种现实性，但它是艺术的现实性。艺术的现实性是艺术家进行艺术创造的结果，它是一种类似现实又不能被等同于现实的东西。艺术家是出于艺术的需要和目的来设置这种现实背景的。艺术的需要和目的在于艺术创造。艺术创造不是要重现生活现实，而是要创造具有艺术美的生活。艺术之美在于引导人们用审美的眼光看世界的存在，在于引导人们培养高尚的审美情操，在于引导人们达到崇高的审美境界，在于引导人们在现实生活中达到精神超越。

背景设置是艺术家进行文学艺术创作的必修功课。如何进行背景设置是一个文学艺术问题，也是一个哲学问题。一个懂得背景设置的文学艺术家必定也是一个哲学家。他一定深知人与自然、社会之间的内在关系，一定深知人类总

① 伍蠡甫，翁义钦. 欧洲文论简史 [M]. 北京：人民文学出版社，1985：65.

是在自然和社会中生存和发展的哲理。这样的文学艺术家不会把人类看成可以脱离自然和社会的存在，而是时刻注重从自然和社会的角度来看待和表现人类本身。这样的文学艺术家是哲学家式的艺术家。他们具有哲学家的思维方式和思维能力。

背景设置是艺术家进行文学艺术创造必须具备的一个技巧。对这一技巧的成功运用能够提高文学艺术作品的思想品格和思想境界，因此，它的重要性是需要充分肯定和关注的。每一个成功的文学艺术家都很重视这一技巧的运用，而且能够很好地运用该技巧。

第二节　文学艺术以自然为背景的悠久传统

背景很重要，因此，文学艺术具有背景设置的悠久传统。在这种传统中，以自然为背景的传统在文学艺术中似乎更加悠久。这与人类对文学艺术与自然的关系的认识和理解紧密相关。

一、自然作为背景进入文学艺术的历史渊源

人类文化的最早形态是神话。西方文化如此，中国文化亦如此。世界上并没有神。神仅仅存在于神话之中。隐藏于神话背后的是唯心主义世界观。当远古的人类只能用心灵去朦胧地体会世界存在的时候，他们的心灵之中充满着困惑。他们赋予神秘的自然界神性，并且借助于神话将其表现出来。古希腊诗人荷马是一个盲人，但他却写出了传世诗作《荷马史诗》。为什么一个盲人竟然能够写出传世诗作呢？荷马本人的说法是，是九位文艺女神教会他吟诗的。在荷马看来，人类之所以会吟诗、歌唱，之所以能够用富有诗意的语言表达他们的思想和情感，都是得力于这九位文艺女神的帮助。①

历史地看，《荷马史诗》只不过是一个以自然神为背景来书写的人类故事。《荷马史诗》中的英雄，要么具有神的血统，要么具有神所赋予的力量，

---

① 伍蠡甫，翁义钦. 欧洲文论简史［M］. 北京：人民文学出版社，1985：1.

他们在古希腊社会发展的历史紧要关头往往能够决定历史的变化方向。《荷马史诗》的原始材料是古希腊人日积月累的神话传说和英雄故事，既保存了远古文化的真实，又具有显而易见的繁荣自然主义特色。史诗中描写的战争和人物，既有古代神话传说的因素，同时又是对希腊社会生活的写照。阿客琉斯、赫克托耳、阿伽门农、俄底修斯等人物形象既是现实的，又具有神的传奇性。在《荷马史诗》中，人类的命运是由神主导的，而神只不过是神秘的自然界的化身而已。《荷马史诗》以自然界作为背景来解读古希腊历史，其中充满神话的虚构和浪漫，但不乏文学艺术引人入胜的魅力。

进入公元前 5 世纪，唯物主义哲学在古希腊出现，并且对古希腊人的文学艺术观产生了深刻影响，以《荷马史诗》为代表的唯心主义文学艺术观也因此受到巨大冲击。例如，哲学家赫拉克利特明确反对神创造世界的世界观。他认为世界是由火构成的，宣称整个世界是一团依据其自身的规律燃烧、熄灭的"活火"。持有这种哲学世界观的赫拉克利特否认神创造文学艺术的立场。在他看来，文学艺术是人类模仿自然的产物。这就是西方最早的"自然摹仿说"。赫拉克利特要求文学艺术家尊重自然和现实，在文学艺术创造过程中摹仿自然和现实，从而形成了朴素的唯物主义文学艺术观，并且对后世的西方文学艺术观产生了深远影响。

后世的柏拉图、亚里士多德等古希腊哲学家提出的文学艺术观或多或少都保留了赫拉克利特"自然摹仿说"的痕迹。柏拉图是一个客观唯心主义哲学家，他的哲学以"理念"作为核心概念立论，并且以"理念"来解释整个世界的存在。他给予哲学至高无上的地位，因此，文学艺术在他的思想和理论中具有的地位并不显赫。柏拉图的文学艺术观也属于"摹仿说"，但他认为文学艺术模仿的对象不是自然，而是"现实"。在柏拉图的文学艺术理论里，文学艺术对现实的模仿总是与理念有着无法弥合的差距，虽然文学艺术以追求真、善、美的统一为目标，但它始终无法达到与真、善、美等理念完全吻合的程度。与柏拉图不同，亚里士多德的文学艺术观更接近赫拉克利特的"自然摹仿说"。他坚信文学艺术是艺术家对神的创造的一种模仿。他也认为文学艺术以"现实"为模仿对象，但他没有像柏拉图那样把"现实"看成"理念"的影子，而是将"现实"理解为现实世界的事物及其内在规律性。他指出，文学艺术是人类的一种创造活动，它不可避免地要模仿包括自然现实在内的现实，但它绝对不会照搬现实，而是"创造"现实，因此，文学艺术中的现实性并不等同于世界现实的现实性。在亚里士多德看来，文学艺术从本质上来说是一种创造性模仿。①

创造性模仿或摹仿自然使自然总是要作为必不可少的背景出现在文学艺术作品中，这构成了人类文学艺术创造的悠久传统。

二、自然作为背景在场的工具性价值

西方在中世纪取得的文学艺术成就集中体现在基督教《圣经》之中。在《圣经》中，自然以"伊甸园"的名义出现，它是人类祖先亚当和夏娃活动的场所或背景。上帝在创造世界的时候特意把伊甸园交给亚当和夏娃管理。亚当和夏娃在伊甸园中生活，享受着自然赐予他们的一切条件。伊甸园有山有水，有花有草，水果食物应有尽有，这些自然条件使亚当和夏娃能够过上自由自在、无忧无虑、快乐无比的生活。这样的生活状况是人类祖先生活在自然界的早期生活状态。在这种生活状态中，人类几乎完全以自然食物作为生活来源，但由于那时的人类人数不多，人类完全能够依靠大自然的食物馈赠过上幸福生活。如果没有偷吃"禁果"，亚当和夏娃就不会被上帝赶出伊甸园，人类也不会从此步入需要通过艰辛劳动获取生活资源的征程。不管怎么说，《圣经》中的伊甸园是人类不可或缺的生活背景，失去它对于整个人类来说是悲剧生活的开始。

在现实主义文学艺术作品中，自然往往作为"环境"的一个组成部分被描写，它通常以两种形象出现：一是作为有利于人类追求美好生活的背景出现，这样的自然环境是美丽的，是让人赏心悦目的，是引人入胜的；二是作为不利于人类追求美好生活的背景出现，这样的自然环境是恶劣的，是狰狞可怕的，是让人毛骨悚然的。

沈从文如此描写湘西辰河一带的美丽自然风景：

记称"洞庭多橘柚"，橘柚生产地方，实在洞庭湖西南，沅水流域上游各支流，尤以辰河中部最多最好。树不甚高，终年绿叶浓翠，仲夏开花，花白而小，香馥醉人。九月降霜后，缀系在枝头间果实，被严霜侵

---

① 伍蠡甫，翁义钦 . 欧洲文论简史［M］. 北京：人民文学出版社，1985：20.

染，丹朱明黄，耀人眼目，远望但见一片光明。每当采摘橘子时，沿河小小船埠边，随处可见这种生产品的堆积，恰如以堆堆火焰。在橘园旁边临河官路上，陌生人过路，看到这情形，将不免眼馋……①

沈从文笔下的"湘西辰河"是作为一种生活背景被描写的。那里土地肥沃，景色秀丽，风光宜人，盛产水果。对于读者来讲，他们很容易想象在这种自然环境下生活的人所拥有的那种古朴、恬静、自然、美满的生活方式。沈从文的小说犹如一幅尽善尽美的山水画，它用如画般的美丽山水衬托出我国偏远山村的人依靠自然、与自然和谐相处的生活方式。

英国小说家托马斯·哈代（Thomas Hardy，1840—1928）喜欢把自然环境作为人类活动的背景来加以描写。它最有成就的小说作品是被称为"威塞克斯小说"的系列小说。威塞克斯是道塞特郡及其附近地区的古称。威塞克斯小说多以描写英国农村的恬静景象作为开头。《绿荫下》（1872）描写的是一种类似中国人所说的"世外桃源"的田园环境。作者把这种自然环境视为人类向往的生活背景。《远离尘嚣》（1874）中的自然环境也是明朗恬静、富有田园意境的，但其中也不乏悲切和惨烈的格调。作者似乎试图通过这部小说告诉人们，在新的经济条件下，幸福的田园生活只能是一种幻想。也许正是由于这一原因，哈代在后来出版的《还乡》（1878）和《卡斯特桥市长》（1886）里不再把自然作为一种恬静、美好的生活背景来加以描写，而是变成了一种恶劣、残酷的力量，它甚至作为一种与人类敌对的力量而存在。

英国女作家艾米莉·勃朗特（Emily Bronte，1818—1848）更是喜欢借助于自然环境来揭示人物生活的悲切和惨烈。她的小说《呼啸山庄》就具有这一特征。该小说的自然背景是凸凹不平、空旷至极、无比狰狞的荒野，狂风呼啸，大自然淋漓尽致地展现其让人恐惧的一面。在这种自然环境下，一个长相奇特的男子半跪在地上，和一个看上去极虚弱的一个女子相拥而泣，悲恸之状感天动地，他们说的话语悲悲切切，可以使人肝肠寸断。由这种自然环境构成的人物活动背景怪异、恐怖，让人不寒而栗，甚至达到使人窒息的程度。小说之所以被冠之以"呼啸山庄"的名称，主要是因为山庄的自然环境状况极其

---

① 沈从文. 沈从文小说选［M］. 长沙：湖南文艺出版社，1981：375.

恶劣、恐怖。

在传统文学艺术作品中，自然总是在场的，但自然总是作为人类生活或活动的一种背景而在场的。这样的自然环境是一种纯粹的"背景"。它仅仅作为人类必不可少的生活场景或背景而存在。这样的自然环境仅仅是一种工具。它的作用、功能或价值仅仅是工具性的。它的存在之所以是必要的，不是因为它自身的缘故，而是因为人类不能没有这样的生活背景。工具性的自然服务于文学艺术家塑造人类形象的实际需要。

第三节 | 自然背景、背景中的自然与自然的退隐

自然界是人类社会生活不可或缺的背景。作为人类传承和传播文化的一种重要方式和途径，文学艺术注重展现自然背景的传统根深蒂固。文学艺术家注重反映人类社会生活的自然背景，他们往往把反映自然背景作为其从事文学艺术活动的一个重要使命。

一、文学艺术将自然背景化的局限性

自然背景是人类社会生活的一种重要背景。人类总是生活在自然界之中。被自然界包围是人类社会生活的一个基本事实，也是人类社会生活的一种重要特征。作为自然背景存在的自然界使人类的周围具有多种多样的生物，同时充斥着各种没有生命的自然存在物。生物多样性和无生命的自然存在物都是构成人类社会生活的自然背景必不可少的要素。从这种意义上来说，生物对于人类来说是必要的，无生命的自然存在物对于人类来说也是必要的。如果人类把自然界视为其生存和发展的现实背景，那么他们就不得不同时承认生物和无生命的自然存在物的存在价值。

要人类认识自然界的价值是容易的，但要人类全面认识自然界的价值则是困难的。长期以来，人类的主流思想观念是把自然界仅仅作为人类社会生活的一种背景来加以认识和理解的思想观念。这种思想观念说明人类看到了自然界作为人类社会生活背景存在的事实，但它存在显而易见的局限性。难道自然界

仅仅作为人类社会生活的背景而存在吗？如果自然界并不仅仅作为人类社会生活的背景而存在，那么文学艺术家仅仅将自然界作为人类社会生活的背景来加以描写就是需要商榷的。

人类仅仅把自然界作为其社会生活的背景来看待的做法是不可取的，它所导致的后果也是非常可怕的。长久以来，由于把自然界视为人类社会生活之背景的思想观念占据主导地位，人类实际上对自然界的存在做出了错误的人为规定。错误的自然背景观使自然只能作为人类社会生活的一种背景而存在，而仅仅作为背景而存在的自然界实际上变成了一个被人类扭曲的形象。背景中的自然界被当做一种不能对人类社会生活的状况产生根本性影响的力量来看待。这样的自然界在存在世界不具有举足轻重的地位，这样的自然界是处于退隐状态的自然界。

人类使自然界陷入退隐状态的原因是综合性的或系统性的。这不仅指人类的思想观念体系和行为体系试图把自然界逼入退隐状态，而且指人类表现其思想观念和行为方式的载体显示出这样的特征。人类与其他自然存在物之间的一个根本性区别在于，他们不仅像其他自然存在物那么自然而然地存在着，而且能够借助于各种各样的方式把他们的存在状况记录下来或表现出来。哲学、文学艺术等都是人类将其存在状况记录下来或表现出来的方式。哲学、文学艺术等属于社会意识形态的范围，它们是由人类的存在决定的。人类拥有什么样的存在状况，他们就拥有什么样的哲学、文学艺术等社会意识形态。哲学是人类存在状况的镜子，文学艺术也是人类存在状况的镜子，一切社会意识形态都是人类存在状况的镜子。

与其他社会意识形态一样，文学艺术不仅反映人类的存在状况，而且对人类的存在状况有着深刻影响。与其他社会意识形态不同的是，文学艺术更加贴近人类的现实生活，具有更鲜明的大众化特征。例如，文学作品注重反映人类生活现实，强调采用人们喜闻乐见的语言，因此，它拥有非常庞大的读者群，也很容易在人们中间传播。一个人可能不知道康德是一个哲学家——因为他的《纯粹理论批判》《实践理性批判》等著作只有专门从事哲学研究的人才看得懂，但他可能知道莎士比亚是一个喜剧家——因为他的许多戏剧作品都被拍成了电影。

二、文学艺术将自然背景化的自然观基础

文学艺术仅仅将自然作为人类生活背景来加以展现的悠久传统反映的是一种人类中心主义自然观。在这种自然观中，人类是最重要的，自然是次要的。

虽然这种自然观也强调自然的重要性，但这仅仅指自然是人类社会生活的一个必不可少的条件而已。自然界只不过是人类可以利用、也必须利用的一种工具而已。作为"工具"存在于背景之中的自然界是否应该在人类的生活世界出场，这从根本上来说不取决于自然界，而是取决于人类。人类是整个世界的主宰，他们似乎能够决定世界万事万物（包括自然万物）的存在状况。

文学艺术中的人类中心主义自然观使自然在文学艺术中处于被忽视的状态。被忽视的自然就是被人类重视不够的自然，这样的自然就是处于退隐状态的自然。自然的退隐完全是人为的结果。如果从自然本身的角度来看，它永远不会进入退隐状态。自然的"退隐"只不过是人类幻想的产物。当文学艺术家仅仅把自然界当成人类生活的一种背景来加以展现的时候，自然界才进入一种所谓的"退隐"状态。

文学艺术使自然界陷入退隐状态只不过是人类普遍拥有人类中心主义自然观的一种具体表现形式。事实上，人类在与自然界打交道的漫长历史过程中一直坚持人类中心主义自然观。长久以来，人类总是倾向于从人类自身的利益需要来看待自然的存在价值及其与自然的关系。他们把改造自然的过程错误地当成一个征服和控制自然的过程。这种错误的思想观念不仅使人类看不到自然界存在的目的性价值，而且将人类与自然的关系变成一种征服与被征服、控制与被控制的对立状态。在人类中心主义自然观占据主导地位的语境下，人类与自然难以形成和谐共荣的关系。

文学艺术是人类传承和传播其思想观念的一种重要方式。一部优秀的文学艺术作品中往往包含非常丰富、非常深刻的伦理思想。文学艺术中的人类中心主义自然观也是一种道德价值观，因为其中包含着人类对自然的道德价值判断。在人类中心主义道德价值观中，只有人类才具有伦理尊严，自然只不过是任凭人类算计、盘剥和掠夺的对象而已。人类中心主义道德价值观没有赋予自然界应有的伦理尊严，这是人类轻视自然、忽略自然和掠夺自然的道德价值观根源。

在人类中心主义自然观或道德价值观占据主导地位的文学艺术中，自然陷入退隐状态是必然的。它代表这种文学艺术在定位自然价值方面的价值取向。使自然处于退隐状态是传统文学艺术的一个重要特征，也是传统文学艺术的一个重大不足和缺陷。传统文学艺术是以人类为核心的艺术，是以突出人类的重要性为核心价值取向的艺术。在人类占据绝对优势地位的文学艺术里，自然的重要性从根本上被忽略、甚至被否定了。在传统文学艺术中，居于显要位置的总是人类，自然的在场只是为了进一步突出人类的重要地位。自然为了人类而存在，这是传统文学艺术作品普遍具有的一个主题思想特征。

小　结

文学艺术注重背景设置。背景设置是文学艺术家常用的一种技巧，但这种技巧并不仅仅具有文学艺术的形式特征，它还能够深刻地反映文学艺术的思想特征。文学艺术的形式和思想内容总是非常紧密地结合在一起。有什么样的文学艺术形式，就有什么样的文学艺术内容；反之，有什么样的文学艺术内容，就有什么样的文学艺术形式。正因为如此，浪漫主义文学内在具有的浪漫主义思想和情怀必然是通过富有浪漫主义色彩的文学语言、故事情节、主题设计等来表现的；反之亦然，富有浪漫主义色彩的文学语言、故事情节、主题设计等必然折射出一定的浪漫主义思想和情怀。

在传统文学艺术中，"自然"常常是文学艺术家进行背景设置的对象。虽然"自然"被传统文学艺术家视为文学艺术作品必不可少的东西，但是它仅仅被当作一种必不可少的背景而已。这种意义上的自然仅仅作为人类活动的场所而存在，其存在的意义和价值并不取决于其自身，而是完全取决于人类在场的需要。人类在文学艺术中的出场不仅是必要的，而且具有决定性意义。这是指，传统文学艺术是以突出人类的根本地位为最高目的。没有人类，就没有文学艺术，这是内在于所有传统文学艺术作品中的一种核心价值取向。自然则仅仅是为了服务于人类的存在才出场的，因此，它在传统文学艺术作品中永远只是一种陪衬。

作为陪衬而存在的自然在传统文学艺术中实际上处于一种退隐状态。处于退隐状态的自然对于文学艺术作品来说是必要的，但它不可能受到人类的最高重视和尊重。人类对其尊重的东西都是基于精心选择的。他们往往会依据事物的重要性层次来表现其重视和尊重事物的程度。他们最重视和尊重具有最强重要性的东西，对具有较弱重要性的事物总是不够重视和尊重。在传统文学艺术中，由于并不处于最显要的位置，自然很容易成为人类忽略的对象。文学艺术家只是习惯性地将它设置为文学艺术作品的背景，却很少思考它存在的真正意义和价值。将"自然"仅仅作为背景来对待的传统文学艺术反映的是人类在认识和处理其自身与自然的关系方面的幼稚和无知。

第 3 章

环境危机的爆发与文学艺术生态化的肇始

人类与自然的关系即人类与自然环境之间的关系。自然状况的好坏即自然环境状况的好坏。作为人类社会生活必不可少的一种条件，自然环境状况的好坏对人类在地球上的生存和发展有着决定性影响。自然环境状况的好坏关系人类在地球上生存和发展的命运。全球性环境危机在当代世界的爆发具有划时代意义，因为它迫使当代人类改变其根深蒂固的政治观念、经济思想和文化意识。与当今世界正在不断深化的其他生态化现象一样，文学艺术生态化的肇始与当代人类忧心忡忡的全球性环境危机有着千丝万缕的关系。

第一节　现实中的环境危机与环境危机的现实性

在当代人类的话语系统中，"环境危机"（或称"生态危机"）的出现频率越来越高。事实上，人们不仅越来越多、越来越热烈地谈论环境危机，而且越来越深刻地了解和认识环境危机的涵义和实质。

一、环境危机：一种不同于自然灾害的灾害

当代人类生活在环境危机之中，这是越来越多的人不得不承认的一个事实。所谓环境危机或生态危机，是指"人类在经济活动中对地球生态系统中的物质和能量的不合理开发、利用和改造给人类自身的生存和发展带来的灾难性危害，其主要表现是公害事件层出不穷、环境污染现象屡禁不止、能源危机咄咄逼人、地球大气圈中的臭氧层损耗日益严重、全球气候变暖、生物多样性

迅速消失、人类生活质量普遍下降等"①。

环境危机不是人们通常所说的自然灾害。它与自然灾害的根本区别在于，自然灾害纯粹是自然原因导致的，而环境危机是由人为原因导致的。具体地说，自然界因其自身的原因出现的洪灾、地震、飓风等自然状况被称为自然灾害，而环境危机是因为人类对自然环境进行不合理开发利用，甚至破坏所导致的灾难性后果。例如，淮河的水因为遭到当地人的污染而不再具备充当饮用水的条件，如果当地人坚持饮用淮河水，他们的身体健康将因此而受到致命性危害，这就不是自然灾害，而是环境危机。

环境危机的爆发与人类开发利用自然的思想观念和行为方式直接相关。人类开发利用自然资源的思想观念和行为方式有合理和不合理之分。前者指人类开发利用自然资源的思想观念和行为方式具有合理性基础或经得起合理性辩护。人类的所思所想和所作所为都必须具有合理性基础。用中国人的话来说，就是必须"名正言顺"。所谓名正言顺，就是一个人的所思所想和所作所为具有充分的理由；否则，它们就会受到人们的质疑和否定。如果人类开发利用自然资源的思想观念和行为方式是合理的或名正言顺的，这意味着人类在开发利用自然资源的过程中把维护人与自然的和谐当成了应该时刻予以体现的价值目标，并在其所思所想和所作所为得到展开的时候充分体现这种价值取向。如果人类开发利用自然资源的思想观念和行为方式不合理，那么人类开发利用自然资源的过程与自然进化的内在规律是相冲突的。

自然规律主要是指生态平衡的规律。自然界是一个由生物和非生物构成的庞大生态系统。这个庞大的生态系统又是由不计其数的子生态系统构成的。各种子生态系统和总生态系统之间相互联系、相互影响、相互支持、相辅相成，生物与非生物之间形成一个相互支持的体系结构，整个自然界则变成了一个具有内在进化规律的有机统一体。生态平衡是自然界能够"自然而然"地进化的前提条件。一旦失去生态平衡，自然界的正常进化过程就会遭到根本性破坏，自然界支持人类生存和发展的功能就会弱化，人类则会因此而遭受严重的

① 向玉乔. 生态危机剖析 [J]. 湘潭工学院学报（社会科学版），2002（4）.

危害。这种情况发生的时候就是环境危机出现或爆发的时候。

环境危机不同于政治危机和经济危机。政治危机实质上是政治权力危机。当一个国家居于统治地位的政治权力的合法性和合理性遭到其社会公民的严重质疑、甚至否定的时候，政治危机就会出现。政治危机的出现往往意味着会出现残酷的政治斗争。经济危机实质上是生产过剩的危机。当一个社会出现过于严重的生产过剩问题，资本拥有者为了保持自身的利润所得就可能借助于通货膨胀等方式发动经济危机。经济危机发生时，通货膨胀、高失业率、商店倒闭、社会弱势群体生活艰难等成为生活常态。与政治危机和经济危机不同，环境危机是人类因为其自身不合理开发利用自然资源而出现的一种危机。它反映的是人与自然关系的极端恶化，说明人类对自然资源的不合理开发利用最终变成了一种灾难性后果，并且由人类自身来承担这种灾难性危害。环境危机与政治危机、经济危机的另外一个不同点在于，前两者通常是人们可以轻易看到的危机，而环境危机往往是隐秘的。我们不难想象，当一种有毒化学物质在食物链中传递时，我们普通人是很难发现的；只有在我们深受其害（例如因此而患上不治之症）时，我们才可能在相关专家（如医生）的帮助下了解那种有毒化学物质的严重危害性。环境危机通常是人们容易忽略的一种危机，但它实际上是一种比政治危机和经济危机更严重的危机。政治危机可能导致流血冲突和牺牲，经济危机也可以让许多人生活在水深火热之中，但环境危机却可以使整个人类在地球上的生存和发展失去可持续性！环境危机达到极致意味着"自然界"这个庞大的生态系统将无法承受人类的生存和发展，人类将与自然界同归于尽。这是无比可怕的事情。当然，它是人类不愿意看到的事情。

二、生态殖民主义与环境危机

人类社会发展史告诉我们，人类在地球上谋求生存和发展的历史具有强烈的生态殖民主义特征。人类在地球上诞生之后，他们一直试图占领地球上的每一个角落。时至今日，除了极少数偏远冷僻的地方之外，人类的足迹几乎遍布地球。从最早占领地球上的原始洞穴到建立原始部落居住地，从建立原始部落居住地到建立比较固定的村落、城镇，从建立比较固定的村落、城镇再到建立现代化的大建筑、大城镇、大都市，等等，人类显示着他们推进人类文明的智慧和能力，也展现着他们在自然界进行殖民扩张的疯狂和猛烈。在"自然界"这一大家庭中，人类是一个"后来者"，但他们的出现给自然界造成了其他任何一种生物都无法相提并论的冲击，并使自然界的存在格局发生了翻天覆地的变化。至少可以肯定的一点是，在对自然界进行无情的生态殖民主义占领之后，人类一直试图充当自然的"主宰"，这就为人类与自然陷入日益尖锐的矛盾开辟了可能性空间。

长久以来，人类并没有认识到他们在地球上谋求生存和发展的历史具有生态殖民主义特征。不可否认，人类在地球上或自然界谋求生存和发展是一种"自然权利"，因为他们也是自然进化的结果，也是自然大家庭的一个合法成员。问题在于，人类一旦出现在地球上或自然界，他们开发利用自然的思想观念和行为方式往往表现出缺少理性制约的特点。人类是理性动物，但他们很少用理性来规约其开发利用自然的思想和行为。正因为如此，他们对待自然界的思想观念是人类中心主义的，他们开发利用自然的行为具有显而易见的侵略性和掠夺性，他们在绝大多数时候表现出一种集体性的生态殖民主义倾向。

人类生态殖民主义的实质是人类在地球上或自然界进行非理性的盲目扩张和掠夺。人类占领地球或自然界，瓜分地球上的每一寸土地、每一片森林、每一种矿产、每一条河流和每一个空间，试图以各种各样的方式成为地球或自然界的主宰或统治者。在环境危机被发现之前，人类将其试图征服和统治地球或自然界的想法和举动视为伟大创举，而在环境危机被发现之后，这种所谓的"伟大创举"则变成了"荒诞"的代名词。这不是指人类在地球上或自然界出现是荒诞的，而是指人类试图征服或统治地球或自然界的想法和做法荒诞不经。

人类是伟大的，也是有局限性的。在自然界这一大家庭中，人类的出现是一个伟大奇迹。人类迄今为止所取得的科学发现告诉我们，人类在自然界脱颖而出，独享着很多其他生物无法享受的东西。最重要的是，他们能够对自己的所思所想和所作所为做出价值认识、价值判断、价值定位和价值选择，因此，他们知道自己应该做什么和不应该做什么，可以做什么和不可以做什么，能够做什么和不能够做什么，必须做什么和禁止做什么。不过，人类对自己所思所想和所作所为的认识和判断总是难以达到完美无缺的程度。正如我们反复强调的那样，人类的理性能力也是有局限性的。在如何认识和理解人与自然的关系问题上，人类就长期处于愚昧、无知或至少不明智的水平。由于对人与自然的关系实质缺少正确认识和把握，人类在其发展史上没有少做破坏自然和损害人与自然关系的事情。

长期的愚昧、无知或不明智使当代人类陷入了环境危机的现实中。雅斯贝尔斯曾经说过："现实性之显于我们面前就是历史性。"① 人类今天所面对的现实性只不过是历史性的再现。人类在历史上经历过或做过的事情都会通过某种方式表现为某种现实性。历史性和现实性其实是同一的。当代人类今天所陷入的环境危机只不过是人类在长久的历史中不合理地破坏自然所导致的现实结果。人类破坏自然的历史与人类陷入环境危机的现实并不是截然分开的。

对于当代人类来说，环境危机是一种实实在在且令人忧虑的现实，但并非所有人看到和承认这种现实。在当今世界，许多个人、企业和国家仍然在做加剧环境危机的事情。有些人对环境保护问题置若罔闻。有些企业不重视解决污染问题，它们的经济行为成为人类污染和破坏自然环境的罪魁祸首。有些国家置整个人类的环境利益于不顾，在环境保护问题上讨价还价，致使环境问题的解决在国际层面上遭遇难以消除的阻力。当今世界唯一的超级大国美国非常注重保护其本土自然环境，但它对世界环境保护常常表现出消极懈怠的态度。一个典型例子是，在其他西方发达国家签署《京都议定书》② 的情况下，美国总是以各种各样的借口拒绝签字。

现实不可怕，可怕的是处于现实中的人不知道他们置身于其中，更可怕的是处于其中的人没有超越现实的冲动和愿望。当代人类陷入环境危机的现实性带给人类的痛苦是普遍而深刻的。环境危机不仅仅说明人与自然的关系恶化到了极致，更重要的是它说明人类在地球上或自然界生存和发展的可持续性遭到了根本性动摇。人类不是为了毁灭自身才来到地球上或自然界的。如果人类因

---

① 卡尔·雅斯贝尔斯. 生存哲学［M］. 王玖兴，译. 上海：上海译文出版社，2005：50.

② 《京都议定书》是人类第一部限制各国温室气体排放的国际法案，其全称为《联合国气候变化框架公约的京都议定书》，由联合国气候大会于 1997 年 12 月在日本京都通过。该议定书的目标是将大气中的温室气体含量稳定在一个适当的水平，进而防止剧烈的气候改变对人类造成危害。

为自己的愚昧、无知或不明智而无法逃脱其他生物迅速灭绝的命运，那么人类根本就没有资格和理由吹嘘他们的伟大。在环境危机变成铁的现实的情况下，人类所能做的不是固守或陶醉于这种现实，而是应该超越它，从而使其具有真正意义上的伟大性。

第二节 | 环境危机：作为文学艺术生态化的现实原因

环境危机是当代人类不得不面对的一种现实性。在当代语境下，人类与自然打交道的过程充满着危险，但这种危险不是自然强加于人类的，而是人类自己强加给自己的。当代人类生活在自己造成的环境危机之中，亲自深刻地体会着环境危机的可怕和恐怖。在当今世界，大众传媒每天都提供了大量关于人类环境污染和环境破坏的消息，世界自然环境每况愈下的情况呈现出难以阻挡的态势。这样的现实是当代人类在地球上生存和发展不能不面对、也不能不着力超越的现实。环境危机已经成为当代人类做许多事情的现实原因。

一、环境危机与世界生态化潮流

环境危机在全球范围内的爆发推动当代人类重新认识和处理人与自然的关系问题。环境危机以最直接、最深刻的方式说明人与自然的关系陷入了不和谐状态，同时推动当代人类步入生态化道路。"如何认识和处理人于自然之间的关系是当今世界的经济眼光、政治眼光和文化眼光共同聚焦的一个重大现实问题。虽然算计、盘剥和掠夺自然的思想和行为依然严重存在，但是当代人类追求经济、社会和环境全面可持续发展的愿望和努力正朝着有利于改善环境状况和实现人于自然之间的和谐的方向展开，这导致了世界经济、政治和文化的逐步生态化。当今世界，走生态化道路已经成为一种时代大势。"①

① 向玉乔. 经济·生态·道德——中国经济生态化道路的伦理分析 [M]. 长沙: 湖南大学出版社，2007: 14.

　　走生态化道路就是走人与自然和谐相处、同生共荣的道路，就是追求经济、社会和环境相互支持、相互促进的道路，就是走可持续发展的道路。生态化道路要求人类开发利用自然的过程不与自然进化的过程背道而驰，要求人类在与自然打交道的过程中充分尊重和保护自然，要求人类把实现人与自然的和谐共荣作为其社会发展目标的一个主要内容来看待。对于人类来说，走生态化道路意味着人类必须用、也能够用有利于维护人与自然的和谐关系的思维方式、价值观念和行为模式来开展其经济活动、政治活动和文化活动。生态化道路是绿色之路、环保之路、和谐之路、可持续之路和生态文明之路。

　　生态文明是一种不同于传统农业文明和工业文明的文明。传统农业文明是人类在生产力水平低下的条件下被动地适应自然的产物，而传统工业文明则是人类无情地算计、盘剥和掠夺自然的结果。尤其是，工业文明具有强烈的反生态性、不可持续性，它所显示的所谓进步其实在很大程度上是以破坏人类生存和发展的基础为代价的。工业文明的巨大消极作用使人类不得不反思人类文明的功与过，并代之以一种新的文明，即生态文明。

　　生态文明是一种强调和追求经济建设、社会发展和环境保护这三重价值有机统一的思想和观念，是一种强调人类应该在经济生活、政治生活和文化生活中真正保护自然环境的实践精神。生态文明包括生态经济文明、生态政治文明和生态文化文明三个方面的内容。

　　第一，人类社会经济逐步生态化。传统经济模式、特别是工业经济模式属于经济主义模式，即强调经济至上的模式，它对经济增长的追求是以破坏环境和危害人类本身为代价的，因而不具有可持续性。逐步生态化的经济模式即生态经济模式。生态经济是当代人类正在努力发展的一种新经济形态，它提倡生态技术，要求发展生态产业、生态产品，主张开发生态市场，鼓励生态消费。发展生态经济必须承认人类经济发展的最大限度是由地球生态系统决定的。地球生态系统的能源、资源和粮食供应是人类经济和社会不断发展的物质前提，是人类这一特殊物种在地球上生存和发展的生命支持系统。长久以来，人类一直倾向于把地球生态系统看成一个永不枯竭的能源和资源"宝库"，但大量研究结果表明，地球生态系统支持人类活动的能力是有限度的。地球生态系统的实际承受能力构成了人类经济发展的最大限度。人类经济活动必须朝着有利于维护地球生态系统的整体结构、整体功能和整体演变规律的方向进行是一个必然的要求，这一要求反对人类在经济活动中掠夺式地开发利用自然，反对人口无限膨胀，而主张人类把保护维护自然与开发利用自然视为同等重要的事情。

第二，人类政治逐步生态化。传统政治理念往往只强调人的管理，即单纯强调人际关系的协调。逐步生态化的政治即生态政治，它把政府对人的政治管理延伸到了环境问题上，强调用政治手段协调和解决国内外环境利益矛盾。在经济全球化条件下，虽然市场全球化和经济自由化已经变成不容争辩的事实，但是政府的地位和作用并没有因此而被削弱，反而以人们难以察觉的方式得到了加强。在今天，任何一个国家的政府必须认真面对和处理的一个重大现实问题就是环境问题。它们不仅需要竭尽全力改善国内生态环境，而且有责任自觉协调国际环境利益矛盾，为世界环境保护事业做出应有的贡献。这就是中国政府把"生态环境保护"确定为基本国策之一的根本原因。

第三，人类文化逐步生态化。在传统的人类文化观念中，人们的目光主要集中在社会现实之上，往往缺乏对自然因素的关注，其主要表现是传统道德观念只关注人际利益关系的道德协调，而这种人际利益关系仅仅局限于人类社会范围内，几乎不涉及人类在追求环境利益过程中的矛盾与冲突。逐步生态化的文化观念要求人类把对美好自然环境的追求纳入自己的文化观念中，增强对非人的自然存在物的人文关怀，并在合理的文化观念引导下自觉保护自然环境。文学作品、艺术表演、媒体传播、教育等都是推动环境保护事业的不可或缺的重要手段。

生态文明的本质在于它对可持续性的合理强调。可持续性是指人类经济、社会和文化进步不应该最终变成一种荒谬的结果。具体来说，人类经济、社会和文化进步不应该通过损害自然的方式危害人类的生存与发展或人类文明。如果人类在经济生活、政治生活和文化生活中不断危害自身，那么所谓的经济进步、政治进步和文化进步并没有实际的价值。

二、环境危机与可持续发展观

强调可持续性的观点就是可持续发展观。1980 年 3 月 5 日，联合国大会向全世界发出呼吁："必须研究自然的、社会的、生态的、经济的以及利用自然资源过程中的基本关系，确保全球持续发展。"① 1983 年 11 月，联合国成立了世界环境与发展委员会（WECD），由挪威前首相布伦特夫人担任主席。1987 年 7 月，该委员会将一份经过长达四年研究和论证的报告提交给联合国大会，正式提出了"可持续发展"这一概念。报告明确指出，可持续发展模式是将经济发展与环境保护统一起来的唯一合理途径。后来在 1992 年召开的里约热内卢环境与发展会议上，联合国倡议当代人类改变传统发展模式和传统生活方式，努力实现经济、社会和环境的协调发展和进步，确立可持续发展新战略和新观念，从此世界各国在对待可持续发展思想的态度上基本达成了共识。目前，如何实现可持续发展已经成为一个非常引人注目的词汇和研究领域。各学科专家学者、应用研究人员、各界人士从各自的视角分析和研究可持续发展的定义、理论内涵和实现途径。有些学者甚至发出了创建可持续发展学的呼吁。

可持续发展观是一个被广泛运用的词语。现在的人时时谈论可持续发展，处处讨论可持续发展，几乎达到了言必称可持续发展的地步。这种局面一方面有利于传播可持续发展的思想和观念，但另一方面也在一定程度上混淆了可持续发展观的真正含义。

我们在这里希望强调的是，可持续发展观是作为全人类的共同价值理想被提出来的，它首先是指人类文明的持久延续性，即人类在地球上持久生存和发展的可能性。可持续发展观是人类在其自身的生存和发展受到生态危机严重威胁的情况下提出的一种全球性价值观，其目的是为了树立一种具有最广泛意义的战略目标，以引导当代人类正确地对待和处理经济、社会和环境之间的关系，最终走出生态危机的困境。

在认识和理解人与自然的关系方面，人类历来就表现出两种截然不同的立场：一是和谐主义的立场；二是纯功利主义立场。前者强调人与自然的相互依赖性，认为人只有在自然之中才能生存和发展，因此，它要求人类尊重自然、热爱自然和保护自然，后者则把自然仅仅视为一种可资利用的工具，认为自然的存在价值仅仅在于它能够源源不断地为人类经济活动提供资源，因而控制、

---

① 曾珍香，顾培亮. 可持续发展的系统分析与评价 [M]. 北京：科学出版社，2000：6.

征服和掠夺自然是理所当然的事情。从历史和现实来看，这两种立场往往同时并存于人类思想中，是人类认识和理解人与自然关系的两条思想主线。

可持续发展观是对传统的和谐主义价值观的继承和发展。它继承了和谐主义价值观追求和谐的人与自然关系的基本精神，但它所达到的理论高度和它所具有的思想丰富性、深刻性是以往任何时代的和谐主义理论都无法相提并论的。在可持续发展观里，生态文明时代既是人类更好地实现其自身价值的时代，也是人类能够自我认识、自我节制、自我教育、自我约束、自我调节和自我完善和能够自觉协调个人、社会和环境关系的时代。

可持续发展观已经得到国际社会的普遍认可，并已经成为世界各国制定发展战略、政策的基本理论依据。《我们共同的未来》一书呼吁："需要有一条新的发展道路，不是一条仅能在若干年内若干地方支持人类进步的道路，而是一条直到遥远的未来都能支持全球人类进步的道路。"这就是可持续发展的道路。联合国已经确认可持续发展观的地位，要求世界各国走可持续发展的道路，为实现人类文明的持续发展做出各自应有的贡献。正是从这种意义上讲，可持续发展观不仅是目前指导发达国家和发展中国家谋求发展的共同价值观，而且是未来任何时代引导人类生存和发展的共同价值观。

当然，全球可持续发展战略的实施必须以世界局部地区可持续发展战略的成功实施为前提和基础。只有在每一个国家、每一个地区、每一个城镇、每一个企业普遍实现可持续发展的条件下，全球可持续发展战略才具有可能性。

可持续发展观已经为人类指明了一个前进的方向。为了真正摆脱环境危机的困扰和制约，世界各国人民应该尽快把追求可持续发展的价值观转变成实际行动。只有这样，可持续发展的价值目标才可能变成现实。

走生态文明道路或可持续发展道路是当今世界大势，它给当今世界带来的变化则是多种多样的。目前正在当今世界发生的文学艺术生态化现象就是这种变化的一个重要表现。在整个世界朝着生态化方向迈进的历史潮流中，文学艺术必然会占有一席之地，并发出自己独特的声音。在当代人类吹响"生态化"号角的语境下，文学艺术不能不把"环境危机"、"生态文明"等纳入它的主题思想范围。与政治生态化、经济生态化等其他形式的生态化现象一样，文学艺术生态化是以环境危机的爆发为现实起因的。文学艺术生态化是当今世界发生的文化生态化总趋势的一个组成部分。由于文学艺术历来是人类文化发展的主流所在，它的生态化必然在人类文化生态化的总体格局中占据举足轻重的地位。

第三节 文学艺术的生态化与人类摆脱环境危机的希望

　　文学艺术的生态化是当代人类对文学艺术的任务、特征和实质进行重新认识、重新界定和重新解释的必然结果。具体地说，在环境危机严重动摇人类在地球上谋求可持续生存和发展的基础的时代背景下，当代人类、特别是那些从事文学艺术创作和研究的人士开始重新认识、界定和解释文学艺术的任务、特征和实质，并得出了文学艺术的发展应该从根本上有利于维护人与自然的和谐和共荣的结论。文学艺术生态化不仅意味着当代人类的文学艺术创作在当代发生了生态化转向，而且意味着文学艺术批评理论在当代发生了生态化转向。文学艺术生态化是当代人类在文学艺术领域进行的一场深刻变革。

一、文学艺术生态化与人类走出环境危机的愿望

　　与政治生态化、经济生态化等其他形式的生态化趋势一样，文学艺术生态化进程是以环境危机作为现实起因的。环境危机的全球化蔓延将当代人类投入到时刻面对生态危机的境地，使其在地球上的生存和发展变得岌岌可危。几乎无处不在的生态危机使人类争夺环境利益的矛盾日益尖锐，使人类在地球上生活的幸福感空前减少，使人类在地球上谋求可持续发展的空间越来越狭窄，使人类长久以来建立起来的文明大厦面临着毁于一旦的危险。环境危机是人类在长久发展过程中为自己埋下的一个"定时炸弹"，它的引爆不仅正在改变当代人类的生存状态，而且正在改变当代人类的生存理念。显而易见，如果当代人类任凭环境危机肆意蔓延；或者说，如果当代人类仍然坚持走疯狂算计、盘剥和掠夺自然的老路，那么，人类在地球上或自然界生存和发展的前景是可想而

知的——等待人类的一定是万劫不复的毁灭深渊！

文学艺术家是人类社会中情感最强烈、想象力最丰富和思想最活跃的一个群体。他们中的绝大多数人还具有非常强烈的社会责任感。他们既可能因为感叹动荡不安的时局而写出"感时花溅泪，恨别鸟惊心"之类的深情诗句，也可能因为感叹自然之美而发出"黄河之水天上来，奔流到海不复回"的动情诗句。他们既可能用批判现实主义眼光看待一切社会现实，对人类社会存在的不平等、不公平、不民主等进行无情的揭露和抨击，也可能用浪漫主义的情怀对待人类社会发生的一切，为人类的所思所想和所作所为涂抹一层浪漫的色彩。他们可能趴在地上，并称之为"亲吻地球母亲"，也可能在仰望月亮的时候构思出"嫦娥奔月"的神话故事。当他们的社会责任感被激发出来的时候，他们最大的愿望就是希望其文学艺术创作能够引导人类追求真善美统一的完美生活。

二、生态化文学艺术的新内容与新特征

融入文学艺术生态化潮流的艺术家似乎比人类历史上的艺术家具有更强烈的社会责任感。他们的文学艺术创造不乏强烈的情感和丰富的想象，但更多的是社会责任感的流露。他们深知环境危机的现实性和危害性，对人类在地球上或自然界生存和发展的前景忧心忡忡。他们更想改变人类受到环境危机威胁的状况。他们借助于文学艺术描写环境危机的真实性和危害性，希望引起人们对环境危机的警醒。他们在文学艺术创造中注重弘扬"环境保护"这一新时代主题，希望借此推动人们培养必要的环境保护意识。他们歌颂生态文明，希望激励人们走生态文明之路。融入生态化潮流的文学艺术家创造的是一种与传统文学艺术截然不同的文学艺术。生态化的文学艺术具有显而易见的反传统性，融入生态化潮流的文学艺术家具有鲜明的反传统品格。

除了表现出反传统的特性和品格之外，生态化的文学艺术在内容和形式上均展现出新的特征。

文学艺术的内容是指文学艺术作品的主题思想。每一个文学艺术作品（包括文学作品、绘画作品、建筑作品等）都具有自己的主题思想，或者倡导某种思想，或者抒发某种高尚的情感，或者歌颂某个人物的美德，或者张扬某

种民族精神，或者呈现某种自然之美，或者展现某种雄伟气势，或者弘扬某种价值取向，或者揭露一个社会的黑暗面，等等，都是文学艺术旨在表现的主题思想。主题思想是文学艺术的灵魂。

　　生态化的文学艺术与传统文学艺术在主题思想建构方面有显著不同。一般来说，传统文学艺术建构的主题思想旨在反映人类的情感、思想、美德、精神等，但这些主题思想都具有人类中心主义的鲜明特征。它们以突出人类在存在世界中的主导地位为核心内容，因此，它们对人类情感、思想、美德、精神等的张扬显示的都是人类主导世界的状况。在这种传统的主题思想框架内，人类恰恰是因为具有人之为人的情感、思想、美德、精神等才成为了世界的主宰，并且因为显示了这种主宰力才变得伟大。从这种意义上来说，传统文学艺术其实只有一个主题，这就是歌颂人类的伟大。与此不同，生态化的文学艺术不再宣扬人类的伟大，而是人类的渺小、愚昧和无能。在生态化的文学艺术中，人类与自然界的辽阔和博大相比是微不足道的，与自然的神圣性和神奇性相比是愚昧无知的，与自然规律及自然力的强大和深奥相比是无能的。传统文学艺术着力表现的是人类脱离自然的重要性和可能性，而生态化的文学艺术致力于表现的是人类必须尊重和服从自然的必要性和可能性。传统文学艺术侧重于表现人类与自然对立冲突的一面，甚至把这种对立冲突看成是必要的、有价值的。生态化的文学艺术反对把人类与自然的关系推入相互对立、相互冲突的状况。它呼吁和追求的是人类与自然的和谐和共荣。在生态化的文学艺术中，处于最显要位置是"自然"，而不是人类。虽然生态化的文学艺术并不否认人类在自然大家庭中的重要地位和特殊价值，但是它确实不像传统文学艺术那样赋予人类至高无上的独特地位。在生态化的文学艺术中，人类充其量只是自然大家庭中的一个普通成员而已。

　　生态化的文学艺术与传统文学艺术在形式上也有明显区别。文学艺术的形式是指文学艺术的体裁和题材、语言风格和特色、情节设计和安排、色调布局和设置等。文学艺术形式的设计和安排很重要，但它的存在以服务文学艺术的主题思想为目的。一般来说，文学艺术有什么样的主题思想，就有与之相适应的艺术形式。在远古时期，由于人类对人与自然关系的认识模糊不清，与之相适应的文学体裁只能是神话和寓言。由于弘扬的主题思想并不一样，生态化的文学艺术和传统文学艺术在形式上也存在诸多不同。以文学艺术的语言为例，在传统文学艺术中，只有人类才被视为具有语言能力的动物。虽然有些文学艺术作品也赋予某些动物或植物语言能力，但是那些动物或植物所具有的语言能力并没有被视为它们自身具有的东西，而是"拟人化"的东西。这就意味着，人类是整个自然界唯一有语言表达能力的存在物。而在生态化的文学艺术中，非人的自然存在物、特别是那些有生命的动植物往往被作为有语言能力的存在物来加以对待和描写。显而易见，生态化的文学艺术对语言的看法更加合乎自然界的实际状况，因为自然界中的动物和植物都有其独特的语言，只是很多动植物的语言就如同神秘的密码一样让人类无法破解而已。

我们需要看到的是，生态化的文学艺术与传统文学艺术在内容和形式均有着根本性区别。它们是两种性质截然不同的文学艺术。传统文学艺术处处流露出人类中心主义思想观念及与之相适应的艺术形式，而生态化的文学艺术则处处闪耀着生态整体主义的思想光辉及与之相适应的艺术形式。从传统文学艺术到生态化文学艺术的转化是文学艺术在内容和形式上同时发生的根本性转化。正如我们在前面所说，这种转化是文学艺术领域所出现的一次重大变革。虽然生态化的文学艺术不是对传统文学艺术的全盘否定，但是它是对传统文学艺术的根本性超越。这种超越是革命性的超越，具有划时代意义。

文学艺术历来是人类净化情感、陶冶情操、提升思想境界和强化精神超越的重要手段。生态化的文学艺术无疑也具有这种功能。经过生态化过程洗礼的文学艺术能够使人类弱化其征服、控制和掠夺自然的欲望，从而增强尊重和热爱自然的情感；能够激励人类培养以保护自然为荣的道德价值观念，从而形成与自然和谐相处的道德情操；能够推动人类从生态整体主义的高度认识和处理其自身与自然的关系，从而展现追求可持续发展的思想境界；鼓励人类在开发利用自然的过程中摆脱仅仅受物质利益驱动和羁绊的荒谬逻辑，从而展示追求精神超越的精神风貌。文学艺术的生态化催生生态化的文学艺术。这种文学艺术的产生有利于引导当代人类树立正确的自然观、发展观，有利于引导当代人类借助于生态整体主义价值观解决日益严重的环境危机。

文学艺术的生态化是当今人类社会所发生的生态化进程的一个重要分支。与政治生态化、经济生态化等生态化进程一样，文学艺术的生态化能够为当代人类缓解环境危机起到不容忽视的作用。毫无疑问，环境危机的消除是一个社会系统工程，它要求整个人类在国际的层面上通力合作才能得到实现，但它同时也是一个需要分工协作的工程。这不仅意味着人类社会的个人、企业、政府等参与人类社会生活的主体为消除环境危机贡献力量，而且要求人类社会的人文社会科学学科和自然科学学科在各自的领域里发挥有效的作用。文学艺术在人文社会科学中的地位历来不容低估。文学艺术的生态化犹如点亮一盏引导当代人类开展环保工作的明灯，它能够照亮当代人类的环保之路，能够引领当代人类带着新的希望追求生态文明。

小　结

在当今世界，很多人议论环境危机，但仍然有很多人对环境危机一无所知。我们不得不承认，环境危机并不总是可以被我们的经验所把握。我们作为人类对自然环境的了解其实并不全面，至少严重缺乏深刻性。例如，我们周围的生物时刻在迸发生命活力，而我们几乎无法用肉眼来捕捉到这一切。当然，如果一些致命性的毒素正通过蔬菜、水果、肉食等渠道侵害我们的健康，我们更不可能仅仅凭借自己的感官来把握事实真相。这种状况就是环境危机困扰我们的生活状况。环境危机通常是在我们不经意的时候爆发，也通常是在我们不经意的时候对我们构成了伤害。

如果我们不是生物学家、生态学家或环境科学家，我们当然很难了解环境危机的真相。专业人士可以通过科学观察或科学试验了解环境危机的实在性。虽然我们不能像专业人士一样了解环境危机，但我们可以借助于专业人士的观察结果和试验结果了解环境危机的实质。也就是说，我们可以借助于间接经验来知道环境危机的真相。因此，如果我们不知道或不相信环境危机，我们可以通过向专业人士学习的方式来改变我们的看法、观念和思想。

文学艺术家都是敏于观察和思考问题的人。他们中的许多人甚至是生物学家、生态学家或环境科学家。闻名于世的美国环境文学家卡逊就是一位著名的海洋生物学家。她的环境文学作品同时也是生物学名著。在《寂静的春天》一书中，她借助于散文语言向我们揭示了农药、化肥等对农作物及人类的巨大危害，但她反复强调这种危害往往是以潜伏的方式进行的。农药、化肥等被农民撒向农田，然后它们经过复杂的食物链进入人类的身体之中，对人类的健康造成致命性危害。

"环境危机"是生态化的文学艺术致力于反映的一个常见主题。融入生态化潮流的文学艺术家往往具有强烈的环境危机忧患意识。他们为自然界担忧，更为人类担忧。对于他们来说，人类生活于环境危机的状况是悲惨的，因此，他们希望改变这种状况。由于对人类充满着爱，他们想拯救人类于环境危机之中。这也是他们义无反顾地投入文学艺术生态潮流的动因所在。

第 4 章

以自然为前景：文学艺术生态化的根本标志

生态化的文学艺术与传统文学艺术存在根本性区别。这种区别的关键在于文学艺术家对"自然"的不同定位。在传统文学艺术中，"自然"总是处于次要的"背景"之中，而在生态化的文学艺术之中，"自然"不再居于"背景"位置，而是进入了"前景"。文学艺术的生态化是以"自然"进入"前景"为根本标志的。

第一节　文学艺术中的前景设计及其伦理意蕴

设置"背景"和"前景"是文学艺术活动的一个基本内容。一个文学艺术家在进行艺术创作时，首要任务是必须对艺术作品的"背景"和"前景"作出设计和安排，没有对背景和前景作出区分和设计的文学艺术作品不具备成为优秀作品的最基本条件。

一、文学艺术中的背景设置和前景设置

设置"背景"和"前景"既是文学艺术家建构主题思想的需要，也是文学艺术家进行艺术形式设计的需要。让什么居于背景位置？让什么居于前景位置？文学艺术家对这两个问题的回答直接影响文学艺术作品的主题思想状况和形式设计状况。从这个意义上来看，背景设置和前景设置不仅是文学艺术创作活动的逻辑起点，而且对文学艺术创作的优劣、好坏有着决定性影响。

文学艺术中的背景设置和前景设置内容复杂，但归纳起来无非只有两种情况：一是把人类置于背景或前景之中，二是把非人类的存在物置于背景或前景之中。如果把人类置于前景之中，则非人类的存在物就只能处于背景之中。如

果把人类置于背景之中，则非人类的存在物就可以进入前景。文学艺术中的背景设置和前景设置不是一个关于人类和非人类的存在物之间的简单排序问题，而是一个涉及人类与非人类的存在物之间的关系问题，因此，它是一个非常重要的伦理问题。

伦理的一个重要内容就是人与人之间以及人类与非人类的存在物之间的关系问题。人类中心主义伦理观认为，人在人类与非人类的存在物的关系中具有绝对优先的地位，因此，在认识和处理人与非人类的存在物之间的关系时，首要的或关键的是要满足人类的需要，其次才考虑非人类的存在物的存在状况。非人类中心主义伦理观则认为，人在人类与非人类的存在物的关系中并不具有优越地位，人类的生存状况不可避免地要受到非人类的存在物的客观制约。当代人类应该倡导人类中心主义伦理观，还是应该倡导非人类中心主义伦理观呢？这历来是一个有争议的问题。从文学艺术的角度来看，该问题实际上是指：文学艺术家应该把人类置于前景，还是应该把非人类的存在物置于前景呢？或者说，文学艺术家应该把人类置于背景，还是应该把非人类的存在物置于背景呢？对这一问题的回答不仅涉及传统文学艺术和生态化的文学艺术之间的区分，而且涉及我们对"伦理"的理解。

伦理乃是秩序之理、关系之理和规范之理。世界上存在两种伦理：一是关于人伦秩序、人伦关系和人伦规范的伦理；二是关于人与自然的秩序、关系和规范的伦理。前者可以被称为人际伦理，后者则可以被称为生态伦理。人际伦理和生态伦理都是客观的，都是不以人的主观意志为转移的东西。这两种伦理还具有规范性。这是指，人际伦理和生态伦理都对人的行为具有普遍有效的制约性和约束力。我们不难想象，当一个人不得不服从它所处社会的秩序、关系和规范时，他服从的就是人际伦理。人际伦理之所以是客观的，是因为它是一种不以个人主观意志为转移的规范性力量。任何一个人要在他所处的社会中生存和发展，他就不得不根据该社会所要求的秩序、关系和规范来生活；否则，他一定会被他的社会淘汰。我们也不难想象，一个人生活在自然界之中也不得不服从自然界所要求的秩序、关系和规范。在自然界中，人与人之间以及物与物之间都必须遵循自然界特有的自然秩序、自然关系和自然法则。一个不遵守自然秩序、自然关系和自然法则的人不能在自然界或地球上生存和发展。生态伦理也是一种客观的规范性力量。与人际伦理一样，生态伦理也对人的行为时刻发挥着强有力的制约作用。

与"伦理"相区别的是"道德"。道德与伦理紧密相关，但它绝对不等同于伦理。伦理是客观的，而道德是主观的。道德是处于社会和自然界中的人类对伦理进行认识、理解、解读和实践的产物，它可以通过人的道德信念、道德观念、道德精神和道德行为表现出来。由于人的认识能力总是存在这样或那样的局限性，人类对伦理的认识、理解、解读和实践不可能达到完善的程度。人类可以无限地接近伦理，但他们不可能全面地掌握伦理。正是从这种意义上来说，人类道德生活不可能完美无缺，人类之中也不可能存在道德上完善的人。

二、文学艺术中的伦理价值取向与导向

文学艺术历来与伦理、道德有着非常紧密的关系。这很容易理解。文学艺术总是与人类现实生活非常紧密地联系在一起，而人类只要是在社会和自然界中生存和发展，他们就不得不服从伦理的要求和讲道德。人类是一种必须服从伦理的道德动物。既然文学艺术以反映人类现实生活为基本内容，则人类服从伦理的道德生活方式就必然要在具体的文学艺术作品中反映出来。文学艺术与伦理道德的衔接或结合催生的是文艺伦理和文艺道德。文艺伦理学研究的对象就是文艺伦理和文艺道德。

文学艺术注重背景和前景设置，因为它们代表着一定的伦理价值取向和导向。如果说文学艺术总是与人类的伦理追求密不可分地连在一起，那么这首先体现在它的背景设置和前景设置中。在传统文学艺术中，由于居于前景的总是人类，其伦理价值取向和价值导向必定是人类中心主义的。与人类的显要地位相比较而言，非人类存在物就只能在传统文学艺术中居于次要的地位。虽然"次要"的非人类存在物被艺术家视为必不可少的东西，但是它们的地位无论如何不能与人类的地位相提并论。我们以李白的诗作《静夜思》为例来加以分析。

静夜思

床前明月光，

疑是地上霜。

举头望明月，

低头思故乡。

这是李白的一首五言绝句诗作。该诗宁静之中透着苍凉，无意之中透着忧思，随意之中透着哀怨，可谓意境凄楚、悲切。虽然该诗描写的是"床"、"月光"、"霜"、"明月"等意象，但是它很容易让人联想到一个游居在外的游子形象。在这首没有特别人物出现的诗作里，人的形象并没有受到特别的刻画，他的形象是模糊的，但他的重要性并没有因此而退隐。事实上，诗中的"床"、"月光"、"霜"、"明月"等意象都只是工具性意向，它们是为了烘托出一个游子形象而存在的。在这首诗歌里，站在前景中的是人，而不是非人的物。虽然其中的人并非某个具体的、清晰的人，但是他在前景中的地位是不容置疑的。

在文学艺术中赋予人类位居前景的重要地位，这是对人类的莫大伦理尊重，但同时会对非人类的存在物造成严重的伦理贬低。不容置疑的是，人类不能被贬低为物，更不能被等同于物，但存在世界中的一切（无论是有生命的，还是无生命的）都是相互联系、相互影响、相互作用的。存在世界之所以能够成为一个为各种存在物充斥的世界，这并不完全是有生命存在者的功劳。如果没有无生命存在者的存在，生命存在者的存在显然是无法想象的。从这种意义上来说，存在世界中的一切存在者都不可能独善其身地存在，它们之间只有在相互联系、相互依赖、相互影响、相互作用、相互促进的关系状态中才能存在下去。在庞大的存在世界中，人类也不可能脱离其他存在者而独善其身。人类只不过是存在世界中的一个成员而已，他们根本就不应该具有其他存在者永远无法超越的至高伦理地位。

拔高人类的伦理地位是人类长久以来的普遍做法。它是人类对存在世界中的伦理认识不到位的产物。事实上，存在世界中的万事万物都按照一定的伦理，即一定的秩序、关系和规范存在，这一客观事实不应该、也不可能因为人类的出现而被改变。传统文学艺术总是将人类置于前景之中的做法从根本上来说是违背存在世界的伦理要求的。存在世界不是单纯为了人类的缘故而存在的，更不是单纯为了突出人类的伦理地位而存在的。传统文学艺术注重突出人类的特殊伦理地位，甚至将人类的伦理地位拔高到至高无上的程度，这是人类中心主义伦理观不断得到延续的表现，它反映了文学艺术家长久以来所坚持的文艺伦理思想内在具有的局限性。

第二节 ┃ 文学艺术的生态化与前景中的自然

文学艺术是人类社会生活的一个重要内容。人类需要文学艺术。文学艺术是人类在社会状态下的一种生活方式。文学艺术还具有容易大众化的特征。因此，虽然文学艺术常常是人类茶余饭后的一种"消遣"或"娱乐"，但是它对人类社会的影响是深刻的。琼瑶的言情小说以讲述男女青年的纯情故事为主要主题，曾经影响无以数计的中国年轻人。她的小说被拍成电影之后，其影响更是广泛，甚至在中国兴起了一股强劲的"琼瑶热"，年轻人都以模仿其小说人物的形象为荣。20 世纪末在中国掀起的"琼瑶热"时至今日已经一去不复返，但我们不得不承认，琼瑶的言情小说曾经对中国人产生过非常广泛而深刻的影响。

文学艺术对人类社会的影响既可能是正面的，也可能是负面的。用目前的时髦话语来说，文学艺术在人类社会中既可能释放正能量，也可能释放负能量。一部文学艺术作品在人类社会中释放的是正能量还是负能量，这不取决于该文学艺术作品本身，而是取决于进行文学艺术创作的人，即文学艺术家。文学艺术家在进行艺术创作的过程中不可能保持价值中立，他们不可避免地要在其文学艺术作品中进行某种价值取向和价值导向，而他们所做的价值取向和价值导向既可能是合理、正确的，也可能是不合理、不正确的。我国在抗日战争期间产生的抗战音乐之所以具有旺盛的生命力，从根本上来说是因为它们在传播着合理、正确的价值取向和价值导向。在中华民族面临着灭国亡种的历史语境中，《义勇军进行曲》《黄河颂》《干一场》《延安颂》《春天里》《南泥湾》等表现抗战主题的歌曲应运而生，它们成为激励中华民族英勇抗战、奋勇杀敌、救国救民的正能量，为中华民族夺取八年抗战的最后胜利作出了巨大贡献。与此形成对比的是，当今中国出现的一些流行歌曲（如《死了都要爱》等）以迎合人们的低级趣味为价值取向和价值导向，它们在当今中国社会释放的不是正能量，而是推动年轻人追求庸俗化爱情的负能量，因此，它们缺乏生命力，注定成为昙花一现的东西。

一、"自然"在传统文学艺术中的位置

传统文学艺术总是把人类置于"前景"之中的做法释放的并不全是负能量，但它肯定是有局限性的。它以突出人类的重要性为主旋律，处处以人类为中心来看待存在世界的状况，这既有合理的一面，也有不合理的一面。不可否认，我们迄今为止了解最多的事实是，人类是整个自然界中能够用自己的眼睛和心灵看存在世界的一种存在者。人类不同于其他动物的一点在于，他们总是倾向于从自己的视角出发来理解和解读一切存在者的存在状况。他们总是试图理解和解读其自身的存在，也总是试图理解和解读其他存在者的存在状况。在这种理解和解读过程中，人类的视角不可避免地会带上强烈的主观性色彩，并且不可避免地会表现出严重的局限性。然而，人类在很多时候只是盲目地陶醉于用自己的主观视角看存在世界的状况，他们很少或几乎没有试着以其他存在者的视角来看待存在世界的状况，这是导致人类中心主义伦理观在人类社会源远流长、根深蒂固的根源所在，也是驱使人类长期以来疯狂算计、盘剥和掠夺自然的原动力。如果不对这样的文学艺术传统进行某种合理的改造，文学艺术释放的正能量是有限的，而其释放的负能量则是难以估量的。

如果一种传统释放的负能量很巨大，则它的存在合理性就会遭到质疑、甚至否定，它就会遭到人类的改造。改造不是全盘否定，更不是彻底颠覆，而是将传统中包含的不合理因素剔除掉，使之内含的合理因素得到充分张扬。改造就是对传统进行优化更新的过程，就是强化传统的正能量或抑制其负能量的过程。改造始于"破"，终于"立"，是一种破旧立新的变革行为。

要改变以突出人类的重要性为主旋律的传统文学艺术，唯有对其进行必要的"改造"。这种改造已经开始，它就体现在当今世界正在发生的文学艺术生态化进程中。文学艺术生态化是对传统文学艺术的挑战、超越和改造。或者说，文学艺术生态化是对人类文学艺术的一次"大拯救"。人类中心主义伦理观在传统文学艺术中占据主导地位的事实不仅使传统文学艺术在价值取向和价值导向上存在根本性错误，而且对人类社会生活现实产生了不容低估的负面影响。

二、"自然"在生态化文学艺术中的位置

文学艺术生态化的主旋律是要使在传统文学艺术中始终居于"背景"位置的"自然"移居"前景"，同时使在传统文学艺术中始终位居"前景"的人类退居"背景"之中。这一转变将打破人类文学艺术长久固守的人类中心主义传统，将使人类和非人类的存在物在文学艺术中的地位发生根本性转换，同时它将从根本上改变传统文学艺术借助于自然环境衬托人类重要性的普遍做法，从而在文学艺术世界中建构出新型的人类－自然关系体系，其基本伦理价值取向和价值导向是把人类从高高在上的位置上拉下来，使之成为自然界中的一个普通成员，从而剥夺他们在自然界为所欲为的特权，并敦促他们多做有利于人类与自然和谐相处、同生共荣的"好事"。

文学艺术生态化不是为了贬低人类在自然界中的地位，更不是为了贬低人之为人的价值，而是要推动人类回归他们在自然界的"正常"位置。历史地看，人类在自然界中并不应该具有任何特权。他们在自然界中诞生，在自然界中生存和发展，在自然界中享受着人之为人的快乐和幸福，这一切都是以自然界作为生命支持系统为前提的。人类具有超乎其他自然存在物的智力和能力，但它们的智力和能力都必须以不僭越自然秩序、自然关系、自然法则和自然规律为限度。人类文明是对自然状态的超越，但它并不能完全摆脱自然的制约性。自然条件是人类文明必须时刻依赖的必要条件。人类文明也不是离自然状态越远越好。越来越多的事实告诉我们，自然永远是生育养育人类的母亲，而人类则是永远处于成长过程中的孩子；自然是人类在地球上生存和发展的根本依托，人类的命运始终与自然联系在一起。自然荣，则人类荣；自然衰，则人类衰。

文学艺术的生态化将"自然"推入了"前景"之中，这并不意味着人为地抬高自然在文学艺术中的地位，而仅仅意味着在文学艺术中给予自然本来应有的地位。在存在世界中，自然是人类之母，人类为自然之子，这种存在现实性应该在文学艺术中得到充分体现，而不是被肆意歪曲。如果说文学艺术的生态化是合理的，那么这主要是指它使"自然"和"人类"在文学艺术中的正常地位重新进行了规定。在生态化的文学艺术中，"自然"位居"前景"，"人类"居于"背景"之中。这种背景和前景设置是以文艺伦理观的根本性转变

为前提的。文学艺术生态化是对人类中心主义伦理观的否定和超越，它彰显的是一种非人类中心主义伦理观。具体地说，它张扬的是生态整体主义伦理观。这种伦理观从"自然界"这一整体生态系统的角度来审视和看待人类与自然的关系，强调自然生态系统的有机统一性，特别要求人类正确认识其自身在自然生态系统中的身份、地位和作用，并把人类与自然的和谐共荣确定为人类与自然的关系应该达到的终极价值目标。

进入"前景"的"自然"在文学艺术中具有显要地位。这样的自然不是不得不退隐的自然，它以其本来面目出现在人类的文学艺术王国里。在传统文学艺术王国里，自然实质上并没有以其本来面目存在，因为它被艺术家人为地逼到了退隐状态。在生态化的文学艺术王国里，自然才真正"自然而然"地存在。文学艺术的生态化使自然不再仅仅具有工具价值，它使自然的目的价值充分显现了出来。生态化的文学艺术使自然因为其自身的理由而出现在文学艺术作品中，使自然不再为了衬托人类的重要性而存在。生态化文学艺术中的自然是真正意义上的自然。

第三节 从背景到前景的变化与自然的尊严

文学艺术从传统形态向生态化形态的转变并没有贬低"人类"在文学艺术中的地位，但提高了"自然"在文学艺术中的地位。这是指，生态化的文学艺术赋予了自然应有的伦理尊严。

一、自然的伦理尊严问题

在传统文学艺术中，自然仅仅作为人类在地球上生存和发展的背景而存在。由于在人类的眼里它仅仅具有工具价值，它的命运也被认为掌握在人类手里。古代中国的"后羿射日"、"精卫填海"、"愚公移山"等神话传说或寓言故事可谓非常形象、生动地反映了传统文学艺术鼓吹人类可以掌握自然命运的错误思想。在传统文学艺术中，自然是人类可以征服、控制和统治的对象，它作为人类之母的伦理尊严不复存在。美国环境文学家比尔·迈克基本曾经用自己亲眼所见的事实无情地批评人类肆意践踏自然的伦理尊严的行径：

> 几乎每一天，我都从后门出去爬山，走出不到 100 码，树林就把我吞没了。在那里，我忘掉了人世间的一切，没有垃圾，没有政治演说，没有栅栏，甚至没有一条真正的路。从高处向外看去，你看不到道路和房屋，这是一个远离了人的世界。可是，在某一天，一些人将要沿着山谷砍伐树木，链锯的咆哮将充满整个森林。在这样的日子里，你将很难感受到森林永恒的意义，因为人离你太近了。链锯的吼声不会完全玷污森林的涛声，也不会把所有的动物从森林中驱走，可是它却把你在另一个独立的、永恒的、野生的世界里的感受驱赶得一干二净。①

上面的段落描写了人类乱砍滥伐森林的无情和残酷，其用意在于揭露自然在人类面前的"无奈"。麦克基本试图强调，人类所到之处，自然的伦理尊严就会荡然无存。因此，他进一步说：

> 现在，我们已经使我们周围许多原生的力量发生了变化，链锯的声音将永远存在于森林里。我们已经改变了大气，而改变了的大气终将使天气发生改变。气温和降雨将不再是完全意义上的纯粹自然力量的活动，将部分地成为我们的习惯、我们的经济、我们的生活方式的产物。即使是在法律严格禁止砍伐树木的偏远山区，锯链声也会是清晰入耳，你的林中漫步已经被森林的哀叹声所感染。野外的世界将与室内的世界没有什么不同，山峰也将与我们的房屋没有什么不同。②

在麦克基本的笔下，森林发出的"哀叹声"是一种隐喻，它喻指自然在其伦理尊严遭到人类肆意践踏时所显现出来的被动局面。长久以来，人类把无情地算计、盘剥和掠夺自然当成理所当然、甚至天经地义的事情，这使得人类

---

① 比尔·麦克基本. 自然的终结［M］. 孙晓春，马树林，译. 长春：吉林人民出版社，2000：47.
② 比尔·麦克基本. 自然的终结［M］. 孙晓春，马树林，译. 长春：吉林人民出版社，2000：47.

滋生了征服、控制和统治自然的荒谬想法，同时使得自然作为自然存在的伦理尊严遭到了人类的疯狂侵害，从而导致了麦克基本所说的"自然的终结"状况。①

文学艺术的生态化导致的是"自然"从背景到前景的位移。这种变化具有深刻的伦理意蕴，因为它意味着自然在传统文学中饱受人类算计、盘剥和掠夺的命运将被改变，自然作为人类之母的伟大形象将得到重新塑造，而人类只能作为自然的尊重者、热爱者和保护者出现。在生态化的文学艺术中，人类是自然的伦理尊严的维护者。请看美国作家莫里斯的诗作《伐木人，把那树放过》：

伐木人，把那树放过

伐木人，把那树放过！
别碰它任一个树桠！
它遮过少年时的我，
现在我也要保护它。
我祖先亲手种这树，
种在他这个小屋旁；
伐木人，让它站原处，
别让它被斧子砍伤。

那老树大家都熟稔，
无论在天涯海角，
如今都知道它名声，
你难道要把它砍倒？
伐木人，千万别挥斧！
别使他同大地分开；

———————

① 麦克基本在他的著作中把自然遭到人类算计、盘剥和掠夺的结果描述为"自然的终结"，并以其命名他的著作。

你得放过那老树，
它如今快耸到天外！

少年时的我常有空，
总去它报恩的荫下；
每当我姐妹们高兴，
她们就来这儿玩耍。
母亲在这里把我吻，
父亲在这里握我手——
原谅我眼泪流得蠢，
但把那老树保留。

我心弦把你缠得紧，
老朋友，紧得像树皮！
让野鸟来这儿啼鸣，
让你的树枝弯得低。
老树啊还得经风雨！
伐木人，离开这地方；
只要我的手能出力，
就不让你把它砍伤。①

　　这是一首呼吁环保的抒情诗。诗人表面上是在抒发他本人对一棵"老树"的深厚感情，实际上是在呼吁人类保护那些给他们带来荫蔽、快乐和幸福的森林，其最终目的是呼吁人类保护作为生命支持系统存在的大自然。诗人批评了人类无情算计、破坏和掠夺自然的错误行径，要求人类充当大自然的保护者。诗中的"伐木人"乃是肆意算计、破坏和掠夺自然的人类，那位反反复复呼吁"伐木人"对"老树"手下留情的则是崇尚环境保护的"新人类"。

──────────

① 黄杲炘. 美国抒情诗选［M］. 黄杲炘，译. 上海：上海译文出版社，2002：41–42.

二、生态化文学艺术折射的伦理观

人类作为大自然的保护者形象出现，这不仅意味着人类对其自身在自然界中的地位及其与自然的关系有了新的认识，而且意味着人类拥有了新的伦理观。这种伦理观是非人类中心主义的，其核心价值取向和价值导向不是极力拔高人类在自然界的伦理尊严和地位，而是要赋予"自然"这位养育人类的"老母亲"应有的伦理尊严和地位。

"伦理尊严"是人类建构其伦理思想、伦理观念和伦理精神的基点，它涉及人类对伦理主体的定位问题。谁应该拥有伦理尊严？谁必须拥有伦理尊严？在回答这样的问题时，人类的眼光长期以来仅仅聚焦于人类本身。也就是说，人类长久以来一直仅仅将其自身视为应该和必须拥有伦理尊严的存在者。这种观点把人类视为地球上或自然界唯一的伦理主体，仅仅基于人类的需要、智力、能力等来建构伦理思想、伦理观念和伦理精神，具有鲜明的人类中心主义特征。这种观点没有赋予"自然"应有的伦理尊严。

生态化的文学艺术使"自然"从"背景"移居"前景"，这是一种伦理观的质变，其伦理意蕴在于赋予了"自然"不容置疑的伦理尊严。自然的伦理尊严是指自然作为一个生态系统存在具有不容人类随意否定的伦理合理性和道德合理性。自然界先于人类而存在，人类只不过是在漫长的自然进化过程中诞生的一种动物而已。无论人类拥有何种智力和能力，他们自始至终只是"大自然"这一大家庭中的一个普通成员。与其他任何一个成员一样，人类在自然界中的生存和发展必须接受自然秩序、自然关系和自然法则的制约。从"伦理"的角度来看，任何试图超越自然羁绊的思想观念和行为方式都是荒谬的，因而也是不合理的。"自然"在人类面前是神圣不可侵犯的，它制约人类的生存和发展，从根本上决定着人类的命运。虽然人类在适应自然的过程中能够发挥其主观能动性，但是他们发挥主观能动性的限度不取决于他们自己，而是取决于"自然"。不以人类意志为转移的自然秩序、自然关系和自然法则为人类发挥主观能动性设置合理性边界。

文学艺术的生态化是文学艺术领域发生的一次深刻的思想解放运动。它打破了人类长久以来漠视和贬低自然的伦理思想传统，使"自然"作为一种具有伦理尊严的形象出现在人类面前。自然不是人类可以肆意算计、破坏和掠夺的对象，不是人类满足其各种贪欲的工具。自然是因为其自身的原因而存在的。自然按照它自身的规律进化。如果人类承认自然规律的客观性，他们就应该承认自然的伦理地位和伦理尊严。人类是大自然的一个组成部分。尊重和维护大自然的伦理尊严就是尊重和维护人类本身的伦理尊严。

小　结

人类在社会生活中普遍有突出自己的强烈愿望。他们普遍把赢得名誉、地位、成就、业绩、财富等当成人生的奋斗目标。对于人类来说，这些目标的实现具有特别重要的伦理意义。具体地说，这些目标的实现不仅能够使他们在社会之中地位显要、声名远播、成就惊人、业绩耀眼、财富夺目，而且能够使他们更容易获得伦理尊严。

因为想突出自己，人类普遍希望居于社会的前景之中。没有人甘愿总是生活在背景之中，没有人甘愿总是被人忽视。人类不仅知道伦理尊严的重要性，而且能够借助于各种手段来维护他们的伦理尊严。如果他们不能居于社会的前景，他们的伦理尊严就很容易受到伤害。在这种情况下，他们会千方百计地维护他们的伦理尊严。人类社会就是一个大转盘。每一个人都希望居于这个转盘的核心位置，因为那里是人类社会的核心或中心地带。如果一个人不能进入人类社会的核心地带，他们就只能进入转盘的边缘地带，并沦为边缘化的人。虽然这是人类社会难以避免的一个事实，但是人类并不甘愿被边缘化。

非人类的自然存在物也有伦理尊严。虽然它们不能借助于语言手段来表达其伦理尊严诉求，但是它们并不是没有手段来显示其伦理尊严。一块石头可以通过其硬性来显示其伦理尊严，一根小草则可以通过彰显其强大的生命力来显示其伦理尊严。整个自然界可以通过其不以人类意志为转移的生态平衡规律来显示其整体性伦理尊严。人类并非自然界唯一具有伦理尊严的存在者。

文学艺术的生态化使"自然"从传统文学艺术中的"背景"位置转移至"前景"位置，这是文学艺术领域发生的一场深刻革命。这场革命不仅意味着"自然"在文学艺术中的地位发生了根本性改变，而且意味着文学艺术从传统形态向生态化形态的根本性转变。文学艺术的生态化形态是指文学艺术通过其自身对生态思想、生态观念和生态意识的承载而彰显的一种新形态。这种形态的文学艺术注重突出"自然"在文学艺术中的核心地位。在这种文学艺术中，人类有其存在的独特价值，但人类的存在价值必须在自然主义的整体框架内来加以理解。

要使"自然"取代人类在文学艺术中的显要地位，这无论对于文学艺术家来说还是对于普通民众来说都是一种巨大挑战。长久以来，人类已经习惯于将其自身视为整个自然界的核心或中心，而将所有非人类的自然存在物视为在自然界可以被边缘化的存在者。这样的思维方式和思想观念在人类社会根深蒂固，至今仍然很有市场。人类是一种对"传统"具有强烈依赖性的动物。只要有可能，他们就会固守人类社会的既有传统。从这种意义上来说，要让"自然"在文学艺术中取代"人类"的核心地位，文学艺术在其自身的生态化过程中必须挑战和反叛与其相关的传统。

文学艺术的生态化是文学艺术向其自身固有的传统进行坚决挑战和反叛的产物，但它的"挑战"和"反叛"顺应了当今世界的生态化潮流，因此，它具有合理性基础。文学艺术的生态化代表的是文学艺术向前发展的正确方向，它不仅会催生生态化的文学艺术，而且会将文学艺术引入一个自然中心主义的新境界、新高度和新水平。

第 **5** 章

文学艺术生态化的多样化表征

　　文学艺术的生态化已经成了文学艺术之林中一道特别亮丽的景观，它表现在文学艺术的各个领域。其中，环境文学、环保电影和环保音乐则是特别引人注目、特别引人入胜的领域，被视为文学艺术的生态化之主要表征。下面我们对环境文学、环保电影和环保音乐进行较为翔实的论述。

第一节　环境文学：文学艺术生态化催生的奇葩

　　环境文学是文学艺术生态化潮流催生的一朵奇葩，它在生态化的文学艺术领域中占据举足轻重的重要地位。之所以这样说，是因为环境文学是当今世界文学艺术生态化的主流所在。本节将对环境文学的定义、发展现状、主题思想内容等展开分析，以深化读者对环境文学的了解。

　　"环境文学"对许多读者来说还是一个陌生的术语。有些人可能会凭直觉把"环境文学"理解为一种以专门描写自然环境为主题的文学形式。环境文学无疑与"自然环境"有着非常紧密的关系，但如果将其主题思想完全归结为"自然环境"，这显然是对环境文学的一种误解。环境文学的主题思想远远超出了对"自然环境"的关注。

一、环境文学的界定及其特征

　　需要指出的是，国内外均有学者反对"环境文学"这一概念。他们主张以"生态文学"取而代之，其主要理由是："环境文学"这一概念是人类中心主义观念导致的产物，而"生态文学"体现的是生态整体主义观念。事实上，人类用何种概念来指称一个事物并不是最重要的事情。最重要的是人们如何界定该概念。要知道，一切概念都是人为建构的结果，概念的意义也是人类依据一定的方法予以确定的东西。

任何一个学术领域的研究工作都是以界定该领域的基本概念作为逻辑起点的。美国哈佛大学的劳伦斯·布伊尔（Lawrence Buell）教授是一位专门研究环境文学的文艺理论批评家。他曾经非常笼统地指出，环境文学是一种可以诉诸散文、诗歌、小说等多种体裁的文学样式。① 为了进一步说明什么是环境文学，他就如何判断环境文学文本提出了下面四个标准，即：（1）非人的环境（non-human environment）不仅是作为一种框定场景的手段而在场，而且是将人类历史隐含于自然历史中的一种在场；（2）人的利益没有被理解为唯一合法的利益；（3）人对环境的责任（human accountability to environment）是文本中的伦理价值取向（ethical orientation）的一部分；（4）文本至少让人感觉到，环境是作为一个过程存在的，而不是一种永恒不变或约定的存在。②

布伊尔试图通过确立评判环境文学文本的标准来解释环境文学的涵义。他想强调：（1）环境文学文本是以承认这样一个生态学真理或科学事实为前提的：它把自然界视为一个庞大的生态系统，人类是地球生态系统的一个组成部分，因此，人类在自然生态系统中的一切活动必须受生态规律或自然规律的制约；承认这一客观事实是环境文学文本的普遍思想特征。（2）环境文学文本必须展现一种生态整体主义视野，它必须旗帜鲜明地反对把人类视为自然主宰的观点，反对人类使其利益凌驾于自然规律之上，要求人类从自然界的整体性出发来审视和处理人与自然之间的关系；承认自然界的整体性特征是环境文学文本内含的自然观。（3）环境文学文本要求承担环境道德责任，并将其视为人类解决环境问题的根本途径；呼吁人类为自然环境的进化承担道德责任是环境文学文本隐含的环境道德观。（4）环境文学文本必须能够警示人类，他们在自然生态系统中的一切活动完全可能导致自然环境发生恶变，甚至可能引发全球性环境危机，这种危机会同时给自然界和人类带来巨大危害；环境文学文

---

① Lawrence Buell, The Future of Environmental Criticism: Environmental Crisis and Literary Imagination (Oxford: Blackwell Publishing, 2005), p. 142.

② Lawrence Buell, The Environmental Imagination: Thoreau, Nature Writing, and the Formation of American Culture (Cambridge, Massachusetts, and London: The Belknap Press of Harvard University Press, 1995), pp. 7 – 8.

本往往包含描写环境危机的内容，它是一个充满环境危机忧患意识的文学形式。

布伊尔对"环境文学"的界定是非常笼统的。可以说，他并没有就环境文学提出明确定义，但他就环境文学文本提出的判断标准对我们认识和把握环境文学的涵义是有帮助的。他至少向我们揭示了这样一个事实，即我们必须从文学、生态学、环境伦理学等多学科构成的综合视角来判断环境文学文本；典型的环境文学文本是集文学想象力、生态科学理念、环境道德精神等于一体的文学作品。

环境文学文本具有显而易见的跨学科特征。这是我们判断一个文学作品或文本是不是环境文学作品或文本的一个基本标准。一个环境文学文本或作品总是或多或少被添加了来自生态学、生物学、环境社会学、环境经济学、环境伦理学等学科的思想、理论和方法，因此，它总是要流露出这些相邻学科的一些特性。例如，环境文学中的散文作品通常会包含丰富多彩的生态学事实描写，这使得它们看上去很像生态学著作。有些环境文学作品包含丰富而深刻的环境道德思想，因此，它们看上去可能像环境伦理学著作。

美国学者斯科特·斯拉维克（Scott Slovic）对环境文学的界定比布伊尔更清晰一些。在他看来，环境文学包括以表现人与自然关系为基本内容的诗歌、散文、小说、戏剧等形式；环境文学作品反映的是个人在处理人与自然关系时对人类和自然所表现的责任意识。[①] 他还进一步强调："环境文学的目的是要促使读者对其自身存在的自然属性形成生动而直观的感觉，并进一步鼓励他们从美学、生态学和政治学的角度来关注非人的自然界。环境文学能够间接地推动社会变革，巧妙地改变读者对他们自己以及他们与整个星球的关系的思维方式。"[②] 斯拉维克不仅强调了环境文学的跨学科性质，而且将环境文学的创作视为一种新的文学思维方式和方法。他在界定"环境文学"这一概念方面达到了一个新的思想和理论高度。

我国也有一些学者试图界定"环境文学"这一概念。高桦是较早提出

---

① Scott Slovic，"Environmental Literature，" in A Companion to Environmental Philosophy，ed. Dale Jamieson（Massachusetts：Blackwell Publishers Inc.，2001），pp. 251 – 258.

② Scott Slovic，"Giving Expression to Nature：Voices of Environmental Literature，" Environment，1999（3）：27.

"环境文学"这一概念的国内学者。她认为环境文学从特殊的角度来反思社会现实问题，其主要特征在于它将文学的艺术性和美学特征与生态环境保护思想紧密地联系起来。这种界定也是以强调环境文学的跨学科特征为主要内容的，但它在许多具体措辞上显得不清晰、不明确。其实，环境文学的视角主要是一种文学视角，但它具有跨学科特征。环境文学所关注的社会现实问题并不是仅仅与人有关的问题，而是与自然环境相关联的社会现实问题。

张力军在《愿地球无恙》的前言中将环境文学界定为："以强化人们的环境意识为出发点，不仅揭露破坏污染环境的坏人坏事、环境观念淡薄的丑事蠢事，还大力讴歌为促进环保事业发展默默做出贡献的广大环保工作者，歌颂关心生态环境、热心环境的新人新事，新的道德风尚。同时书写祖国壮丽的山河，描绘大自然和人与大自然美妙的关系，从而升华人们的爱国主义情操和环境伦理道德，也是它的一项重要使命。"[1] 这种界定揭示了环境文学的主要主题思想构成，对我们深入理解环境文学的涵义是有帮助的。

上述国内外学者对环境文学作出的界定都不乏启发意义，但也都显得不够全面、深入、系统。我们认为，有关环境文学的界定至少应该体现以下三个方面的内容：

第一，环境文学具有何种体裁特征？环境文学采取的是传统的文学体裁，还是新的文学体裁？每一种文学形式都必须借助于一定的体裁来作为其存在的载体，环境文学也不例外。因此，确定环境文学的体裁特征是我们界定环境文学的首要工作。

第二，环境文学的主题思想构成是怎样的？环境文学在主题思想设计和安排上是否有别于其他文学形式？每一种文学形式都有自身的主题思想构成，这是区分不同文学思潮的一个重要内容。作为一种新的文学思潮，环境文学在主题思想构成方面必定有其特色。我们对环境文学的界定不能不反映这一事实。

第三，环境文学主要运用哪些艺术技巧来增强其艺术感染力？环境文学表现主题思想的艺术技巧有何独特之处？每一种文学形式都会借助于一定的艺术技巧来表现其旨在张扬的主题思想。作为一种新的文学思潮，环境文学必然也会在这一方面展现出其独特性。我们对环境文学的界定也应该将此反映出来。

---

① 张力军. 愿地球无恙［M］. 北京：中国环境科学出版社，1997：1.

　　为了较好地回答或涵盖上述三个问题，本书将环境文学界定为这样一种文学形式：它是一种以散文、小说、诗歌、戏剧等传统文学体裁为载体，以探讨人与自然的关系为基本内容，以弘扬生态思想、环境道德、环境审美情趣等为主要价值导向的文学样式或思潮，它具有融合文学、生态学、环境伦理学、环境美学等多学科视角、思想、理论和方法的总体特征。这种界定突出了三个方面的内容：一是环境文学采纳的是传统的文学体裁；二是环境文学的思想内容是围绕人与自然的关系这一核心展开的，涉及当代人类认识和对待自然的各种思想、观念、情感、态度等；三是环境文学从环境伦理学、环境美学、生态学、环境经济学等相邻学科中吸取了大量思想、理论和方法论智慧，因此它在艺术表现技巧上具有鲜明的跨学科特点。

　　要深入理解环境文学，我们需要具备生态学、环境伦理学、环境社会学等学科领域的思想、知识和理论。当然，这仅仅要求我们对这些领域的思想、知识和理论有所了解，而不是要求我们成为这些领域的专家。环境文学的主体毕竟是文学，因此，我们欣赏环境文学作品的主体视角应该是文学视角。

　　为了让读者直观地了解环境文学的特征，我们以美国当代诗人加里·斯奈德的诗作《水面上的涟漪》为例来加以说明。

水面上的涟漪

水面上的涟漪——
像水面下游动的银色鲑鱼——相异于
微风带动的细波

海浪上疾驰的卷流——
脊柱后凸的鲸鱼
突然从水中蹦出
大口喘气的鲱鱼
——自然不是一本书，它在演出
一种高级的古老文化

常新的事物

　　拆碎，擦掉，循环使用——
　　交织的河道
　　在绿草下隐匿——

　　荒野无垠
　　房子独屹立。
　　荒野中的小房子
　　房子中的荒野。
　　都已被淡忘。

　　无性
　　两者都糅合在一所大而空的房子中①

　　读者可以在细读上述诗歌的过程中循着诗人的心路历程去深刻地体味他对"水面涟漪"的仔细观察和巧妙展现。诗人在诗中使用的自然隐喻值得读者关注。诗人在是诗歌中使用了不同的自然隐喻，其根本目的是要将一个充满生机与活力的自然呈现在读者面前："自然不是一本书，它在演出。"诗人想通过这样的诗句告诉读者，自然绝对不是一种静止不变的存在，它有蓬勃的生命活力，有常变常新的存在状态。诗歌解构了西方文化中将"文明"与"荒野"、"文化"与"自然"纳入二元对立轨道的思维定势。除此之外，诗人还从在这些具体的意象中得出富有启发意义的结论：文化（"小房子"意象）和自然（"荒野"意象）"两者糅合在一起"，因为宇宙是"一所大而空的房子"。"一所大而空的房子"是一个隐喻，它喻指自然界。诗歌中的"房子"并非人类专有的东西，而是人类与非人类的自然存在物共同拥有并且可以共同"演出"的场所。这所房子是没有等级差别的房子，是没有"文化"与"自然"之分的场所，是一个"无性"的王国，是一栋化解了人类与自然之间的对立和冲突的房子，它演绎的是"一种高级的古老文化"——这种古老的文化是以追

————————————
① Gary Snyder, "Ripples on the Surface" in No Nature: New and Selected Poems (New York and San Francisco: Pantheon Books, 1992), p. 381.

求人类与自然的长久和谐为主题的文化模式。

诗歌将人类文明与荒野并置起来，并使两者能够相互贯通："荒野无垠 ／ 房子独屹立。／荒野中的小房子／房子中的荒野。／都已被淡忘。"房子是人类的居所，但诗人让它"屹立"在"无垠"的"荒野中"，这就意味着人类文明永远只是自然界的一个组成部分，它只能被称为"荒野中的小房子"。诗人认为人类文明和自然自始至终是糅合在一起的，是"一所大而空的房子"。人类是自然的内在组成部分，人类与非人类的其他自然存在物共同组成了一个庞大的生态系统，共同生活在这个"大房子"中。需要特别强调的是，"都"字在诗歌的最后三行中两次重复出现，这进一步凸显出人类文明与自然之间不可分割的联系，彰显出人类与自然须臾不可分离的关系。

人类文明与自然有根本区别，但人类文明不可能从根本上脱离自然。无论人类文明怎么演进，也无论人类文明演进到了何种程度和水平，它总是必须是以自然的存在为根基，因此，诗人坚持认为，人们不应该把家的概念局限于小家，而应该把家扩散到无限大的范畴，把它看成一个"大房子"。这样就容易形成一种大家园意识和联系的意识，而不是与自然分离的意识。反之，如果人们忘记人与自然的内在联系，忘记自己是生态系统中的一员，那么这所大房子就有可能成为"空"房子。诗人之所以把这所大房子说成是"空"的，也旨在给人们警示：人们如果不能意识到人与自然的联系，生态系统就会变成"空"的，因为其中缺乏和平共处的精神，而这种精神是所有人都应该具有的。

作为当今美国很有影响的生态诗人之一，斯奈德的诗歌中通常包含丰富的生态学知识和环境伦理思想。诗歌《水面上的涟漪》中所蕴含的生态知识和环境伦理知识是通过众多崭新的意象体现出来的。诗歌旨在通过这些新的意象帮助读者形成一种正确的自然观，以消除其头脑中主张文化与自然二元对立的传统思想观念。诗歌中的意象是"陌生化"的意象。它们推动读者去反思自己的观念和行为，特别是他们的传统观念和行为，这有助于强化读者的环境理念、环境意识和环境保护意识。

与环境社会学、环境经济学、环境伦理学等学科一样，环境文学注重渲染环境忧患意识。它渲染环境危机忧患意识的目的不仅是要人们承认环境危机的存在，更重要的是要人们在充分认识环境危机的基础上修正不合理的观念和行为——因为它们正是引起环境危机的原因所在。环境文学呼吁人们真正培养和不断加强环境保护意识，改正不合理的观念和行为。这是说，如果我们每一个人、每一家企业、每一个政府、每一个国家和每一个民族都从思想上和行动上认真保护自然环境，那么，保护地球生态系统的努力就更容易变成一种高尚的环境道德情怀和环境道德实践。

环境文学是以关注和描写环境危机作为其自身展开文学想象力的现实基础，它往往用生动而又沉甸甸的文学语言真实地展现和揭露环境危机的可怕形势。例如，徐刚在他的《伐木者，醒来！》中控诉了全国各地乱砍滥伐森林，严重破坏自然植被的实况；马役军在他的《黄土地　黑土地》里揭露了中国有限的土地资源被不合理地开发利用，造成土地严重荒废和流失的惨痛局面；岳非丘在他的《只有一条长江——为长江母亲代写一份"万言书"》中描写了由于长江沿岸的人们盲目发展经济，导致长江水质严重污染和三峡的美丽风景有可能毁于一旦的可怕状况……在环境文学文本或作品中，"环境危机"是一个常见的意象。

环境文学在内容和形式上均有别于其他文学形式或传统文学。从内容上来看，它侧重于发掘和表现环保题材，注重张扬人类与自然的和谐共荣、人类生存和发展的可持续性、当代人类的生态道德意识等主题思想。从形式上来看，它通常运用跨学科的方法和技巧来显示一种不同于其他文学形式或传统文学的艺术风格和特色。环境文学不仅包含来自生态学、环境伦理学、环境社会学、环境经济学等学科的思想和理论，而且在艺术技巧上深受这些学科的影响，并带有这些学科的痕迹。

环境文学从文学的角度关注和审视当今世界普遍关心的环境问题，它既与源远流长的世界文学传统保持着一定的继承性，又表现出一种与当今时代的社会背景和精神气息相适应的时代性和创新性，从而显示出一种独特的艺术魅力。环境文学的产生与形势逼人的环境问题直接相关，更与当代人类面对环境问题时所表现的思想、观念、情感和态度关系密切。环境状况日益恶化、人与自然之间的关系日趋紧张、当代人类忙于应对环境危机等事实，为一些有先见之明的作家进行环境文学创作提供了素材，使环境文学成为在新的时代背景下为人类生态环境保护事业摇旗呐喊的一股强大的新生力量。

环境文学是世界文学领域的一枝新秀。它是一种新的文学思维方式，因为它的文学想象力是在新的高度和深度上围绕人类与自然的关系问题来展开的。它是一种新的文学理念，因为它不仅具有明确的价值取向，而且将其价值取向定位于追求人类与自然的和谐共荣。它是一种新的文学实践活动，因为它是世界环境保护运动的一个重要环节。它是一面推动当代人类积极推进环境保护运动的旗帜，因为它总是在为环境保护事业摇旗呐喊。

二、环境文学在西方的兴起与发展

我们不仅需要了解环境文学是什么，而且需要了解环境文学在世界范围内的发展状况。通过了解环境文学的涵义，我们可以将环境文学与其他文学形式或传统文学区分开来。通过了解环境文学在世界范围内的发展状况，我们可以对环境文学的发展历史获得一种综合性的历史把握。

环境文学并非自古就存在的一种文学形式。人类与自然的关系问题历来是文学注重表现的一个主题，但这一主题只有到了环境文学中才获得最重要、最显赫的地位。环境文学的产生和兴盛与现、当代人类对其自身与自然环境的关系的认识得到空前深化的历史背景直接相关。

自出现在地球上的第一天起，人类就一直与自然环境进行着日常的、频繁的交往。在这种交往过程中，人类一方面与非人类的自然存在物频繁地打交道，另一方面也不断加深着他们对其自身与自然的关系的认识和理解。对此，我们需要同时从西方和中国的角度来加以理解。

环境文学首先兴起于西方发达国家，这与西方发达国家的社会现实紧密相关。19 世纪中期，西方资本主义国家的发展进入一个重要转折点。这主要是指，西方主要资本主义国家先后取得了资产阶级革命的胜利，资产阶级也因此夺得了统治地位。统治地位的确立为资本主义社会的科技进步和经济发展提供了政治条件，它极大地推动了西方资本主义国家的工业化进程和社会经济的发展。科技进步及其带来的经济增长极大地改变了西方人的劳动方式和生活状况，但由于资本主义制度本身所固有的内在矛盾不可能从根本上消除，科技进步、经济增长等社会现实也带来了大量消极后果，其最突出的表现是它们以空前的方式加剧了西方人对自然的算计、盘剥和掠夺，使人类与自然的矛盾和冲突变得空前尖锐。

当资本主义社会在各个方面均处于上升阶段的时候，绝大多数西方人陶醉于如何编织工业文明的美梦。他们为快速推进的科技进步、突飞猛进的工业化进程、日新月异的城市化和空前丰富的物质财富感到欢欣鼓舞。在那种时代背景下，只有少数敏于观察和思考的哲学家、文学家注意到了西方工业文明与自然之间的尖锐矛盾。出于对人类与自然的关系的深刻认识，他们呼吁西方人、乃至整个人类正确处理人与自然之间的关系。他们是西方社会较早具有环境意识和环境保护意识的人。

在这样的西方文学家当中，最值得一提的是美国著名作家亨利·大卫·梭罗（Henry David Thoreau，1817—1862）。他著有举世闻名的散文著作《瓦尔登湖》。他在该散文著作中表达了这样的观点：人与大自然属于同一个统一体，大自然是上帝赐予人类的财富，人类不应该人为地改变物种，人类生活应该是自然而宁静的，但这种理想生活有赖于人类与自然的直接亲近和和谐共荣。为了真正亲近自然、甚至与自然融为一体，梭罗曾经在瓦尔登湖畔隐居过一段时间。期间，他一个人独居树林之中，自力更生地劳动，过着非常简朴的生活，享受着大自然带给他的宁静和安逸。他试图通过这样一种与大自然直接亲近的生活方式告诉西方人：只要愿意，人类是可以与大自然和谐相处的。

进入 20 世纪之后，西方主要发达资本主义国家相继进入垄断资本主义阶段，随之而来的是科学技术更加快速的进步、工业化进程更加快速的推进、城市化进程更加快速的扩张、物质财富更加快速的积累和资本主义国家之间的矛盾更加快速的尖锐化。两次世界大战是西方资本主义国家的社会变迁的必然结果，尤其是资本主义国家之间的矛盾极端尖锐化的必然结果。两次世界大战的机器以人类社会空前未有的规模和残酷性、破坏性被开动起来，它们对自然生态环境造成的严重破坏给当代西方人的生活蒙上了一层厚重的阴影。一方面，它们使许多西方人在饱受科技军事化所带来的深重灾难之后出现了道德价值观的紊乱，甚至出现了厌恶道德、否定道德和逃避道德的道德危机；另一方面，它们也使环境问题十分严峻地摆在了西方人面前。当然，两次世界大战也驱使一些西方人开始反思人类活动对自然环境的深刻影响。正是在这样一种历史背景下，一些西方人的生态意识得到了显著提高，尤其是许多文学家的环境意识变得更加强烈、明朗。

美国现代派诗人 T. S. 艾略特曾经凭借他的诗集《荒原》震惊整个世界。他在该诗集里无情地批判了现代西方世界弥漫成灾的精神危机，并深刻地揭露了现代西方人在物质利益的驱动下毫无节制地进行工业化的弊端。在他看来，物欲横流是现代西方国家普遍存在的问题，由物欲横流导致的精神危机和日益暴露的工业文明弊端相应地导致了人性的扭曲和自然资源的短缺。他还进一步指出，现代西方世界所取得的物质文明是一种需要子孙后代付出沉重代价的文明。在艾略特的眼里，以工业文明为主要标志的现代西方文明存在大量弊端，它是一种不健康、不健全、不合理的文明形态，是一种需要西方人进行深刻反思并进行变革的文明形式。

《天根》是法国作家加里的一部环境文学作品。在该小说里，加里借用伊斯兰教的说法，将大自然称为"天根"。他认为大自然是人类生存和发展的根本依托，是一切生命的源泉，但人类却一直在无情地损害它，破坏它。该小说非常详细地描写了非洲大象遭到人类无情屠杀的情况。它一方面用现实主义的手法展现了人类破坏大自然的丑恶行径，另一方面借助于心理学的方法剖析了人性的残忍和凶暴。小说中的人物莫雷尔是一个大象保护主义者。他四处呼吁人们保护大象，但那些猎杀大象的人非常憎恨他，将他视为"大恶人"、"神经病"和"愤世嫉俗者"。莫雷尔为保护大象做了很多努力，但他所做的一切并不能感化那些靠捕杀大象谋取私利的人。他是一个孤立无援的人，因为很少有人能够理解他的思想和行为。人们不同情他，不愿意支持他的所思所想和所作所为。绝大多数人不愿站在他的立场上来思考问题，因为他们并不知道保护大象的意义。加里的小说主要反映了广大发展中国家的人缺乏环境意识和环境保护意识的落后状况。

英国作家哈得森（1841—1922）是一位著名环境文学家，他写了一系列以自然为题材的作品。他的作品因为具有超前的环境保护意识而为现代读者所钟爱。不管是在他极具浪漫色彩的代表作《绿厦》中，还是在他的写实作品《紫色土地》《鸟与人》《遥远的过去》《大草原故事集》《水晶》等作品中，读者都可以深切地感受到他对大自然的热爱与崇拜，以及他对现实世界中的种种弊端的强烈不满和批判。哈得森认为，现代文明的主要弊端在于它使人类远离了大自然，使人类文明与自然之间的对立和冲突日益加剧。他反对人们沿着与自然相对立、相冲突的错误方向去寻求幸福。在他看来，人类的错误是致命性的，因为他们并没有意识到他们已把真正的幸福抛在身后。哈得森毕生致力于表现大自然之美，并积极投入到 19 世纪末保护大自然的社会运动中。他的作品中对自然风光的描写引人入胜，深刻地反映了作者对大自然的心灵感受。在阅读他的作品时，读者会被自然而然地带入到一个充满自由灵性的自然世界。从他的字里行间，读者可以感受到作者比任何人都更贴近自然。他的代表作《绿厦》就具有这样一种艺术效果。《绿厦》以"绿厦"喻指大自然，呼吁人类通过追求人类与自然的和谐共荣来建立一座可以为人类和自然共享的"绿厦"。

进入 20 世纪中期以后，由于环境问题及其危害性开始以更加尖锐的方式表现出来，民众的环境意识在大部分西方国家出现了质变，其主要表现之一是在英国的刘易斯，美国的利奥波德、卡逊，德国的麦瓦尔特，加拿大的莫厄特等环境文学家的共同努力下，环境文学开始在西方发达国家成为一种引人注目的文学形态，其影响力与日俱增，"生态环境保护"也因此而在西方文学中变成了一个明确而清晰的主题。

英国作家刘易斯则以其对人类文明的深刻批判而著称。他在 1947 年发表的散文《人之废》中明确指出，人类征服自然的过程往往被人类本身用来描绘应用科学和应用技术的进步，但人类应用科学和应用技术的进步是征服性的，其最严重的后果是人类活动使大自然不堪重负，人类在征服自然的过程中毁灭了自身。刘易斯是一个具有强烈环境忧患意识的环境文学作家，他的环境忧患意识是以他对人类文明的深刻批判为主要内容的。

在美国，利奥波德（Aldo Leopold，1887—1948）是西方环境文学的最早开拓者之一。他不仅是一个著名的作家，而且是一位颇有影响的生态伦理学家。他的代表作《沙乡年鉴》是一部语言优美的散文集，也是一部脍炙人口的环境伦理学名著。他在《沙乡年鉴》里用非常优美的文学语言阐述了自己的生态伦理思想和自然观。利奥波德将他自己的生态伦理观和自然观融入妙趣横生的叙述，对动植物进行了细致入微的描写，对人与自然的关系问题进行了深入分析，在当时的美国产生了广泛影响，激发了无数美国人对自然的关爱之情，特别是它使许多美国青年开始积极投身于生态环境保护事业。利奥波德在出版《沙乡年鉴》之后不久就去世了，但他的影响至今仍然广泛存在。在1987 年利奥波德诞辰 100 周年纪念日，美国国会通过正式决议，将利奥波德誉为"自然保护之父"。1993 年，美国联邦政府出资建立了"利奥波德荒野研究所"——该研究所由许多生态学家、社会学家、伦理学家、管理科学家组成，专门研究荒野的生态价值和社会价值。美国还有一家以利奥波德命名的环境教育机构——"奥尔多·利奥波德自然中心"。该机构以提高国民的环境意识为己任，致力于环境教育事业，在美国具有广泛影响。在当今美国，"利奥波德"几乎是一个人人皆知的名字。

蕾切尔·卡逊（Rachel Carson, 1907—1964）可能是在利奥波德之后最有影响的美国环境文学作家。作为一位女性作家和海洋生物学家，她创作了《海风下》《我们周围的大海》《海的边沿》《寂静的春天》等举世闻名的环境文学作品。这些作品在美国、乃至整个世界享有盛誉。尤其是当她的《寂静的春天》出版的时候，美国各地一片轰动，美国各界人士掀起了一场有关杀虫剂的全民性大争论。这场争论的结果是真理得到了彰显，谬论得到抑制，美国民众的环境意识和环境保护意识得到了明显提高，美国政府、企业和民众发起了轰轰烈烈的环境保护运动。卡逊从小就酷爱文学，尤其是她从小就喜欢用文学形式表现大自然的神奇和美丽。她对大自然中的花草、树木、动物、流水、白云等都怀有"特殊"感情，常常在自然风景中流连忘返。在《海风下》这部散文著作里，她从独特的视角生动地描绘了多种海洋生物。从她的描述中，我们不难感受到她在童年时代就与自然动植物结下的深厚感情。女性的细腻和柔情在卡逊的环境文学作品中得到了淋漓尽致的表现。当这种细腻和柔情被投射到自然之中，它就表现为一种热爱、尊重和保护大自然的情怀。

环境文学在美国如火如荼地发展的同时，德国、法国等西方国家也涌现了许多环境文学作家。法国作家勒科莱奇奥以创作生态小说而著名，其主要作品有《诉讼笔录》《巨人们》《另一边的旅行》等。《诉讼笔录》是他的第一部生态小说。在该小说中，他以基督教《圣经》所宣扬的人类祖先"亚当"来命名小说的主人公。"亚当"生活在原始森林里，不仅与现代文明生活格格不入，而且对现代文明进行了猛烈批判。在亚当的眼里，人类在地球上所做的一切都是无益的事情。比如说，人类发明的电视机使人类彼此相隔，失去了应有的沟通；人类建造的房屋占据了大量地球面积，使地球变得无比拥挤。勒科莱奇奥对现代文明持批判态度，他向往大自然的自由、朴素和简单。他认为现代人类都是不幸福的，只有仍然保持原始生活方式的印第安人仍然能够享受到真正的幸福。在他的眼里，现代人类疯狂地追求物质享受，生活在高消费社会里，完全变成了物的奴隶。正是基于这样一种立场，他希望人类去"旅行"。

所谓旅行，是指人类应该回归自然的怀抱。他在《另一边的旅行》里刻画了一个能够在大自然中自由飞翔的女孩，并通过她表达了一种回归自然的强烈愿望。

加拿大环境文学作家莫厄特的《与狼共舞》是一部以长篇纪实为主的环境文学杰作。这部作品真实地记录了狼的生活习性和生存现状。作品中的狼是一种濒危动物，它们急需得到适当的保护。作者呼吁人类担负起对自然应尽的责任。《与狼共舞》让人们认识了"狼的真实的状况而不是人们以为的那样"。① 这部作品在破除陈腐观念方面独树一帜。作品中的"狼"不是"夺命狂"，狼在许多社会行为方面堪称文明人类的榜样。例如，狼以黄鼠和北方梭鱼为主食，但他们的猎取绝不会超过维持生存的需要；狼能组成它们的社会，也能和人类共享一个社会；在狼的世界里也有生存空间，即领土的要求，但却没有战争，它们靠尊重和容忍保持着自我世界的和平，同时也和北极居民保持着友好相处；狼依照自然条件的变化调节其自身的生育，因而绝不会出现"人口膨胀"而导致"资源枯竭"；在狼的社会里没有"孤儿"一词，狼的亲戚邻里之间和睦相处，配偶之间情深意浓，忠贞不渝。与人类相比，它们绝对称不上凶残。作者通过细腻的观察和描写，把狼的动物王国客观公正地展现在读者面前，让人们意识到人、土地、动物等在地球上可以构成一个完整的生态系统。他的《与狼共舞》具有广泛的国际影响。

环境文学首先在美国、英国、德国、法国、加拿大等西方发达国家兴起，这和西方首先进行工业化的历史事实有关。伴随着工业化、城市化等现代性指标在西方国家迅速提高的事实，西方国家的现代技术革新日新月异，经济增长突飞猛进，社会物质财富空前丰富，但因此而导致的环境问题也日益严重。于是，一部分人的环境意识受刺激而觉醒。环境文学就是这种"觉醒"的产物。

中国是在改革开放之后才真正走上工业化道路的，但这种迟到的工业化进程所造成的环境破坏和环境污染却与西方工业化道路有惊人的相似之处。当今中国也存在非常严重的环境问题。虽然当今中国在工业化、城市化、机械化等等方面取得了举世瞩目的成就，但是日益严重的环境问题也已经演变为令人忧

---

① Finch & elder（ed.），The Norton Book of Nature Writing，W. W. Norton & Company，Inc.，1990，p. 621.

虑的环境危机。雾霾扩散、酸雨肆虐等在当今中国日益加剧的事实就有力地证明了这一点。

环境危机在当今中国的爆发为中国环境文学的兴起提供了现实土壤。20世纪80年代中期以后，受西方环境文学和西方生态经济学、生态伦理学、生态社会学等领域研究成果传入的深刻影响，加上中国日益恶化的环境状况给人们带来了诸多警示，中国也出现了揭露环境问题和呼吁生态环境保护的环境文学。中国环境文学起步较迟，但它的发展势头很好。当今中国已经形成了以冯特、王蒙、徐刚、哲夫等人为代表，具有相当规模的环境文学作家队伍，并推出了大量引人注目的环境文学作品。

在中国环境文学作家队伍里，徐刚的影响值得关注。他是中国最早从事环境文学创作的作家之一。10多年以来，他一直致力于环境文学创作，已经发表《伐木者，醒来!》《沉沦的土地》《江河并非万古流》《中国风沙线》《中国：另一种危机》《绿色宣言》《守望家园》等著名环境文学作品，在中国文学界和普通民众中间产生了广泛影响。《守望家园》是他在1998年出版的一套丛书。该系列丛书共6卷，收录了《最后的疆界·海洋之卷》《光的追问·星云之卷》《神圣的野种·动物之卷》《荒漠呼号·土地之卷》《根的传记·森林之卷》《流水沧桑·江河之卷》等作品。在这些作品中，徐刚以优美的语言和统计学的手法描绘了当今中国所面临的严重环境问题，在中国引起了巨大反响。中国作家协会党组副书记陈昌本曾经高度评价徐刚："作家是先觉者，徐刚是作家中的先觉者，洪水（指1998年的洪水，笔者注）过后，全国人民的环境意识都升了一级，而徐刚同志已经像苦行者一样大声疾呼环保10年了。这种精神历来是成大事的根基。"评论家李炳银也说过："从一粒沙、一滴露等细小的东西入手，反映生存环境中令人悲伤的现实环境，这是徐刚的一种智慧、一种境界，他不仅在环境文学中走在前沿，也是文坛上很有特点的一片风景。"① 这种评价是中肯的，最贴近事实。

作为一位环境文学作家，陈桂棣主要以写报告文学作品而著名。为了创作报告文学《淮河的警告》，他曾经历时108天，行程一万多里，跑遍淮河流域，这使得他的文学作品对淮河严重污染现象的揭露既真实又可怕。陈桂棣以

① 刘湘溶. 生态文明论［M］. 长沙：湖南教育出版社，1999：221.

他的优秀环境文学作品享誉中国文坛。他的《淮河的警告》曾获首届中华文学选刊奖和首届鲁迅文学奖。当前，他正以一种难能可贵的勇气关注中国农村生态环境保护问题。我们有理由相信，他会在不久的将来推出与此相关的环境文学作品。

当今中国还涌现了一批弘扬环境保护主题的小说家。哲夫的《毒吻》《黑雪》《天猎》《地猎》等作品表达了一种深沉的生态环境意识和人文意识。陈应松的《松鸦为什么鸣叫》《豹子最后的舞蹈》《木材采购员的女儿》等作品以湖北宜昌神农架生活为题材，表现了作者对环境危机的忧患意识。胡发云的《老海失踪》揭露了山区乱砍滥伐森林的可怕状况。亦秋的《涨潮时分》描写的是一个人类为什么必须走可持续发展道路的故事：一座座化工厂在一个城市的海滩上拔地而起，带来了该城市的经济腾飞，却导致了城市环境的日益恶化。为了解决环境问题，市政府不得不实施隧道引水工程，但由于生态环境遭到过分破坏，台风和海潮造成了非常严重的灾害，一位副市长在抵抗台风的斗争中牺牲，海边的化工厂也一个一个被台风摧毁。小说通过描写自然对人类的触目惊心的报复揭示了人类经济发展对自然环境的依赖关系，并告诉我们：可持续发展之路是未来人类社会发展唯一行之有效的方式。

环境文学在世界范围内经历了一个近200年的发展历程。它于19世纪中期首先兴起于西方资本主义国家，后来逐渐发展成为一种全球性文学思潮。不过，环境文学发展的高潮是近五六十年的事情。在20世纪中期之前，世界环境文学在内容和形式上均显得不够成熟。例如，许多环境文学家的作品中包含环境道德价值取向的萌芽，但环境道德价值取向尚未在环境文学中成为一个鲜明的文学主题；此时的世界环境文学所显示的人类环境意识不仅是朦胧的、模糊的，而且带有许多浪漫主义色彩；这一时期的环境文学作家很少，他们发表的作品也数量有限；更突出的是，他们的作品很少受到人们的重视和推崇；纵然有人对他们的作品感兴趣，那也主要是因为那些作品可以作为他们暂时脱离工业文明的现实、回归自然的"调节剂"。进入20世纪中期以后，环境文学在整个世界进入繁荣阶段。进入繁荣阶段的环境文学带有时代的沉重感。环境文学家对环境危机的可怕现状进行了真实的揭露和描写，这往往让读者感到震惊和恐惧。繁荣阶段的环境文学也是希望的象征，因为环境文学家总是在呼吁人类改变破坏自然的传统做法，要求人类在解决环境问题方面团结一致，齐心协力，共创美好未来。繁荣阶段的环境文学作家往往不是纯粹的作家，他们当中的一些人还是研究环境问题的生物学家、环境伦理学家。由于拥有更广阔的理论视角和知识背景，他们往往能够更加深刻地审视和理解人与环境的关系。他们提出的许多观点不仅在文学领域里影响广泛，而且在许多学科领域产生了巨大影响。在环境社会学、环境法学、环境经济学、环境伦理学等诸多领域，美国的"蕾切尔·卡逊"这一名字是人所共知的，她提出的许多观点也常常是学者们争相引用的内容。

环境文学的兴起和繁荣是世界文学艺术生态化潮流中的主流，它在世界生态化所形成的大潮流中也占据重要地位。我们的时代呼唤环境文学的蓬勃发展。从实质上来说，环境文学是从人类文明的高度来艺术地认识、理解和追求人类的整体利益、长远利益和根本利益，它标志着世界文学发展到了一个新的高度。由于环境问题变得日益紧迫，关心环境问题的人越来越多，环境文学的兴盛是一种时代需要。环境文学在世界范围内的蓬勃发展为当代人类缓解环境危机开辟了一条新的道路，也使当代人类推进环境保护事业多了一份希望。

三、环境文学的主题思想构成

每一种文学都在主题思想构成方面具有一定的独特性和特殊性。要深入了解环境文学，我们不能不深入它的主题思想构成。

环境文学属于加拿大学者诺思罗普·弗莱所说的"主题型文学"。弗莱曾经说过："每一部文学作品都有虚构的内容和主题的内容。至于哪一方面更重要，这通常是一个观点不同或解释的侧重点不同的问题。"[①] 他还依据这一观点把侧重于表现主题思想或强调思想优先性的文学称为"主题型文学"[②]。

"主题型文学"侧重于主题思想的表达。或者说，它注重彰显文学的思想内容。思想内容是文学的灵魂。文学的思想内容或多或少是文学家意图的表达。文学家生活于一定的社会历史条件下或时代背景中，因此他们试图在其作品中表达的思想内容往往首先是对这种"社会历史条件"或"时代背景"的

---

① Northrop Frye, Anatomy of Criticism: Four Essays (Princeton: Princeton University Press, 1957), p. 53.

② Northrop Frye, Anatomy of Criticism: Four Essays (Princeton: Princeton University Press, 1957), p. 52.

反映。不过，文学家通过文学思想内容反映社会历史条件的过程侧重于展现社会演变过程中所发生的思想激荡或观念变化。在优秀文学作品中，作家对思想激荡或观念变化的展现往往是最精彩、最引人入胜的内容。

由于不同文学家在思维方式、知识结构、思想境界、道德情操、审美情趣和价值追求方面具有明显的差异性，他们借助于文学作品表现思想的方式和内容必然存在个体差别。有的文学家致力于反映历史中曾经有过的思想观念，有的文学家侧重于反映现实中正在发生的思想观念，有的文学家偏重于预测未来可能需要的思想观念，有的文学家则试图综合反映所有这些思想观念。因此，注重表现主题思想的主题型文学不可能是千篇一律的。

与其他文学形式相比，环境文学在思想内容上具有自身的特色。这主要是指：在环境文学中，一切思想都围绕人与自然的关系来展开，作家从文学、生态学、环境伦理学、环境美学等多视角审视和表现人与自然的关系，将人与自然的关系提高到科学、道德或美学的高度来加以艺术地展现。可以说，环境文学有别于人类历史上的任何一种文学传统以及与其同时代的文学思潮。和与之有很多相似性的浪漫主义文学相比，它不仅更多地致力于表现个人试图与社会、自然融为一体的愿望，而且着力表现个人对社会和自然的责任意识，而不是像浪漫主义文学那样主要表达个人要求摆脱社会羁绊，力图在自然界寻求自由空间的情绪和情感。与现代世界以弘扬非理性主义精神为基本特征的各种现代主义文学思潮相比，环境文学几乎处处闪耀着理性的光辉。环境文学家能够在不乏文学想象力的情况下对人与自然的关系进行理性的分析，这对提升人们的"环境意识"有着显而易见的作用。正如美国学者内茨利在《环境文学：一部关于环境文学作品、作者及主题的百科全书》一书的序言中所说："环境文学就人们如何与自然和谐相处、如何看待自己在自然界中的位置等问题提出了一些富有启发意义的思想。在这些方面，人们的观念已经发生巨大变化。之所以会有这种变化，部分得归功于环境文学家的努力及其作品的影响。"①

作为一种在当今世界颇有影响的文学形式，环境文学的主题思想主要有：

---

① Patricia D. Netzley, Environmental Literature: An Encyclopedia of Works, Authors, and Themes (Santa Barbara, California: ABC-CLIO, 1999), Preface xiv.

第一，歌咏自然之美。

歌咏自然之美即歌颂自然的美丽。自然之美是自然界作为自然生态系统存在而内在具有的美。这种美是自然而然的，是自然天成的。它内生于自然，并在自然之中得到展现。这种美不取决于任何人的主观意志。如果说自然之美与人类有某种关系的话，那么这是指人类可以依据自己的标准来欣赏它。人类有欣赏自然之美的权利。

人类对自然之美的赞扬与其对自然的认知方式紧密相关。艾伦·卡尔松曾经在《环境美学——自然、艺术与建筑的鉴赏》一书中提出了三种欣赏自然美的范式。第一种是"对象范式"：这种范式要求人在欣赏自然之美的时候遵循"艺术形式化"原则，将"自然的延展"当成人工艺术品来鉴赏；第二种是"风景或景色范式"：这种范式要求人在欣赏自然之美的时候把自然当成一种"风景画"来鉴赏；第三种是"环境范式"：这种范式则要求人在欣赏自然之美的时候把"自然"当成"自然"来鉴赏。① 为了更清楚地展示出这三种审美范式的差异，下面我们来加以具体的分析。

第一种审美范式将自然当成人工艺术品来鉴赏。例如，当人们将山上的某块浑然天成的岩石当成一件雕塑艺术品来鉴赏时，那么，人们对这块天然岩石的欣赏就意味着欣赏它的奇特形状、表现性等艺术属性。换言之，将天然岩石当成人工艺术品来鉴赏意味着，人们在想象中将该岩石从其生成的自然环境中分离了出来，同时将眼光聚焦于它的图案特征及其表征模式。这样一来，该岩石与其环境融为一体的那种有机整体感必然会遭到破坏，因为该岩石所拥有的那些艺术特征是该岩石与其周围环境之间相互关联的产物。其中，"自然力"在形成岩石之美过程中起了很大的作用，而这种隐性作用力无法通过人工艺术品直观地显现出来。又如，下面两种说法也是人们将自然物当成艺术品来鉴赏的结果："一个蜂巢是一件艺术品"、"古老的牧场中的一片白桦林是一幅油画"。这种将自然物比作人工艺术品的言说方式体现了人们对自然的认知和审美方式，但这种审美范式贬低了自然之美，因为，纵然是"巧夺天工"的人工艺术品，也不能与自然造化的成就相提并论。

---

① 卡尔松．环境美学——自然、艺术与建筑的鉴赏［M］．杨平，译．成都：四川人民出版社，2006：68-82．

第二种审美范式将自然当作"风景画"来加以观照。这种观照自然的范式就好比将一个事先定好的"画框"置于眼睛与自然景物之间，把画框里所包含的部分看成是一种"风景"。"风景如画"这个赞语就是依据"风景范式"观照自然的产物。现代观光者偏爱这种鉴赏模式。通过浏览"景色"，在观光者和自然景物之间设定"一个适当的距离"，这有助于加深景色的"柔和色彩，以及眼睛能观察、艺术能讲授或科学能证明的最常规的景色"的印象，从而使观光者得到"在最饱满的色彩和完整全景中的完美图画"①。然而，用这种鉴赏模式来欣赏自然环境是对自然环境的一种静止的再现，因为它在本质上是"二维的"，它与"对象范式"一样过分地限制了审美对象。其实，自然风景与"风景画"之间存在根本性区别：风景画要求有"审美距离"，人与被再现的自然物之间总是隔着画布；而真正置身于自然风景中则不同，自然本身可谓色、香、味俱全，这种"全方位"的真实感受与站在一种镜框式的风景画面前的感受是迥然不同的。也就是说，如果人们将自然风景当成"风景画"来欣赏，就无法体会到自然真实而丰富的意蕴之美。

在前两种自然审美范式中，只有当自然景色与预设的美学原则一致时，那种自然景色才被认为是有价值的。也就是说，在前两种自然审美范式中，起决定作用的是自然景色与欣赏者的审美倾向是否吻合，其中真正的自然美是"不在场"的；而第三种范式（"环境范式"）则不同，因为这种审美范式关注的是自然本身美的特质，体现的是一种"让自然成为自然"的自然审美范式。"环境范式"要求人们通过看、嗅、触摸等多种方式多维度、全方位地体验环境，从而认识到自然是一种"自然"的环境——这种认识是环境审美范式的核心。另外，这种体验不是将环境作为衬托的背景来体验，而是将其作为引人注目的前景来体验。换言之，"环境范式"是效仿动物形成的审美方式，因为"活生生的动物完全是当下的，一切在那里，在它的一切行为中：在机警的眼光，在敏锐的嗅觉，在高度的听觉。所有的感官同样地警戒。"② 进一步说，审美地鉴赏自然还要求我们具备关于自然环境的知识以及诸多相关因素的知

_____

① 卡尔松．环境美学——自然、艺术与建筑的鉴赏［M］．杨平，译．成都：四川人民出版社，2006：73.

② 卡尔松．环境美学——自然、艺术与建筑的鉴赏［M］．杨平，译．成都：四川人民出版社，2006：77.

识。也就是说，为了更好地鉴赏自然，我们必须积累一些有关自然的知识。正因为如此，博物学家和生态学家往往能训练有素地审美地鉴赏自然。

　　环境文学家也歌咏环境之美。他们对自然之美的欣赏往往采取卡尔松提倡的第三种审美范式。在他们的审美视阈里，自然之美首先是一种自在自立、内在自足的美。自然是一个不以人的意志为转移的生态系统，是包括人在内的所有生命之源，是孕育和生化万物的一种神奇力量，它的美产生于它本身，而不是人强加于它的。其次，自然之美是一种建立在多样性基础之上的美。自然生化万物，万物争奇斗艳，彰显出一种丰富多彩、五彩缤纷的美丽。自然之美还是一种动态的美，如风化现象作用于岩石给人的美感，可以呈现出"自然力"在"风"与"石"之间发生的有机互动。再次，自然之美是一种和谐之美。虽然自然具有地质地貌多样性、生物多样性、气候天气多样性，但是它总是能够在一定的生态规律支配下形成统一的和谐秩序。用"环境范式"来审视自然之美，环境文学家得到的是一种生态美，这种"美"的本质和根源都是自然本身。①

　　在环境文学家的眼中，自然界中的万事万物都有其存在价值和内在之美。美国环境文学家苏艾伦·坎普贝尔在游历的时候对美国的落基山脉流连忘返，甚至产生了要"将山带回家"的感觉。她为山上的花草欣喜若狂：

　　　　东边的山上野草丛生，灌木蒿郁郁葱葱。虽然已是傍晚，那些野草和灌木蒿在夕阳的映照下闪耀着银色和绿色相间的光芒。我靠近它们，摘了一把灌木蒿叶，将它们放在胸前，用胳膊夹住，置于耳后，或贴近脖子。有时，傍晚的空气里会飘来它们的香味，淡淡的，夹杂在阳光或雨水之中，让人浮想联翩。②

　　在上面这段引文中，作家通过看、嗅、触摸等多种方式全方位地体验自然

① Stephen Kaplan, "Perception and Landscape: Conceptions and Misconceptions" in Environmental Aesthetics: Theory, Resarch, and Applications, ed. Jack L. Nasar (Cambridge and New York: Cambridge University Press, 1988), pp. 45–55.

② SueEllen Campbell, Bringing the Mountain Home (Arizona: The University of Arizona Press, 1996), p. 5.

环境。我们不难从字里行间发现，作家对落基山脉的荒野风光的赞美之中饱含真情，其真情之中蕴涵着作家对自然之美的深刻体悟，其目的则是为了激发读者的自然环境保护意识。

对于美国环境文学家梭罗来说，荒野意味着活力和美：荒野有一种野性的美，而最接近野性的东西，是最有活力、也是最美的东西。当梭罗观看自然时，他不用平常人那种漫不经心的扫视，而是用心在观察和凝视，因此在他的眼中，自然界的万事万物都美丽无比，就连夕阳下的青草也是活力四射，流光溢彩："青草似春天的火焰般在山腰燃起……那火焰的颜色不是黄的，而是绿的——那是青春永驻的表征。那草叶像一条长长的绿色缎带，从草地飞向夏天。"① 对梭罗来说，瓦尔登湖的美景令他心醉神迷，"他在她（自然，引者注）那里找到了家园"②。

如果说梭罗对瓦尔登湖"情有独钟"，缪尔则对美国约塞米蒂山的美景倾注了无限深情，赞不绝口：

> 宏伟壮美的穹丘和峡谷，黑漆漆的绵延壮阔的森林，一排排光亮闪耀、高耸入云的雪峰，所有的一切都熠熠生辉，魅力四射，犹如火焰产生的温热般浸润着血肉之躯，并且深入骨髓。阳光使万物蒙上了一层金色，万籁俱寂，空气中一丝风也没有。我从未见过如此美妙的景色！如此丰富、肃穆的山峦之美！对于那些从未有机会目睹这样的美景的人来说，即使我用最富丽堂皇的语言来描述这惊鸿一瞥，也难以尽显其壮美和光辉。③

缪尔为大自然的美景而心旌摇曳，全身心融入其中，进入到"人山合一的境界"："我们的血肉之躯仿佛已如玻璃般透明，好像已经真正成为了这美

① James E Miller（ed.），Heritage of American Literature：Beginnings to the Civil War（Tucson：The University of Arizona Press，1991），p. 327.

② Scott Slovic，Seeking Awareness in American Nature Writing（Salt Lake City：University of Utah Press，1992），p. 26.

③ 约翰·缪尔. 夏日走过山间［M］. 纪云华，杨纪国，范颖娜，译. 北京：当代世界出版社，2005：49.

景不可分割的一部分，与周围的空气、树木、溪流、岩石一起，在阳光下舞动
——成为了自然的一部分。"①缪尔把自己对自然的切身体验化成一行行优美的
文字，把读者引入美的王国。这正是缪尔的美好愿望，正如他自己所说："我
愿意这样度过人生，那就是唤醒人们去领略大自然的鬼斧神工。"②

　　缪尔具有植物学家和文学家等多种身份，因而他在描绘自然的美景时能够
训练有素地向读者介绍有关自然的知识，引导读者鉴赏大自然中那种基于多样
性基础之上的和谐美："我时而跪在地上一睹雏菊的芳容，时而，又爬上铁
杉，沉浸在其紫色和蓝色交相呼应的花丛中，时而又深入雪地寻宝，或者是遥
望穹丘、山巅、湖泊、树林，观看图奥勒米河上游因冰河作用而形成的起伏原
野，并试图描绘起壮丽的景色。"③缪尔在登上崎岖的山峰后发出感慨："眼前
的一切是多么奇妙，野生自然中的万物与我们如此地和谐，恰如我们真实的一
部分和我们的父母。"④

　　毫无疑问，在梭罗的笔下，瓦尔登湖是美丽的；在缪尔的笔下，约塞米蒂
山美不胜收，令人神往。与梭罗和缪尔不同，玛丽·奥斯汀甚至认为，荒无人
烟的沙漠也有一种奇特的美：

　　　　在这里，有风声鹤唳之状，也有寥无声息之时，小精灵般的尘土在地
　　上起舞，旋转着飞向广阔而灰色的天空；在这里，当整个大地都在呼唤雨
　　时却等不到雨……这是一片没有河的土地，似乎没有什么值得爱，但它确
　　实是一片你一接触就必然想再次造访的土地。⑤

　　与描绘美丽的瓦尔登湖的梭罗和展示风光迤逦的约塞米蒂山的缪尔不同，
奥斯汀试图通过描写干燥少雨的沙漠来改变人们对大自然的认识。她在《少

---

　　① 约翰·缪尔. 夏日走过山间 [M]. 纪云华，杨纪国，范颖娜，译. 北京：当代世界出版社，
2005：6.
　　② 约翰·缪尔. 阿拉斯加的冰川 [M]. 胡淼，译. 厦门：鹭江出版社，2005：序言.
　　③ 约翰·缪尔. 夏日走过山间 [M]. 纪云华，杨纪国，范颖娜，译. 北京：当代世界出版社，
2005：65.
　　④ John Muir, John of the Mountains: Unpublished Journals of John Muir, ed. Linnie Marsh Wolfe (Boston: Houghton Mifflin, 1938), p. 92.
　　⑤ Mary Austin, The Land of Little Rain (New York: Random House, Inc., 2003), pp. 3 – 4.

雨乡》一书中对被称为"无界之地"的沙漠和生活于其中的生物进行了详尽的描绘，为人们认识和理解沙漠开启了一扇智慧之门：

> 假若开始还有人感到迷惑不解：为什么会有这么多的居住者到这上帝手中最孤寂的地方来？他们在做什么？他们为什么要留下来？可是他一旦在这里住下来，这些疑问就会烟消云散，因为这一大片褐色土地本身太使人着迷：披着彩虹的山坡、轻柔的蓝色雾霭、春日里明媚的阳光。这一切都具有消忧解愁的魔力；这一切打乱了我们的时间感，以至于我们一旦住下来就会流连忘返。……到了干旱季节之末，塞利索的水径已经变成了干草地上的一条白丝带，它细细地扇状般散开，流向地鼠和松鼠的家园。……对这些小人们来说，水径就是乡村的大道，那水的声音便是路标。①

如同梭罗笔下的瓦尔登湖、缪尔笔下的约塞米蒂山、奥斯汀笔下的沙漠也有一种别样的美。在这里，作家将大自然设定为引人注目的前景来凸显，大自然的声音变成了一种强音，沙漠和在沙漠中生活的"小人们"则成了作品里的主角。奥斯汀似乎希冀通过诠释"沙漠美学"向我们传递这样一个信息：现代人应当逐渐放弃以人为中心的观念，以平等的身份去接近、体验、热爱和保护自然。

与奥斯汀一样，爱德华·阿比也着重描写自然环境本身的美，强调自然的非功利价值。在散文作品《大漠孤行》中，他用细腻而优美的笔触描写了美国西南部沙漠的神奇之美，盛赞沙漠是"地球上最美丽的地方"②，将读者带到了神圣的美丽的沙漠世界中。阿比认为，自然界中的万事万物都有其本身的美，具有其自身的存在价值，就算是沙漠也有其独特的价值和美，而不是为人类而设计的。③

---

① Mary Austin, The Land of Little Rain（New York：Random House, Inc. , 2003），pp. 8 - 9.

② Edward Abbey, Desert Solitaire, A Season in the Wilderness（New York：Simon & Schuster Inc. 1990），p. 1.

③ Edward Abbey, Desert Solitaire：A Season in the Wilderness（New York：McGraw-Hill Book Company, 1968），p. 75.

每一块石头、每一棵树、每一粒沙子都存在于其自身，也只为其自身存在，它们清晰地体现着另一个国度的秩序。那就是：清晰、完整、真实。只有阳光将万物聚合。正午是一个巅峰时刻：沙漠赤诚而近乎残酷地展示自己，没有任何意义，唯一的意义就是它自身的存在。①

以上分析显示，环境文学家用"环境范式"鉴赏自然之美的模式超越了人们欣赏人工艺术品的视野局限性，使自然的美丽更加贴近自然的真实存在。由于他们的审美眼光往往兼有文学艺术、生态科学、环境伦理学、环境美学等多学科视角的综合审美特质，他们所达到的审美境界也异乎寻常地高远。他们以自然本身的美为美，强调自然的内在生命力、生物多样性、生态平衡对于形成自然之美的促进作用，从而塑造了一个富有独特美感的文学形象——自然环境。

第二，揭露环境危机。

环境危机是环境文学产生的现实背景，也是环境文学着力表现的一个重要主题。环境文学对环境危机的表现通常具有"文学性"。这主要是指，环境文学揭露环境危机的方式不同于环境伦理学、环境社会学等其他学科。环境文学对环境危机的揭露侧重于描述。这种描述有时候是非常含蓄的，充满隐喻性。

曾经有这样一个古老的问题：森林里的一棵树倒下去时，如果没有人听到，它会不会发出声音？为了回答这个问题，我们先来看看美国桂冠诗人哈斯的诗歌《大地的声音》中的第二节：

表层土：迅速流失。河流：被筑水坝并淤塞。
鳕鱼：近乎捕尽。黑线鳕：近乎捕尽。
去堪察加半岛或西雅图或波特兰，摆动着
顺鱼梯而上，对抗涡轮，在繁殖地带
比人类古老得多的地方却被阻断
被人类发明的似乎高明的方式阻断

① Edward Abbey, Desert Solitaire: A Season in the Wilderness (New York: McGraw-Hill Book Company, 1968), p. 85.

> 为种植更多的谷类和强占更多的光明。
> 大多数古树林消失了，奉献给观音
> 和阿耳特弥斯的，奉献给庄严的众神和女神的
> 在每一本适合孩子阅读的图画书里。①

哈斯对上述问题的回答是肯定的。在哈斯看来，当"大多数古树林消失"时，它们必然会以某种方式发出自己的声音。环境文学就是这众多声音中的一种。它以自己独特的方式对人类破坏自然的行径进行尖锐的批判，旨在修复"我们与自然休戚相关的契约"，恢复对大自然的敬畏感。也就是说，揭露环境危机是环境文学重要的主题之一。

环境文学崛起于世界工业化进程引发环境危机的关键时期，因此，如何揭露和展现这种危机的实际状况和危害性便自然而然地进入了它的思想内容。环境危机早在西方工业化的早期就已经露出端倪。环境文学家在揭露环境危机时，既致力于如实描述危机的可怕状况，也努力揭示造成危机的根源。在他们的眼里，自然自身的原因只可能导致自然灾害，只有人为原因才会导致环境危机。因此，环境危机从实质上来说是人以破坏自然的方式危害自身利益的一种危机。

美国环境文学家爱德华·阿比对环境危机进行了无情的揭露。他在《海都克还活着!》一书中借主人公史密斯之口对铀矿开采给自然环境造成的巨大危害予以深刻的披露："该死的核工业者走进我们村庄，开采矿产，瓜分土地，四处毁坏公路，污染鲑鱼生长的小溪和地下水，抽干泉水，赶走野生动物，到处留下堆满了垃圾、废弃物、矿井、残渣和放射性物质的厂房。"② 正如史密斯所言，铀矿的开采造成了环境污染，给当地居民带来噩梦。为了物质利益，核工业老板们将自然环境破坏殆尽，对民众的健康置若罔闻。

另外一位美国环境文学家苏艾伦·坎普贝尔对环境危机的描写往往聚焦于动物灭绝的可怕现实：

---

① Robert Hass, "State of the Planet," in Time and Materials: Poems 1997—2005 (New York: Ecco, 2007), p. 50.

② Edward Abbey, Hayduke Lives! (Boston: Little, Brown & Company, 1990), p. 131.

　　19 世纪刚开始的时候，有几百万头水牛生活在大平原地区。然而，到 19 世纪末的时候，那里的水牛几乎灭绝，仅仅在阿尔伯塔的一个偏远区域或黄石地区还有几十头水牛。只有极少数水牛逃过了被枪杀的命运。枪杀那些水牛要么是在体育训练中进行，要么是在谋取私利的过程中进行，要么是在试图对平原地区的印第安人斩尽杀绝的战争中进行。现在还有一些水牛，但它们已经不是真正意义上的野水牛了。①

　　罗伯特·西弗伯格则用科幻小说的形式对环境危机进行了富有想象力的描写。他的短篇小说《风和雨》设想地球上的人类因为环境恶化而在未来的某个时候已经灭绝，这一事件引起了外星人的注意。当外星人派来的调查员来到地球的时候，他看到的是这样一幅肃杀的景象：“它的河流充满垃圾，它的草地被腐蚀了，它的天空是紫色的，它的水坑是蓝色的。到处是残骸，山坡是荒芜的，河流发出一种奇怪的光。”② 西弗伯格用外星人的眼睛来看待地球，其虚构性不言而喻，但他对地球状况的描述却不乏真实性：肮脏的河流、被腐蚀的草地、不再蔚蓝的天空、荒芜的山坡等景象其实在现实世界并不少见。作者的小说虚中有实，虚实相照，将今天为越来越多的人所熟悉的环境危机栩栩如生地呈现了出来。

　　在环境文学家的笔下，环境危机反映的是化学药品污染环境和危害人类健康的事实、生态系统失衡和环境恶化的事实、动物濒临灭绝和生物多样性急剧减少的事实或任何说明人与自然关系发生恶变的事实。

　　第三，倡导环境保护。

　　环境保护即生态环境保护。环境文学对这一主题的张扬是对“歌咏自然之美”和“揭露环境危机”这两个主题的进一步延伸。具体地说，环境文学家对自然之美的肯定和赞美是为了重新唤起人类对自然的固有价值的关注，他们对环境危机的揭露则主要是为了推动人类关注自然环境在不合理工业化进程中所受到的严重破坏。通过表现这两个思想内容，环境文学家不仅将人类与其

---

　　① SueEllen Campbell, Bringing the Mountain Home (Arizona: The University of Arizona Press, 1996), p. 58.

　　② Robert Silverberg, "The Wind and the Rain," in Dream's Edge, ed. Terry Carr (San Francisco: Sierra Club Books, 1980), p. 293.

自然环境的不和谐关系表现了出来，而且为他们倡导环境保护思想做了必要的铺垫。他们呼吁人类在认识自然的固有价值和环境危机的真实面目基础之上树立必要的环境保护意识。

早期的环境文学家往往希望通过赞美自然之美来激发人类的环境保护意识。梭罗曾经如此赞美自然：

> 这是一个秀色可餐的晚上。我的整个身体只有一种感觉，我的每一个毛孔都流淌着喜悦。作为大自然的一个组成部分，我获得了一种奇怪的自由感。我穿着挽起了袖口的衬衫，沿着湖边的石岸散步。天上有云，还刮着风，有点凉，但周围的一切都没有特别吸引我，因为一切对于我来说都非常惬意。①

此处的"自然环境已经不再是他者"②，因为"我"作为"大自然的一个组成部分"，已经完全融入到大自然中。在梭罗的作品中，自然已经不再是人类生活的背景，而是一种"将人类历史隐含于自然历史中的一种在场"③。梭罗在他的字里行间对自然流露出满怀的敬畏和赞美之情。他还将他自己对自然的这种爱和对道德的爱相提并论："我之爱野性，不下于我之爱善良。"④ 他反对人们破坏自然环境，呼吁人们谨慎地遵循自然法则，"从一开始就同大自然磋商"。为了保护荒野，他大声疾呼："只有在荒野中才能保全全世界。"⑤在他看来，荒野具有自身的价值，人类应该珍惜和爱护它。显而易见，梭罗试图通过他的作品来展现美国本土自然环境的美丽和魅力，从而暗示保护自然环境的意义和价值。

---

① Paul Rot（ed.），Walden and Civil Disobedience（New York：Houghton Mifflin Company，2000），p. 27.

② George Lakoff & Mark Johnson，Philosophy in the Flesh：The Embodied Mind and Its Challenge to Western Thought（New York：Basic，1999），p. 566.

③ Lawrence Buell，The Environmental Imagination：Thoreau，Nature Writing，and the Formation of A-merican Culture（Cambridge，Massachusetts，and London：The Belknap Press of Harvard University Press，1995），pp. 7 – 8.

④ 亨利·梭罗. 瓦尔登湖［M］. 徐迟，译. 长春：吉林人民出版社，1997：198.

⑤ Henry David Thoreau，Walking（Yale：Yale University Press，1962），p. 534.

缪尔不仅用他的作品描述美国的大好自然风光，而且最早在美国发起了小规模的环境保护运动。在徒步旅行过程中，他体会到了人迹罕至的荒野的魅力，看到了山河冰川的气魄，发现了自然万物的神奇。他游历了美国西部各州，对该地区的自然风貌进行了非常认真、细致的考察。他把他的考察所得变成了《群峰与山涧》《阿拉斯加之旅》《夏日山间之歌》《加利福尼亚的山》《我们的国家公园》等 10 多部散文著作和 300 多篇描写美国自然风光的文章。他以满腔热情描写美国自然环境，文笔清秀、雅美，往往能够把读者引入关于人与自然关系问题的深刻思索之中。他的作品影响很大，唤醒了许多美国人的环境意识，对 19 世纪末 20 世纪初的美国环境保护运动起到了巨大的推动作用。美国加利福尼亚州的优胜美地国家公园的设立、美国国家环境保护规划的出台和美国荒野保护工程的提出都凝聚了缪尔的艰苦努力和巨大贡献。在缪尔的身上，我们不仅可以看到环境意识已经觉醒的典型美国人的形象，而且可以看到具有环境保护实践精神的典型美国人的形象。正因为如此，他被美国人称为"国家公园之父"。

缪尔在《我们的国家公园》一书中几乎处处流露出他本人对环境保护的热切呼唤。在他看来，美国人不能在工业化过程中过度地从自然界索取自然资源和能源，而是应该将大自然当成"家园"或"生命的源泉"来看待和保护。他说：

> 成千上万心力交瘁生活在过度文明之中的人们开始发现：走进大山就是走进家园，大自然是一种必需品，山林公园与山林保护区的作用不仅仅是作为木材与灌溉河流的源泉，它还是生命的源泉。当人们从由过度工业化的罪行和追求奢华的可怕的冷漠所造成的愚蠢的恶果中猛醒的时候，他们用尽浑身解数，试图将他们的一切融入大自然中，并使大自然添色增辉，摆脱锈迹与疾病。通过远足旅行，人们在终日不息的山间风暴里洗清了自己的罪孽，荡涤着由恶魔编织的欲网。①

显而易见，缪尔之所以号召美国人去旅行和欣赏他们自己的荒野，是因为他希望借助于美国自然风光的神奇魅力唤醒美国人的环境保护意识。正如他自

---

① 约翰·缪尔. 我们的国家公园［M］. 郭名倞，译. 长春：吉林人民出版社，1999：1.

已在 1901 年为《我们的国家公园》写的序言中所说："我用尽浑身解数来展现我们的自然山林保护区和公园的美丽、壮观与万能的用途，我持这样一种观点：号召人们来欣赏它们，享受它们，并将它们深藏在心中，这样对于它们进行长期的保护与合理利用就可以得到保证。"①

当今世界的环境文学家更多地致力于通过描写环境危机来唤醒人类的环境保护意识。在这一方面，蕾切尔·卡逊是通过揭露杀虫剂危害公共健康的现实问题为美国环境保护运动做出巨大贡献的。很多其他美国环境文学家也都通过其作品为此贡献了自己的力量。例如：约瑟夫·克鲁奇在《人的尺度》（*The Measure of Man*）、《伟大的生命之链》（*The Great Chain of Life*）等书中深入分析了人口膨胀的危害性，生动地展现了环境恶化对人类生活的深刻影响，并对现代科技破坏自然环境的情况进行了揭露和批判，从而强调了环境保护的重要性；爱德华·阿比的小说《有意破坏帮》（*The Monkey Wrench Gang*）讲述了一群环境保护主义者抵制美国政府开发西南部沙漠的故事，他的《大漠孤行》（*Desert Solitaire*）则对产业化旅游对美国自然环境的破坏进行了抨击；约翰·麦克菲的《对自然的控制》（*The Control of Nature*）和《进入乡村》（*Coming into the Country*）展现的是人类总是希望用各种方式改造自然环境的故事，它告诫人们：人类控制自然的愿望只会以失败而告终，人类应该学会保护自然；温德尔·贝里的散文集《持久的和谐：追求文化和谐与农业和谐的文集》（*A Continuous Harmony：Essays on Cultural and Agricultural*）、《美国的无人居住地》（*The Unsettling of America*）和小说《地球上的一个地方》（*A Place on Earth*）集中表现了农业与自然环境的辩证关系，对地方环境保护问题给予了高度关注；安妮·迪拉德的小说《教一块石头说话》（*Teaching a Stone to Talk*）借一块石头的嘴控诉了自然环境遭受人类破坏的可怕后果和发出了环境保护的呼吁；特里·威廉斯的《避难所：家庭和地方的一段不自然的历史》（*Refuge：An Unnatural History of Family and Place*）讲述了威廉斯本人的家庭因环境破坏而发生的一起悲剧——她的母亲因环境污染而患癌症而死，阐明了环境保护有利于人类健康的道理；托马斯·贝里的《地球之梦》（*The Dream of the Earth*）、《成为地球的朋友：追求人与地球和谐的神学》（*Befriending the Earth：A Theol-*

① 约翰·缪尔. 我们的国家公园 [M]. 郭名倞，译. 长春：吉林人民出版社，1999：7.

ogy of Reconciliation between Humans and the Earth）等作品表现了保护动物的重要性：人类捕杀动物不仅会导致动物的灭绝，而且会最终带来人类的灭亡。

事实上，环境文学作家在作品中一般将揭露环境危机和倡导环境保护有机地融合在其作品中。我们以美国作家诺曼·麦克林恩（Norman Maclean，1902—1990）的小说《一条奔腾而过的大河》（*A River Runs Through It*）为例进行详细阐述。《一条奔腾而过的大河》是揭露环境危机和倡导环境保护的经典力作。自 1976 年出版以来，该小说赢得好评连连，引发了读者强烈共鸣。令读者着迷的不仅是诺曼·麦克林恩在小说中所呈现的大河的景象，而且是其中的人类社会境况。事实上，小说中的大河景观之变迁就像一面"镜像"，映照出交错复杂的人类社会之观念流变。

小说《一条奔腾而过的大河》中的大泥腿河首先扮演的是一位养育者的形象。这是"一条水势奇美的大河"①，是麦克林恩兄弟俩"最熟悉的河流"②：

兄弟俩见过的大河不算少，可只要其中一人说到"大河"这个词，另一个人顿时心领神会，指的是大泥腿河……河水湍急直泻——从地图上看或是从飞机上俯瞰，大泥腿河简直就是一条明显的直线，从位于大陆分水岭上的劳济思山口发源，流向蒙大拿州的邦纳，在那里分别融入哥伦比亚河的南面分支和克拉克分支，一路喷薄急进。③

声势浩大的大泥腿河俨然一位美丽的母亲，千百年来孕育万物和滋哺着河畔的居民们。河里鲑鱼数量繁多，矿产资源丰富：早在 1806 年，路易斯上尉和克拉克中尉沿大泥腿河勘探之时便已告知世界，此片水域蕴含丰富的森林资源、矿产资源和生物种类。河畔居民们在此安居乐业，因为大泥腿河不仅是一位能供给人们生存与发展所需物质的美丽母亲，为居民们提供了丰裕的物资保障，而且是一位能抚慰人们骚动不安的内心的温柔母亲，为居民们提供了丰盛的精神食粮。

无疑，大河与养育者母亲的隐喻关系是人们"体认"自然的方式和结果。

① Norman Maclean, A River Runs Through It （Chicago：The University of Chicago Press，1976），p. 25.
② Norman Maclean, A River Runs Through It （Chicago：The University of Chicago Press，1976），p. 21.
③ Norman Maclean, A River Runs Through It （Chicago：The University of Chicago Press，1976），p. 20.

可以说，隐喻式的思维方式已成为人们认识世界和赖以生存的基本方式。正是人们的隐喻思维方式使人们看到了概念之间的联系，从而产生从具体到抽象的投射。大河能容纳和养育万物，这是一个赋予生命的过程，类似于人类的母亲孕育生命。对大河的这种认知模式体现了人类对母亲河的无上尊敬和赞美，引导着人们对它的热爱、尊敬和保护。

实际上，把大河视作哺育生命的母亲形象，其背后所彰显的是一种有机论支撑的文化观念。如果说将大河比喻为"母亲"来加以尊敬和赞美所折射的是人类热爱、尊敬和保护大自然的思想观念，那么大河作为养育者母亲的这一形象其实也是一种道德化身：它要求人类抑制自身的行为，限制人类对她的剥夺，以保持人类社会与自然秩序的协调一致。譬如，在有机论支撑的文化观念中，矿物被看作是在地球母亲的子宫里孕育成熟的，因此采矿者往往必须对采矿的行为持相当谨慎的态度。随意采矿被当成一种违背地球神圣性的行为，因此，许多地方的矿工在开始采矿之前一定要举行严格的祭祀仪式。

同样，在小说《一条奔腾而过的大河》中，蒙大拿州的小城密苏拉的居民一直以来就深受大河母亲的恩泽，所以居民们对大河怀有深深的敬意和爱意。正因为这样，大泥腿河的居民都不愿意去破坏大河，破坏水景。在小说中，农场主吉姆·麦格莱高拥有狼溪至大河的源头的所有权。他为了保护大河的源头不受破坏，就在溪流周边都围上篱笆并挂着"禁止狩猎"、"禁止捕鱼"以及"禁止闯入"等标示牌。"结果，他不得不为多如母牛的麋鹿提供牧草不可。但是，在他看来，这笔支出比起开放农场，让那些鹿牛不分的大瀑布城的猎人任意蹂躏，终归还是划算的。"①

从一定的意义上来说，正是养育者母亲的形象引导和规范着蒙大拿居民对待大泥腿河的行为。《一条奔腾而过的大河》中的主人公麦克林恩一家尤其如此。对这一家人来说，大河是"家族之河，是我们生活中的一部分"②；母亲河是宁静和善而神圣的，他们试图一直保护她的完美，免受外界的侵扰，因此在进入这个与外界全然不同的"完美世界"③ 时，他们"保持着虔敬的缄默，

---

① Norman Maclean，A River Runs Through It（Chicago：The University of Chicago Press，1976），p. 57.
② Norman Maclean，A River Runs Through It（Chicago：The University of Chicago Press，1976），p. 43.
③ Norman Maclean，A River Runs Through It（Chicago：The University of Chicago Press，1976），p. 59.

直到越过分水岭，自以为进入了另一个天地，方才开口说话"①。当牧师的父亲从小教导麦克林恩兄弟俩在大河边垂钓时必须遵守诸多禁忌：捕鱼时绝不能喝酒，更不能用活饵，等等。在这个既能提供物质资源又能提供精神财富的慈母怀抱中，兄弟俩倾心交流，以期完善自我。例如，弟弟保罗在平时打架斗殴、酗酒赌博，是大家眼中的不羁子弟，然而一旦回到大河的怀抱，桀骜不驯的保罗是大家眼中的出色渔夫，不仅技艺超群，而且时时为他人着想。

然而，随着工业化进程的加快，随着人类用机械论取代有机论，自然作为人类母亲的形象也因此而变得模糊，逐渐处于从属于人类的地位。自然作为人类征服对象的观念变得日益突出。整个人类社会就像一部威力无比的机器，人类驾驭着它，对大自然进行了前所未有的控制。既然征服和统治大自然成为现代世界的核心观念，那么大自然作为母亲的神圣性和高尚性渐渐被机器粉碎。人们逐渐把自然看成是"机械的"而非"有机的"的状态。直到最后，科学逐渐变成一种世界观，自然完全被看成僵死的东西，成为现代技术理性操纵和利用的对象。

既然"机械的"自然观取代了"有机的"自然观，自然作为母亲的形象逐渐"退隐"，自然的光晕逐渐消失。当自然的光晕逐渐消失时，随之而来的便是人类对大自然的漠视和肆意践踏。小说《一条奔腾而过的大河》中的大泥腿河就面临着嬗变。在科学技术革命的推进下，大河此时已不是一个被爱护和尊重的养育者，而是一个饱受人类无情摧残和践踏的受害者，以至于麦克林恩兄弟俩现今"只有老大不情愿地把大河让位于城里人跑来兴办的伪农场、不分青红皂白闯进大瀑布城的人们和来自加州的摩尔人后代入侵者"②。外来闯入者肆意破坏大河的面貌，其背后所彰显的无疑是"驾驭自然"的现代世界观。

失去了养育者母亲这一形象的道德约束作用，人们对待大河的行为非常粗暴。在小说《一条奔腾而过的大河》中，不同于大河子民们善待母亲河的举措，入侵者们粗暴地对待大河。事实上，自1806年路易斯和克拉克的探险之后，大河水域就开始面目全非：诱捕陷阱、住宅区域和金银开采公司如雨后春

---

① Norman Maclean, *A River Runs Through It* (Chicago: The University of Chicago Press, 1976), p. 37.

② Norman Maclean, *A River Runs Through It* (Chicago: The University of Chicago Press, 1976), p. 21.

笋般在此出现。值得注意的是，"蒙大拿俱乐部就是富有的金矿矿主们修建的，据说就建在名叫'最后一丝希望的矿渠'那个地方当初发现黄金的地点上"①。到了麦克林恩的故事开始的时候，即 20 世纪 30 年代，密苏拉小城到处都是伐木工人、捕鱼团队和淘金者。从此，蒙大拿境内到处都是"曾有河水流淌的干渠"②；蜿蜒曲折的小路上"布满灰褐色的土尘和坑坑洼洼……只要一下雨，灰褐土尘准成泥浆"③。在这种喧嚣的背景下，大泥腿河故事的一个新篇章开始了。由于过度乱砍滥伐和肆意淘金，到了 20 世纪 30 年代，大河的情况更加糟糕：沉积物沿着山坡冲入大河，泥沙和沉积物堆满河道，不断冲蚀着鲑鱼的卵，从而导致了鲑鱼数量的锐减；被砍伐后的木材塞满了河道，直到铁路和卡车等交通工具将之运出森林。矿业开采、过度放牧和过度砍伐等行为严重影响了大泥腿河水域的自然风貌，这位曾经风姿绰约的母亲已渐渐千疮百孔，以至于到 1992 年好莱坞导演罗伯特·雷德福欲将小说拍成电影《大河之恋》时，大泥腿河却因为树林被过度砍伐而无法以它自身的形象达到电影取景的要求。

机械论以及与之相应的征服、掠夺自然的行为使大自然逐渐沦为从属的、被动的形象。迷失在工业化美梦中的人们为了获取丰裕的物质和能源，不由分说把"机器"伸入大河的身体，肆无忌惮地向大河索取和盘剥一切。在小说《一条奔腾而过的大河》中，络绎不绝的淘金者和工厂主来到蒙大拿开采未知的矿产资源和森林资源，原本钟灵毓秀的大河流域面貌逐渐发生了改变：宁静美丽的大河地带变成了一幅蓬勃发展的工业图景。人们用冰冷的器械伸进母亲河的子宫以掠夺矿产资源，过度抽取母亲的血液和乳汁以培养利益之花，并且肆意猎捕由母亲河哺育的各种动物，不堪重负且乳汁近趋于干涸的母亲河现已失去了奕奕神采。人们在追求经济利益的过程中涸泽而渔，活生生把母亲河伤害得遍体鳞伤，正如一个受害者般在人类的强取豪夺之下哭泣。

实际上，美国小说家麦克林恩在小说《一条奔腾而过的大河》中也以其独特的方式展现了"恶之花"所导致的"自然之死"。作家们不遗余力地揭示

---

① Norman Maclean, A River Runs Through It（Chicago：The University of Chicago Press, 1976），p. 14.
② Norman Maclean, A River Runs Through It（Chicago：The University of Chicago Press, 1976），p. 97.
③ Norman Maclean, A River Runs Through It（Chicago：The University of Chicago Press, 1976），p. 56.

现代社会中的"恶之花"，其背后彰显的是作家们强烈的"介入"意识，体现了作家们对人类命运的终极关怀和对文学使命的深刻认识。法国哲学家萨特把"介入"看成作家的使命。在他看来，作家从事创作就是要更多地"介入"社会现实，揭露一切"非正义行为"，而揭露本身就意味着变革，因为人们只有在打算变革的时候才可能揭露真相。从这个意义上来说，麦克林恩对美国环境变迁的深刻表征充分体现了他强烈的"介入"意识，表达了他对环境状况日益恶化的深切焦虑以及对自然"返魅"的殷切期望。

在小说《一条奔腾而过的大河》中，人们为了获利而残酷掠夺大河，致使母亲河面目全非，以至于曾经山清水秀的蒙大拿境内到处都是"曾有河水流淌的干渠"①。如果说小说中的大泥腿河是大自然的象征，那么"曾有河水流淌的干渠"这个水景就是一个"末日意象"（image of doom）。其警示意义在于，现代社会的发展给自然环境造成了不可逆转的破坏，如果任凭这种破坏自然环境的现象滋生蔓延，人类不可避免地会陷入万劫不复的环境灾难。

布伊尔在《环境的想象》一书中曾经指出："创造末日意象的目的是为了避免末日的到来。"② 麦克林恩创造末日意象的动机正是如此。他希望通过突显人类破坏自然环境所造成的恶果来引起人们的内心"骚动"，能够"直接或者间接地在唤起社会良知方面起到重要作用"③。面对"曾有河水流淌的干渠"这个"末日意象"，有良知的人们不禁会问：是谁把水体的血液榨干，致使大河失去了往日的生机与活力？该如何避免这种环境灾难？毋庸置疑，要想避免环境灾难，首先要挖掘造成环境灾难的根源。

生态社会学家默里·布克钦（Murray Bookchin）认为："生态问题根源于社会问题。"④ 生态批评家利奥·马克思的说法异曲同工："如果我们要想找出解决当今环境危机的有效措施来，我们必须把环境危机放在一个更大的历史、

---

① Norman Maclean, A River Runs Through It（Chicago: The University of Chicago Press, 1976）, p. 97.

② Lawrence Buell, The Environmental Imagination: Thoreau, Nature Writing, and the Formation of American Culture（Cambridge, Mass.: The Belknap Press of Harvard University Press, 1995）, p. 295.

③ Scott Slovic, The Greening of Literary Scholarship: Literature, Theory, and the Environment（Steven Rosendale ed. Iowa: University of Iowa Press, 2002）, Xi.

④ Murray Bookchin, The Philosophy of Social Ecology: Essays on Dialectical Naturalism（Palo Alto: Black Rose Books, 1990）, p. 47.

社会和文化语境中来考察。"① 布克钦和马克思的论述对于我们有着方法论的意义。要想真正缓解和遏制环境危机，那么我们必须对环境危机得以产生的历史、社会和文化语境进行考察，才能找到"病灶"并开出相应的"药方"。也只有这样，人类才能走出"荒原"，重建一个平等友爱和相互依存的社会，重塑人与自然关系的平衡与和谐。

如果说麦克林恩笔下的大河因为遭到美国工业文明的负面影响而陷入了"危机"的话，那么它的根源在于美国的社会问题，它是美国社会文化土壤上生长出来的一朵"恶之花"的表征。事实上，麦克林恩在《一条奔腾而过的大河》中深入探讨了美国的环境变迁与美国的社会变迁的"因缘关系"。他把环境问题与美国的社会问题并置起来，将其聚焦于一个宏大的语境中，深刻地揭示了环境危机与社会问题的内在关联。可以说，"目前几乎我们所有的生态问题都是由于根深蒂固的社会问题产生的"②。

在小说《一条奔腾而过的大河》中，最显著的冲突存在于印第安人与白人之间。欧洲白人是以北美印第安人的征服者和荒野的征服者的双重身份登上北美大陆的。他们无视印第安人作为一个种族的存在；在他们的视野里，北美从来就是一块"自由"大陆。如果说他们到达北美的目的是为了征服那里的自然，那也包括对印第安人的征服。显然，美国人的种族主义思想从一开始就和他们征服自然的思想交织在一起。为了获取资源，白人将印第安人从熟悉肥沃的土地赶至陌生贫瘠的保留地，并且一旦在印第安人居住的保留地发现资源便再次将印第安人驱赶。"那些年，不住保留地的印第安人都得住在城外，他们一般都在屠宰场或垃圾站附近扎营。"③ 在小说中，保罗的印第安血统女友莫-娜-瑟-塔是北方沙依安的后裔，她就生活在这样一种恶劣的环境中。

事实上，美国社会一直存在根深蒂固的种族主义现象，种族歧视、种族隔离和种族压迫问题一直严重存在。在美国，白人历来以社会优越阶层自居，把

① Leo Marx, et al, The Machine in the Garden: Technology and the Pastoral Ideal in America (New York: Oxford University Press, 2000), p. 62.

② Bookchin, Murray. "What is Social Ecology?". Environmental Philosophy [M]. ed. Michael E. Zimmerman, New Jersey: Prentice Hall, Inc, 1993), p. 354.

③ Norman Maclean, A River Runs Through It (Chicago: The University of Chicago Press, 1976), p. 43.

印第安人、黑人等其他人种视为劣等人种。这种根深蒂固的种族主义思想传统导致了一种金字塔式的社会等级结构或权力结构——白人永远居于社会权力的最高层，其他人种则永远只能位居下层，永远处于从属、服从的地位。同样，美国人在认识和处理人与自然的关系问题时也表现出这种等级观念。白人把他们对待有色人种的主观态度和观念进一步延伸到了人与自然的关系问题上，他们不仅自以为是有色人种的"领导"，而且自封为自然界的"主宰"。因此，在美国社会，有色人种面对环境危害的风险远远高于白人。他们居住的地区往往是白人设立污染企业或倾倒有毒垃圾的场所。"显然，美国人的种族主义思想从一开始就和他们征服自然的思想交织在一起，这是导致与环境有关的族际环境非正义现象的历史根源。"①

小说中的印第安后裔莫-娜-瑟-塔虽然热情洋溢、舞技出众，但是种族歧视却把她同白人区分开来。当保罗和莫-娜-瑟-塔在瓦伊斯餐厅寻找空闲的双人座时，一个白人男子冲着莫-娜-瑟-塔怪叫一声。莫-娜-瑟-塔认为这个白人男子是在歧视她，为此，她的男友保罗便与那个怪叫的白人大打出手。实际上，直到 20 世纪四五十年代，在蒙大拿的部分商店和餐厅仍然标有"狗与印第安人不得入内的字样"②。正是因为种种压迫与歧视，少数族裔与白人之间的关系日益剑拔弩张，个性鲜明的莫-娜-瑟-塔才会希望男友保罗杀了歧视她的人，才会促使保罗为了她而去斗殴，还一再强调"他该杀了那个杂种才是"③。要是保罗没有因为她而与别人大打出手，"她就老觉得这个夜晚过得没劲，说我们都不在乎她"④。

人际关系日渐恶化的问题不仅存在于不同的族裔之间，而且存在于种族内部，甚至于亲人之间也不能避免。小说中的尼尔是个令人发噱的角色，家中的每个人都在为他担心：

---

① 龙娟. 美国环境文学：弘扬环境正义的绿色之思［M］. 北京：外语教学与研究出版社，2010：156.

② Timothy, Foote. A New Film about Fly Fishing—and Much, Much More［J］, Smithsonian, 1992,（vol. 23）, p. 126.

③ Norman Maclean, A River Runs Through It（Chicago：The University of Chicago Press, 1976）, p. 41.

④ Norman Maclean, A River Runs Through It（Chicago：The University of Chicago Press, 1976）, p. 39.

　　他是用活饵钓鱼的。这些从蒙大拿去了西海岸的子弟，夜里泡酒吧，满嘴编造自己在偏远边境的童年故事，装得像猎人、设陷阱的捕手和蝇饵投钓大王似的。可是一回家，来不及在门口吻妈妈，就直奔后院，捧个希尔兄弟公司的红色咖啡空罐子，忙着挖蚯蚓。①

　　与麦克林恩兄弟俩不同，尼尔挖蚯蚓是为了用活饵钓鱼。麦克林恩兄弟俩从不用蚯蚓做活饵钓鱼，而是用蝇饵钓鱼，并且把蝇饵钓鱼看做是一种融入自然的方式。尽管出生于蒙大拿，尼尔却在西海岸沾染了许多坏习惯。他虚荣，逢人便吹嘘自己的钓鱼和打猎经验，实际上，他却丝毫不喜欢钓鱼和自己的故乡蒙大拿，他"只是爱对女人吹嘘他喜欢钓鱼"②；他佯装见识广博，向"满弓"吹牛说他在冬天循迹追踪一只母水獭和幼崽的经历，引来大家的嘲讽；他不愿意呆在蒙大拿，也不愿意亲近自然，他与妓女偷喝了麦克林恩兄弟的啤酒并且在大河中央与妓女发生性关系。由于他更向往繁华的都市生活而远离了质朴的自然生活，他逐渐迷失了自我，变得自私和堕落。在他看来，人活着就是为了快速获得金钱以便享乐，因此，获取钱财和饮酒纵乐就是他的目标，而道德和人际关系的重要性被搁置一边。尼尔在西海岸纸醉金迷的生活中迷失了自我，他喜好西海岸的奢华，向往大都市那种声色犬马的生活而藐视故乡的纯朴，也不屑于与故乡亲人建立起友谊。与尼尔不同，常年生活在蒙大拿的麦克林恩兄弟俩身处青山绿水之间，既没有失态的焦躁不安、勃勃野心，也没有文明社会普遍存在的那种不信任情绪，最重要的是，不为浮名而劳形伤神。这样一来，两者之间处于互相不理解的状态：保罗兄弟俩不愿意与尼尔相处，尼尔也对麦克林恩兄弟俩亲近热爱自然的行为不予理解。当麦克林恩兄弟俩通过蝇饵钓鱼来融入母亲河时，尼尔却在胡作非为：

　　　　那个给我们这次夏季投钓捣蛋的王八蛋，那个用活饵钓鱼的杂种，是他带来了妓女和一咖啡罐的软体虫，却不带钓竿，由此玷污了父亲教给我

① Norman Maclean, A River Runs Through It（Chicago：The University of Chicago Press, 1976），p. 15.

② Norman Maclean, A River Runs Through It（Chicago：The University of Chicago Press, 1976），p. 57.

们关于投钓的一切，是他在我们家族之河的正中央，偷喝我们的啤酒之后，光天化日之下和妓女行男女苟且之事。①

因为远离自然，尼尔的生活作风以及道德标准与自然之间的链条断裂，缺少与家人及朋友联系的纽带，也不愿意接受家人的帮助。他习惯于大都市的繁华生活，在社会风气的熏陶下成了十足的伪君子，不仅与故土乡亲，甚至与家人之间都存在着深深的隔阂，无论亲友如何化解却一样无能为力。对此，尼尔的姐姐杰西困惑不解："他接受了自己能够得到的所有帮助，可一切仍是一成不变。"② 尼尔一心向往繁华的西海岸大都市而不愿意回归纯朴的蒙大拿。外面喧嚣的世界让他着迷，也让他彻头彻尾变坏。由此，麦克林恩兄弟俩不禁感叹："弟弟和我不久便发现，外面的世界多的是坏种。离开蒙大拿州的密苏拉越远，这样的人越是加速倍增。"③ 小说中许多人赶往遥远的大城市去寻找财富，像机器一般无休止地工作，对亲友不闻不问。城市生活中人际关系更加淡漠疏离，各种矛盾更加尖锐，各种社会问题也日趋严重。

既然人与自然之间的日渐恶化与人际关系的日益恶化之间有着必然的内在关联，况且生态问题究其根源还是社会问题，那么只有当人与自然以及人与人之间和谐相处、同生共荣，人类才能最终建立一个和谐的理想世界。

首先，为了建立一个和谐世界，就必须重拾人与自然之间的和谐相处，而要重建人与自然之间的和谐关系，就必须从根本上改变人类对待自然的方式及态度。社会生态学认为，弥漫在社会中的等级制度和人对人的统治催生了人对自然的统治。长期以来，在人类中心主义思想观念的支配下，人类征服自然和控制自然的思想滋长，人们把大自然仅仅当作生存和发展所需资源的供应者和人类完成发展理想的工具。长久以来，特别是工业化以来，人类对大自然缺乏正确认识，看重的仅仅是大自然的工具价值，把大自然当成枯燥无味的荒野；

　　① Norman Maclean, A River Runs Through It（Chicago：The University of Chicago Press, 1976），p. 112.

　　② Norman Maclean, A River Runs Through It（Chicago：The University of Chicago Press, 1976），p. 121.

　　③ Norman Maclean, A River Runs Through It（Chicago：The University of Chicago Press, 1976），p. 11.

而人类社会则被认为是丰富多彩且活生生的世界，其意义卓越超群。由于这种陈见，当 1976 年诺曼·麦克林恩试图出版《一条奔腾而过的大河》时，纽约一家出版社以"这些故事中有树"① 为由拒绝。所幸的是，作家所任职的芝加哥大学的出版社能够高瞻远瞩，小说才得以面世。

可喜的是，越来越多的有识之士已经认识到自然的尊严并极力倡导人与自然之间的和谐共存。在小说《一条奔腾而过的大河》中，麦克林恩一家热爱并尊敬自然这一种"从其他世界里被营造分隔出来"② 的完美世界。正像《去吧，摩西》中的主人公艾克从自然中学到了勇敢和谦逊等美德，麦克林恩一家也从自然中收获智慧、感悟人生。与艾克一样，麦克林恩兄弟俩也用自己的方式对自然表达崇敬、热爱之情，并积极探索如何建立与自然之间的融洽关系。艾克将狩猎这种特殊方式看成一种朝圣，认为这是对熊和鹿等动物的拜访和融入自然的标志；麦克林恩兄弟俩则是通过"蝇饵投钓"这种最富有艺术性但却是最困难的一种钓鱼方式来达到与自然的融合：他们试图通过与汹涌河水的磨合来达到与自然的合一，并最终建立起与自然的和谐关系。对哥哥麦克林恩来说，与大河为伴是他最神圣的时刻：

> 在那一刻，世界的全部只剩下鹿角峡谷、一种神话般的褐色大鲑鱼、天气和我。而我所能想到的和我之所以存在，也完全在于我想到了鹿角峡谷，想到了天气和一种神话般的鱼，后者可能只是存在于我想象中的玩意儿。③

从一定的意义上来说，大河就是哥哥麦克林恩的守护神。不管他在生活中受到多么大的伤害和遇到多么大的挫折，大河永远是他获取力量的源泉："凉爽的河水对我的疗效"④ 胜过一切。而对弟弟保罗来说，"蝇饵投钓"就是他

---

① Glen A. Love, Practical Ecocriticism: Literature, Ecology and the Environment（Charlottesville: University of Virginia Press, 2003）, p. 13.

② Norman Maclean, A River Runs Through It（Chicago: The University of Chicago Press, 1976）, p. 62.

③ Norman Maclean, A River Runs Through It（Chicago: The University of Chicago Press, 1976）, p. 63.

④ Norman Maclean, A River Runs Through It（Chicago: The University of Chicago Press, 1976）, p. 122.

与大河亲密交融的最佳方式。正因为如此，当哥哥钓到一条大鱼时，弟弟保罗下意识地对鱼表示敬意："我走过下一个钓位上的弟弟身边时，看到他在仔细地打量着鱼的尾巴，然后缓缓脱下帽子。那绝对不是对我的钓技表示敬意。"①

作为一条将一家人紧密相连的纽带，蝇饵投钓被麦克林恩一家看成是按照上帝赐予的规则和节奏垂钓。他们认为，以此种方式垂钓可以离上帝和自然很近，所以在经历蝇饵钓鱼的旅程和融入自然的过程中，一家人能听到水下的言语，也悟出"生活故事时常更像一江流水，而不是一本书"②："前方将会出现某种永难冲蚀的事物，因此那里会有急剧的转弯、深沉回流、沉积和静水"③，但是最终都会"天地万物化醇归一"④。麦克林恩一家在与大河母亲的亲密接触中，接收到来自母亲河的淳淳善导，获取无穷智慧并得到灵魂的升华，终于认识到"天地万物化醇归一"，体悟到与大河融为一体的完美境界。麦克林恩甚至特意提到："我感觉与河流融为一体。"⑤ 人本是大自然的一部分，与大自然不可分割。只有通过与大自然和谐相处，人类才能从大自然中汲取灵感，获取智慧和力量，并最终与大自然融为一体。

其次，为了建立一个和谐世界，人与人之间的和谐关系尤其重要。实际上，人与自然之间的关系不和谐的本质是人与人之间的对抗和矛盾，因此要建立一个和谐世界，不仅仅要重建人与自然之间的和谐关系，而且要妥善解决社会内部问题，正如默里·布克钦所言："如果不彻底地处理社会内部的问题，我们就不可能清楚地理解目前的生态问题，更不可能解决生态问题。"⑥ 不合理的社会制度和压迫性的社会结构改变了人们的生活方式和思想，带来了无尽

---

① Norman Maclean, A River Runs Through It （Chicago: The University of Chicago Press, 1976）, p. 31.

② Norman Maclean, A River Runs Through It （Chicago: The University of Chicago Press, 1976）, p. 98.

③ Norman Maclean, A River Runs Through It （Chicago: The University of Chicago Press, 1976）, p. 99.

④ Norman Maclean, A River Runs Through It （Chicago: The University of Chicago Press, 1976）, p. 161.

⑤ Norman Maclean, A River Runs Through It （Chicago: The University of Chicago Press, 1976）, p. 97.

⑥ Murray Bookchin, "What is Social Ecology?". Environmental Philosophy. ed. Michael E. Zimmerman, （New Jersey: Prentice Hall, Inc, 1993）, p. 354.

的扩张欲望和狂热的利益追逐，由此也带来了不可避免的破坏自然的行为。

因此，默里·布克钦指出，"社会生态学不仅要求重建社会道德，而且最重要的是，它要求以生态学的方式重建社会"①。在布克钦看来，资本主义的市场经济制度催生了永远扩张的市场体系，正是这种体系促使人们更加关心财富和利润而非他人，并把金钱名誉当作生存的最终目的，这在某种程度上加速了人与人关系的崩溃，造成了人际关系日益剑拔弩张。在小说《一条奔腾而过的大河》中，尼尔与家人和朋友之间的疏离便是最好的例子。尼尔只注重享乐和金钱，形成了金钱至上和漠视他人的观念，对家人和朋友所给予的帮助置之不理，似行尸走肉般麻木地生活着。而印第安女孩莫－娜－瑟－塔与白人间的矛盾也是美国社会矛盾的外化：白人视印第安人等少数族裔人群为低等人群，对印第安人随意支配和奴役，并且把印第安人的土地随意掠夺，这种不公平、非正义的社会制度促使莫－娜－瑟－塔养成了喜欢看到白人男友保罗为她打架的畸形心理，也正是因为少数人种长期被忽略、被压迫和被歧视的状况才导致了他们与白人之间的冲突。

由此可见，"人统治自然绝对根源于人统治人"②。为了缓解当下紧张的人际关系，为了减少团体、国家之间的矛盾冲突，人类社会就应该着手进行改革。实际上，作家在小说《一条奔腾而过的大河》中就探讨了重归人际和谐的路径。小说中，与其他白人形成鲜明对比的是麦克林恩兄弟俩，他们愿意与有一半印第安血统的女孩莫－娜－瑟－塔交朋友。当哥哥麦克林恩提到印第安女孩莫－娜－瑟－塔的时候，他甚至直言："每当她黑发可鉴之时，惹祸再多似乎也值，而且她还是我见过的最为婀娜多姿的舞娘之一。"③ 因此他们与莫－娜－瑟－塔的关系非常友爱和谐。从一定的意义上来说，麦克林恩兄弟俩与印第安女孩莫－娜－瑟－塔之间的"跨界"友谊表征了作家对和谐人际关系的诉求。在作家看来，只有当一个政治昌明、社会公正、人人平等的社会治

---

① Murray Bookchin, "What is Social Ecology?", Environmental Philosophy, ed. Michael E. Zimmerman, (New Jersey: Prentice Hall, Inc, 1993), p. 370.

② Murray Bookchin, The Philosophy of Social Ecology: Essays on Dialectical Naturalism (Palo Alto: Black Rose Books, 1990), p. 47.

③ Norman Maclean, A River Runs Through It (Chicago: The University of Chicago Press, 1976), p. 40.

理模式建立起来的时候，一个平等、互助、和谐的世界才可能建立。也许，"建立生态政治和生态民主需要一个相当长的时间才能完成，但是最终，它们能独立地从根本上消除人对人的统治，从而缓解日益严重的、威胁生物圈存在的生态问题"①。

如何协调人与自然之间以及人与人之间的关系，是当代人类面临的一个重大课题。在小说《一条奔腾而过的大河》中，麦克林恩以其丰富的想象力和高度的责任感集中展现了人与自然之间以及人际关系之间的真实状况。在他看来，环境问题究其根源还是社会问题。无疑，麦克林恩洞察到了人与自然关系的真实内容和实质，并表达了追求人与自然以及人与人之间共生共荣、和谐相融的价值理想。在小说中，他就人与自然以及人与人如何重归和谐指明了可资借鉴的路径，勾勒出一幅人与自然以及人与人之间和谐相融的美好图景："天地万物化醇归一。"② 或许，麦克林恩所勾勒的美好蓝图带有一定的乌托邦色彩，但是其倡导的生态环境保护理念能为当今人类建设和谐世界带来一些启示。正如英国生态批评家贝特所言，"追求深层生态学的梦想不太可能在地球上实现，但是我们作为一个物种的存在可能取决于我们在想象中追求该梦想的能力"③。诚然，从这个意义上来说，麦克林恩的希冀与诉求道破了真正关心人类生存与发展的明智之士的心声，契合了当代人类追求一个理想世界的良好愿望。

第四，伸张环境正义。

环境正义是分配正义的一种表现形式。分配正义是支配分配活动的核心价值观念，其要义在于要求社会资源的分配必须最大限度地体现公正性。环境正义主要涉及自然资源的分配是否公正的问题。当自然资源被纳入到人类分配活动的时候，它们在本质上变成了社会资源。环境正义只不过是人类将其分配正义观念向自然环境领域延伸的产物。

环境文学家不仅对人与自然的关系进行富有诗意的想象和展现，而且致力

---

① Murray Bookchin, "What is Social Ecology?", Environmental Philosophy, ed. Michael E. Zimmerman, (New Jersey: Prentice Hall, Inc, 1993), p. 372.

② Norman Maclean, A River Runs Through It (Chicago: The University of Chicago Press, 1976), p. 161.

③ Jonathan Bate, The Dream of the Earth (Cambridge: Harvard University Press, 2000), p. 38.

于表达其伸张环境正义的价值诉求。"环境正义"贯穿世界环境文学的整个发展历程。环境文学对环境正义主题的表现要么隐晦含蓄，要么旗帜鲜明。

我们以美国作家福克纳（William Faulkner）的小说《去吧，摩西》（*Go Down，Moses*）和萨姆·舍波德（Sam Shepard）的戏剧《地狱之神》（*The God of Hell*）为例来分析环境文学对环境正义主题的张扬情况。

在《去吧，摩西》这部小说中，福克纳从"正向"和"反向"两个维度阐明了伸张环境正义的必要性与紧迫性，比较明确地传达出作家弘扬环境正义的价值诉求。

首先，通过展示小说主人公艾克的"荒野情结"，福克纳旨在从"正面"揭示这样一个真理：只有弘扬环境正义，人与自然才能和谐共生，才能够实现"人诗意地栖居在大地上"的生态理想。

主人公艾克的"荒野情结"是在与荒野的"亲密接触"中逐步形成并得以强化的。艾克出生于密西西比地区，父母早丧，从小深受印第安老猎人山姆·法泽斯的熏陶而对荒野怀有浓厚兴趣。自从有了山姆这位精神导师，艾克的视野就转向荒野这一广阔的天空。对艾克来说，"有兔子和松鼠的后院是他的幼儿园，那么，老熊奔驰的荒野就是他的大学。"①可见，荒野在艾克的成长过程中扮演着不可或缺的作用。荒野就是大自然的代名词，因此，"艾克的成长过程其实也就是他回到大自然、认识大自然的奥秘并以大自然的法则作为自己生活准则的过程"②。艾克在荒野中学到了一系列的美德：怜悯、勇敢、谦恭、自豪和忍耐力等。从 10 岁那年起，艾克开始在山姆和德斯班上校等人的带领下，去尚未开发的荒野狩猎。他们的狩猎目标是一头很有灵性的大熊"老班"。艾克把狩猎看成一种朝圣："在他看来，他们并不是去猎熊和鹿，而是去向那头他们甚至无意射杀的大熊作一年一度的拜访。"③狩猎对于艾克和山姆等人已经成为融入自然、在荒野里接受勇气的挑战和古老美德的洗礼的最好方式。在艾克 12 岁那年，山姆按照印第安部落的风俗为艾克举行了正式的仪式，宣布艾克成为一名真正的猎人。这种仪式实质上就是艾克自觉融入荒野的

---

① 威廉·福克纳. 去吧，摩西［M］. 李文俊，译. 上海：上海译文出版社，2004：193.
② 肖明翰. 威廉·福克纳研究［M］. 北京：外语教学与研究出版社，1997：419.
③ 威廉·福克纳. 去吧，摩西［M］. 李文俊，译. 上海：上海译文出版社，2004：178.

标志。此时，艾克对荒野的"想象"已经化为其对荒野的深切依恋。他对荒野的这种深切依恋是一种坚实的情感基础，它后来驱动艾克毅然决定放弃继承祖先的遗产，以"坚韧、谦逊的心情"把"自己的一生奉献给荒野"①。在山姆的影响下，艾克的"荒野情结"与日俱增。实际上，"荒野"这个词在《去吧，摩西》中的使用频率逐步增加，这也凸显了艾克的"荒野情结"日益强化的过程。艾克迷恋于年复一年同荒野中的大熊"老班"周旋：一种只有追逐而没有枪杀的仪式般的活动。他内心深处希望这种仪式般的狩猎能永远延续下去。尽管艾克有两次机会可以杀死大熊，可是每次他都让它"不慌不忙地穿过草地"②，并离他而去，因为在艾克的想象中，大熊是"他的养母"③，是勇敢无畏、不屈不挠的象征。它又是"蛮荒生活的幻影，缩影和神化"，④ 代表着英雄和高尚。

　　需要特别指出的是，艾克在与大熊"老班"周旋的过程中不仅"没有带枪"，而且扔掉了表和指南针，这一事实具有特别的象征意义。与爱德华·艾比"有意不带救生衣沿科罗拉多河漂流的冒险行为"⑤一样，艾克在寻找"老班"的时候也"没有带枪；这是处于一种自愿的舍弃，不是一种策略"⑥。那么，艾克在荒野中舍弃枪、表和指南针有什么样的象征意义呢？实际上，随着19世纪中叶钟表的发明，钟表时间是现代的标志，钟表是工业时代的关键机器。枪和指南针则是人类征服自然的先进工具。从一定的意义来讲，这些文明的产物是人类企图控制荒野的表征。因此，艾克坚持不携带枪支，并扔掉了表和指南针就具有很强的象征意义：表征着他对文明世界的反拨和对荒野的寻归。当他扔掉了身上的"文明的污染"，"决心把自己的一切都舍弃给这荒野"⑦，并像虔诚的信徒朝拜神灵那般虔诚地期待大熊"老班"出现时，"老班"果然像显灵一样出现在艾克眼前。可见，艾克已经把大熊看成荒野和人

①　威廉·福克纳. 去吧，摩西 [M]. 李文俊，译. 上海：上海译文出版社，2004：209.
②　威廉·福克纳. 去吧，摩西 [M]. 李文俊，译. 上海：上海译文出版社，2004：192.
③　威廉·福克纳. 去吧，摩西 [M]. 李文俊，译. 上海：上海译文出版社，2004：195.
④　威廉·福克纳. 去吧，摩西 [M]. 李文俊，译. 上海：上海译文出版社，2004：179.
⑤　程虹. 寻归荒野 [M]. 北京：生活·读书·新知三联书店，2001：222.
⑥　威廉·福克纳. 去吧，摩西 [M]. 李文俊，译. 上海：上海译文出版社，2004：190.
⑦　威廉·福克纳. 去吧，摩西 [M]. 李文俊，译. 上海：上海译文出版社，2004：191.

类的保护神，这进一步显示了艾克认同了印第安老猎人山姆所代表的传统价值观和美德。在印第安人的神话中，熊被塑造成印第安人的始祖，它勇猛和强悍，是力量的象征，因此，大多数印第安部落会选择熊作为他们的保护神而对其顶礼膜拜。从这个意义上来看，此处的隐含意义也就不言自明：大自然具有神性和灵韵，只有敬畏它并热爱它的人才能洞悉它的奥秘，从而恢复人与自然的"同一"，达到人与自然的和谐共生。也就是说，福克纳在小说中极力凸显艾克的"荒野情结"，宣扬大自然的神性和灵韵，其目的在于唤起人们对自然的敬畏感，呼吁人们追求环境正义，从而真正实现人与自然的和谐与共生。

其次，小说对环境正义的弘扬还体现在小说对现代人破坏自然的深刻揭露中。通过对现代人破坏自然行径的批判和讽刺，作家旨在从"反向"揭示追求环境正义的必要性与紧迫性，显示其强烈的生态诉求。

《去吧，摩西》的故事时间跨度长，从18世纪末19世纪初一直延续到20世纪初，而这部小说创作于20世纪40年代，正值美国取代英国而成为世界上最富裕、最强大的国家之际。当时，美国的工业化进程快速挺进，社会经济蒸蒸日上，社会物质财富急剧增加，民众享受到了前所未闻的物质文明，然而，各种各样的问题也接踵而至。其中，环境恶化的问题显得异常突出。当时大部分美国人还没有生态意识，因此他们并没有对日益恶化的生态环境状况产生警觉。福克纳较早洞察到了环境问题，他看到了环境恶化的现状及其实质，并率先行动了起来——他决心用文学作品唤起美国民众的环境正义意识，从而扭转生态环境每况愈下的局面。

在小说中，福克纳对现代人破坏大自然的行径及其无知和贪婪进行了愤怒的鞭挞和无情的讽刺："这荒野是注定要灭亡的，其边缘正一小口一小口地不断被人们用犁头和斧子蚕食，他们害怕荒野……羸弱瘦小的人类对这古老的蛮荒生活又怕又恨，他们愤怒地围上去对着森林又砍又刨，活像对着打瞌睡的大象的脚踝刺刺戳戳的小矮人。"①在讽刺的同时，作家对工业化所带来的严重后果表达出深切的忧虑："这一回仿佛是火车，在斧子尚未真正大砍大伐之前就把尚未建成的新木厂和尚未铺设的铁轨、枕木的阴影与凶兆带进了这片注定要

---

① 威廉·福克纳. 去吧，摩西［M］. 李文俊，译. 上海：上海译文出版社，2004：178.

灭亡的大森林。"① 随着火车的开通，大批树木被砍伐后运送出去，昔日充满灵性、生机勃勃的荒野在火车的轰鸣声中宣告"终结"。火车是工业文明的象征，工业文明与科技的"同流合污"加剧了人类对大自然的破坏，剥夺了自然同人类的密切联系与和谐关系。

在福克纳看来，荒野的"终结"表明了人类的环境非正义行为已经突破了极限，这必将导致大自然以各种方式对人类进行"惩罚"。为此，福克纳忧心忡忡地说：人类"糟蹋的森林、田野以及他蹂躏的猎物将成为他的罪行和罪恶的后果与证据，以及对他的惩罚"，② 因为"那些毁掉森林的人会帮助大森林完成复仇大业的"③。这种观点很容易使人联想起环境伦理学家和文学家卡逊的忠告：如果人类仅仅竭尽全力地追求开发利用自然的权利，而不顾自然的价值和尊严，那么自然会以"反压力"应对人类的"压力"，即对人类进行无情的报复；因此，人类一定要尊重自然的价值和尊严，改变算计、盘剥和掠夺自然的态度，热爱、尊敬和保护自然，追求人与自然的同生共荣。④可见，福克纳与卡逊在环境正义观上是高度一致的。

法国哲学家萨特把"介入"看成作家的使命。在他看来，作家从事创作就是要更多地"介入"社会现实，揭露一切"非正义行为"，发出正义的召唤。而揭露本身就是变革，因为人们只有在打算变革的时候才可能揭露真相。福克纳对美国环境变迁的深刻表征充分体现了他强烈的"介入"意识，表达了他对生态环境状况的深切焦虑以及对自然"返魅"的殷切期望，充分体现了他对人类命运的终极关怀和对文学使命的深刻认识。他之所以在小说中不遗余力地揭露种种环境非正义行为，也是他这种强烈的"介入"意识在起作用。诚如美国著名生态批评家布伊尔所言："福克纳的优秀小说总是能够通过人与自然风貌的关系状况来巧妙地描述南方的现代化进程，尤其是生动地展现了这

---

① 威廉·福克纳. 去吧，摩西 [M]. 李文俊，译. 上海：上海译文出版社，2004：303.
② 威廉·福克纳. 去吧，摩西 [M]. 李文俊，译. 上海：上海译文出版社，2004：313.
③ 威廉·福克纳. 去吧，摩西 [M]. 李文俊，译. 上海：上海译文出版社，2004：325.
④ 蕾切尔·卡逊. 寂静的春天 [M]. 吕瑞兰，李长生，译. 长春：吉林人民出版社，1997：262.

一进程中的灾难性后果和失误。"①

　　美国环境文学家萨姆·舍波德（Sam Shepard）也注重张扬环境正义主题。他的《地狱之神》（*The God of Hell*）就是一部张扬环境正义主题的经典作品。通过展示钚泄露事件给自然环境以及人类自身造成的巨大危害，舍波德揭示了人类树立环境正义意识的重要性。可以说，这部作品带有鲜明的"环境启示录"特质。戏剧家以主人公海涅斯与福兰克的对话拉开了这一事件的序幕：

> 海涅斯：你知道钚元素是以什么来命名的吗？
> 福兰克：什么呀？钚元素？
> 海涅斯：是的。
> 福兰克：我不知道。那到底是什么东西？
> 海涅斯：那是普路托——地狱之神！②

　　海涅斯本人是钚辐射的受害者，他在此处将钚比作古罗马神话中掌握生杀大权的冥界的统治者普路托，可见，钚这种元素一旦泄露会对人类与非人类的自然存在物造成致命的伤害。在剧中，海涅斯进一步强调，钚是最厉害的致癌物质，一旦泄露，将会影响周围六百公里的范围，持续辐射五十万年，相关地区的生物链会遭到彻底的破坏。戏剧家运用启示录风格的语言阐述了受辐射地区的状况："完全不同的风景，十分空旷，在这荒凉的西部野外，目力所及之处没有一棵树，无边无际的平地，毫无生机。"③由此可见，如果没有起码的环境正义意识，人类与非人类的自然存在物的生存境遇都会恶化。从这个意义上来说，剧中人物的惊呼也就成了一种"末日警示"："科罗拉多要从地图上消失了。"④戏剧家舍波德的用意很明显，他旨在给人们敲响警钟，呼吁人们追求环境正义。在他看来，如果任凭环境非正义现象滋生蔓延，人类到时就不得不

---

① Lawrence Buell, Writing for an Endangered World: Literature, Culture, and Environment in the U. S. and Beyond (Cambridge, Mass.: The Belknap Press of Harvard University Press, 2001), p. 171.
② Sam Shepard, The God of Hell (Random House: Inc., 2005), p. 41.
③ Sam Shepard, The God of Hell (Random House: Inc., 2005), p. 97.
④ Sam Shepard, The God of Hell (Random House: Inc., 2005), p. 68.

自食恶果，不可避免地陷入灭亡的境地。因此，他希冀强化人们的环境正义意识。

作为一种从 19 世纪中叶延续至今、由众多文学家推动的文学思潮，环境文学具有丰富多彩的思想内容。歌咏自然之美、揭露环境危机、倡导环境保护、伸张环境正义等都是环境文学的主要思想内容，但在这些思想内容中居于核心地位的是环境正义思想。它是环境文学的思想体系的支柱，在环境文学的思想领域中发挥着提纲挈领的核心作用。

环境文学家往往用生动形象的文学语言展现他们对环境正义的向往和追求，但他们并不明确使用"环境正义"这一字眼。因此，虽然他们弘扬的"环境正义"与环境经济学、环境伦理学、环境法学等相邻学科所倡导的"环境正义"在内涵上是一气贯通的，但是它不可能是一个明确界定的环境经济学原则、环境道德原则、环境社会学原则或环境法学原则。它是在融合各种生态思想资源和环境保护意识基础之上形成的一个综合性理念。它继承了西方生态思想传统，并融合了当代人类对人与自然关系进行思索所形成的生态智慧。它同时追求人与自然之间的和谐和人与人之间的和谐，试图建立公正合理的地球秩序、自然秩序、社会秩序和宇宙秩序。

在环境危机日益加剧的历史条件下，环境文学家的脑海里充满着环境忧患意识。这种环境忧患意识不仅冲淡了他们作为作家的浪漫情怀，而且使他们在歌咏自然之美、揭露环境危机和倡导环境保护时都情不自禁地表现出一种忧虑——这种忧虑既指向人与自然之间的关系，也针对人与人之间的关系，更涉及屡禁不止的环境非正义现象。

环境文学家的"忧虑"也是当代人类的担忧：五花八门的环境非正义现象非常顽固地存在着，人们似乎很难找到消除它们的办法。世界环境与发展委员会早在 20 世纪 80 年代就表达了这种担忧："一个工厂可能排放了浓度不可接受的大气和造成了水污染而不被予以追究，因为首先受害的是穷人，他们不能有效地申诉，一个森林可能由于乱砍滥伐而遭破坏，因为生活在那里的人们没有选择的余地，或者因为木材合同商一般比森林中的居民更有影响力。"①

———————————

① 世界环境与发展委员会. 我们共同的未来［M］. 王之佳，柯金良，译. 长春：吉林人民出版社，1997：56－57.

"当水域恶化时，贫苦农民遭受更多的痛苦，因为他们不能像较富裕的农民那样，有钱采用相同的防止水土流失的措施。当大城市大气质量恶化时，贫苦人由于居住在易受危害的地区而比富有者更易遭受健康的危害，而富有者通常居住在环境比较洁净的地区。"① 也就是说，在试图解决环境问题的时候，如何实现环境正义对于人类来说似乎总是一个难题。

"环境正义"是环境文学的核心思想和主题。它承载着环境文学最重要的思想内容和价值理想，代表着环境文学家对人与自然之间的关系和人与人之间的关系的最深刻理解。它在环境文学的思想体系中居于核心地位，把环境文学家对大自然的无限崇敬和赞美、对环境危机的千般担忧和反思、对环境保护的热切呼唤和鼓励凝聚成了一种环境道德价值观，反映了环境文学家对人与自然之间的环境正义和人与人之间的环境正义的深刻认识和不懈追求，从而使环境文学在思想内容上表现出多元性与统一性相辅相成、相得益彰的特点。

环境文学对环境正义主题的弘扬反映了当代人类普遍追求生态文明的时代精神，因而具有鲜明的时代价值。追求生态文明是当代人类的时代精神。生态文明的第一个特征是它将地球生态系统作为人类文明的存在条件。正如美国学者汉娜·阿伦特所说："地球是人类能够存在的条件的精髓所在，正如我们所知，尘世的自然在向人类提供栖息之地（在这一栖息之地，他们可以毫不费力和毫不做作地走动和呼吸）方面或许在宇宙中是独一无二的。"② 生态文明的第二个特征是它要求人类以文明的方式对待人本身和非人的自然存在物。按照我国学者刘湘溶教授的看法，生态文明就是要用生态化思维即生态整体主义的思维方式对待人与自然的关系。③ 显而易见，生态文明要求当代人类彻底改变工业文明以人类无情算计、盘剥和掠夺自然和以人与人之间相互侵害环境利益为根本特征的环境非正义性，在人与非人的自然存在物以及人与人之间建立平等和谐的关系，以达到人与自然同荣共生的理想状态。追求生态文明是当代人类共有的时代精神的一个重要内容，它反映了当代人类的共同心声。环境文

① 世界环境与发展委员会. 我们共同的未来 [M]. 王之佳，柯金良，译. 长春：吉林人民出版社，1997：59.

② 汉娜·阿伦特. 人的条件 [M]. 竺乾威，等，译. 上海：上海人民出版社，1999：2.

③ 刘湘溶. 生态文明论 [M]. 长沙：湖南教育出版社，1999：31 – 61.

学对环境正义主题的弘扬深契生态文明这一当代人类的时代精神之内核，在深刻批判工业文明的基础上对生态文明寄予了最殷切的期望，体现了明确的文明意识导向，因而具有值得称道的时代价值。

环境文学的兴起和发展为世界文学的发展带来了一股清新的空气。虽然环境文学作品往往以描写自然环境遭到人类无情破坏而导致的环境危机作为现实立足点，但它同时注重展现自然风景之美，注重揭示人类与自然和谐相处的伦理意蕴，呼吁人类在观念上和实际行动上重视自然环境保护，因此，它在主题思想方面有重大突破，使文学的内容范围得到了极大拓展。

环境文学在当今世界的流行和发展在文学艺术的生态化潮流中占据十分重要的地位，它极大地扩大了文学艺术生态化的影响。美国环境文学家卡逊的《寂静的春天》自出版以来一直畅销，它的国际影响力至今仍然在上升。许多人就是因为读了这本具有国际影响力的环境文学作品才懂得了环境危机威胁当代人类的事实。可见，环境文学在人类社会的影响力是不容低估的。

环境文学在当今中国的发展势头很好，但可拓展的余地仍然非常巨大。由于我国民众对环境问题和环境危机的认识和了解远远落后于西方发达国家，环境文学在我国受到欢迎的程度也不能与西方发达国家相提并论。对于许多中国人来说，"环境危机"还是一个闻所未闻的事物。在这种时代背景下，环境文学的发展必然会受到很大限制。一方面，从事环境文学创造的作家数量有限；另一方面，阅读环境文学作品的读者在数量上也是有限的。要发展中国环境文学，中国需要有一支更强大的环境文学家队伍，也需要有一个更大的环境文学读者群。

要进一步扩大环境文学在当今中国的影响，我国环境文学家应该推出更多优秀的环境文学作品。在当今中国，最有市场的文学作品是言情小说。这种小说受到青少年读者的普遍青睐。在言情小说主导市场的现实背景下，环境文学的发展需要有新的拓展。目前，我国从事环境文学创造的作家在知识结构上显得不够全面，在思想广度和深度上也显得非常不够。只有解决了诸如此类的问题，我国环境文学才能获得更快、更好的发展。

第二节 环保电影：文学艺术生态化演绎的伦理剧

电影是文学艺术的一种重要表现形式。作为一种继文学、戏剧、音乐、舞蹈、绘画、建筑之后出现的一种艺术形式，电影发明于 19 世纪末期。最早出现的电影被一些人视为"小学生的玩意"、"奴隶们的娱乐游戏"，但它 20 世纪在世界范围内逐步发展成为最具影响力的一种艺术形式。电影必须借助于摄影机来拍摄胶片，并必须经过复杂的程序才能以影片的形式呈现在人们面前。最初的影片主要拍摄一些人类活动的日常生活景象片断，后来发展到拍摄丰富多彩、复杂变化的现实世界，从而能够具体形象地反映人类社会生活的能力，并展现强有力的艺术感染力。

环保电影是电影中的新形式。说它新，不是指它在形式上与传统电影迥然不同，而是指它在主题建构方面具有全新的内容。具体地说，环保电影顺应世界文学艺术生态化的潮流，将"环保"作为其核心主题来加以演绎。环保主题进入电影艺术，并且在其主题思想领域占据举足轻重的地位，这不仅催生了环保电影，而且使电影艺术具有了弘扬环境道德的价值取向。可以说，环保电影是世界文学艺术演绎的一种生态伦理剧。

一、《后天》：人类面对环境危机的无奈与反思

环境危机受到当代人类的广泛关注，但人类以电影的方式来展现环境危机仅仅是近些年的事情。作为一部环保电影，《后天》展现的就是当代人类对环境危机的无奈和反思。

《后天》是一部关于环境危机的电影。影片以美国为故事情节的发生地，描写地球遭受前所未有的恶劣天气的袭击，其状况令人触目惊心。在来势汹汹的恶劣天气面前，美国的科学家、军队、警察也感到束手无策。电影展现在观众面前的是全球气候变暖，北极冰川融化，冰壳也快速融化了；原本完好的冰川突然在出现断裂，其中间产生一条人无法跨越的鸿沟，而且深不可测，让人

恐惧万分；最可怕的是，人类的先进科学技术都没有发挥威力的地方，人们眼睁睁地看着地球发生灾难性变化却束手无策。

根据该影片的剧情，海水水温骤然上升，冰川、冰壳的迅速融化导致水平面急速上升，汹涌澎湃的海水涌向低洼的地方。这些灾难发生的时候，人们来不及做出任何相应的防护措施，一切都以让人惊奇的速度和方式毁于一旦。建筑物和人类都显得非常脆弱，不堪一击。一个个建筑物被毁，无数的无辜生命在一瞬间被毁灭。那场景触目惊心到让人难以想象的程度。洪水侵袭之后，大雪接踵而至，甚至还下起冰雹来。一块一块像大石头一样的冰雹从天而降，将那些来不及躲藏的人瞬间变成了亡魂。另外，龙卷风也席卷而来，飞沙走石，天昏地暗，路上的车辆和人流或被卷走，或陷入混乱、恐惧之中。在那种冰天雪地的情形下，人们只能躲在密室里生火取暖才能保留一线生机。那些走出密室的人很快就被一个个冻死了。

灾难发生的时候，许多美国人为了生存涌进了加拿大的大使馆。灾难过后，美国官方代表在电视上发表讲话，告诫人们所发生的灾难与人类的主观错误有关，并且强调导致灾难的原因是人类对自然进行长期算计、盘剥和掠夺所致；人类总是一味地向自然索取，这导致了自然环境难以承受人类活动的巨大压力，而灾难是大自然对人类进行报复和惩罚的必然结果。

《后天》让观众深深地感受到了人类破坏自然的严重性，也向人类揭示自然报复和惩罚人类的强大能力。事实上，自然一旦开始报复和惩罚人类，人类的反抗力是非常有限的。作为一部环保电影，《后天》旨在告诫人类，作为自然大家庭中的一员，人类应该热爱、尊重和保护自然；否则，人类只能与自然一起陷入可怕的环境灾难——环境危机之中。

作为一部环保电影，《后天》看上去像一个关于未来的寓言，因为对于许多人来说，环境危机似乎还仅仅是一种未经证实的可能性。"可能性"与"现实性"的区别在于，它的发生是不确定的，它甚至是一种不可能转变为现实性的可能性，而现实性是一种已经发生的事实，它从实质上是一种历史性——历史性的展开表现为一种现实性。由于环境危机是一种具有很强隐秘性的危机，它很难为普通人所发现，因此，那些陶醉于疯狂算计、盘剥和掠夺自然的人很容易对环境危机的现实性熟视无睹。

环境危机是可怕的，但更可怕的是环境危机映射的人类道德价值观念的错误性及其改变的困难性。由于曾经长期在道德价值观念上将自然环境当成一种可以任凭人类算计、盘剥和掠夺的对象，人类对自然环境的价值的认识也曾经长期处于不健全、不合理的状态。他们只管算计、盘剥和掠夺自然资源，却很少思考他们的行为可能导致的灾难性后果。《后天》给人类的启示是，人类只是自然界中的一个重要成员而已，他们的所思所想和所作所为都必须在自然规律允许的范围内进行，如果人类随心所欲地消耗自然资源，其结果必然是脚下的土地一片一片地减少，森林逐渐离开了我们的视野，身边的空气也变成有毒空气。人类无疑有足够的能力将自然界中的资源消耗殆尽，但这并不意味着他们具有其他非人类的自然存在物无法相提并论的生存智慧，而是恰恰说明人类是无知的、愚昧的和目光短浅的。

美国是当今世界唯一的超级大国。美国的强大首先表现在美国人开发利用自然的能力上。当今美国拥有世界最发达、最先进的科学技术，它在开发利用自然方面所展现的综合能力恐怕是其他任何民族都无法相提并论的。只要美国人愿意，他们有能力改变动植物的基因构成，甚至有能力将整个地球毁灭掉。不过，正如《后天》所反映的那样，美国在环境危机日益严重的时代背景下并不能置身事外。事实上，一个越是发达的国家，它对自然环境的破坏力就越是强大，因为一个国家的发达程度在很大程度上取决于它开发利用自然的能力和水平。作为当今世界的唯一超级大国，美国的存在和发展是以其对自然资源的高消耗为前提条件的。美国只有 2 亿多人口，但它每年消耗的自然资源量在整个人类每年消耗的自然资源总量中占据 1/4 的比例。如果世界各国都按照美国的自然资源消耗水平来消耗自然资源，其后果的可怕性是我们难以想象的。

自然资源是有限的，自然界的存在也是有局限性的。人类在受到局限性制约的自然界中生存和发展不能对这种局限性熟视无睹，因为它一定是一种能够对其生存和发展状况产生根本性影响的规定性。这种规定性具有不以人类意志为转移的特性，它是构成自然必然性的一个重要内容，与人类的生存状况有着直接的因果关系。从根本上来说，人类在自然界中生存和发展状况的好坏并不取决于他们突破自然局限性的能力，而是取决于他们服从这种局限性的能力。承认自然的局限性，并主动接受这种局限性的制约，这对于人类来说并不是缺乏智慧的表现，而是人类具有智慧的表现。

人类在自然界中的生存和发展需要用"昨天"、"今天"、"明天"和"后天"来标示。"昨天"显示人类与大自然打交道的过去历史，"今天"显示人类与大自然相处的当前现状，"明天"显示人类与大自然打交道的未来情形，"后天"显示人类与大自然打交道的更长远未来景况。"昨天"是历史，但它的历史性也是可以改写的。如果人类曾经在"昨天"无所顾忌地破坏了自然环境，他们应该通过"今天"、"明天"和"后天"的努力来纠正自己的错误。"今天"是人类生存历史的延续，但它的现实性会随着时间的推移对自然和人类本身的"明天"和"后天"产生深远的影响。如果人类在"今天"还在做着算计、盘剥和掠夺自然的美梦，则他们应该多一份清醒和明智。"明天"是一种尚未变成现实的未确定性，但它一定在某种程度上能够被人类在"今天"所预见。如果人类仍然希望在未来与大自然和谐相处、同生共荣，他们应该在今天就多一份远见卓识。"后天"是一种更遥远的不确定性，但它毕竟仍然能够被人类的理性在一定程度上所把握。人类的伟大之处不仅在于他们有反思历史的能力，也不仅在于他们有立足于现实办实事的能力，更在于他们有预测未来和规划未来的能力。人类在历史中生存着，在当下生存着，但他们不可能仅仅满足于历史和现实带给他们的一切。他们的眼睛会投向遥远的未来。他们希望他们自己在遥远的未来还能以人的身份生存和发展。

《后天》给了我们一个深刻的警示，那就是在不久的将来，影片中的灾难场景可能会在人类生存和发展的地球上上演，如果当代人类不做好防范措施和做出相当的补救的话，环境危机的爆发必定会给人类的未来蒙上一层厚厚的悲剧色彩。当代人类应该理性地反观和反思自己的"昨天"，应该理性地看待自己的生存现实，应该理性地面向可能的未来，更应该理性地面向更长远的未来，而不是让他们的"昨天"和"今天"变成其"明天"和"后天"的沉重负担。人类需要有一个美好的"明天"和"后天"。为了有一个美好的明天和后天，人类应该一起努力，共同保护他们共有的家园——地球。他们应该借助于他们的历史反思能力和现实实践精神致力于使其自身在"明天"和"后天"避免面对"环境危机"带来的灭顶之灾。

二、《2012》："诺亚方舟"式的拯救

《2012》这部环保电影的出现或多或少有一些传奇色彩。近些年，关于"2012 年是世界末日"的说法在西方和中国都被传得沸沸扬扬。虽然绝大多数

人仅仅是抱着"开玩笑"的心理和态度来对待这种荒谬的说法，但是这种说法本身确实因为受到广泛关注和议论而成为了一个国际性热门话题。

经历过 2012 年的人当然更加不会相信那种关于"2012 年是世界末日"的说法，因为玛雅人所预测的世界末日并没有真正如期到来。"事实胜于雄辩"的真理在 2012 年再次得到验证。传说中 2012 年要发生的"太阳风暴"没有出现，传说中地球的两极会在 2012 年倒转的事情也没有发生，这当然用最有说服力的事实驳斥了"2012 年是世界末日"这一说法的荒谬性。

《2012》的故事情节如下。世界末日的前几年（2009 年至 2012 年），最先得到世界末日消息的是各国的领导，但他们有意对这一消息进行了封锁和隐瞒。这种情节安排应该说是合情合理的，因为如果真有某种类似于"2012 年是世界末日"的灾难发生，任何一个国家的领导都完全可能选择封锁和隐瞒消息的做法，毕竟这样的消息很容易在人们中间引起严重的不安、恐慌和痛苦。如果传说中的大限确实将至，那么，与其说使整个人类陷入不安、恐慌和痛苦之中，还不如让他们在"无知"中走向悲剧。既然悲剧不可避免，让人们在无知中面对悲剧也不失为一种合乎伦理的选择。

影片中的美国政府似乎是一个责任政府。在最先得知"2012 年是世界末日"这一消息之后，它的官员就开始着手联络世界各国政府，以求在国际层面很好地应对日益迫近的"世界末日"。在美国政府的努力下，40 多个发达国家决心共同应对悲剧。人们可能会禁不住问：为什么只有 40 多个国家愿意共同应对世界末日？这是因为影片中的"世界"与现实中的国际社会一样被区分为两个阵营，即"发达国家"和"发展中国家"；前者发达而富有，但在承担国际社会责任方面显得犹豫不决；后者落后而贫穷，在承担国际社会责任方面总显得心有余而力不足。

影片中的 2012 年被当作"世界末日"被展现：首先是世界各国开始出现地表大面积塌陷的现象，但各国政府官员仍然试图安抚人们："我们有理由相信，世界末日不会到来，此前发现的各个地表断裂已明显舒缓了板块移动的张力。所以我们……"与此同时，40 多个国家的政府暗地里酝酿了一个"诺亚方舟"计划。紧接着是山崩地裂，飞沙走石，房屋倒塌，哀声遍地。就是在这样一种充满悲剧色彩的背景下，美国的加州被毁灭了，世界许多地方被毁灭了。然后是整个世界的存在状况发生了根本性变化。正如传说中 2012 年地球两极会发生倒转那样，地球的南北磁场发生了根本性变化，世界各大板块崩裂下沉，海啸、台风等在四大洋肆意成灾，这预示着人类的毁灭已经为期不远。最后，"诺亚方舟"计划成功出台，陷入灾难的人类得到了意外的拯救。

《2012》这部电影所展现的"世界末日"是以"环境危机"的方式表现的生态灾难。虽然影片所描写的太阳风暴、天崩地裂、海啸等都带有浓厚的寓言色彩，但是它们毕竟与现实中的环境危机有着某种程度的相似性。当今世界，人类不得不面对的全球气候变暖、生物多样性急剧减少、河流污染严重、雾霾地区日益扩大等问题都在用铁的事实暴露着环境危机的现实性。虽然当代人类陷入的环境危机还没有达到《2012》所揭示的严重程度，但是这种危机给当代人类的生存和发展所造成的现实危险和潜在危险已经在当代人类中间引起越来越广泛、越来越深刻的忧虑。当代人类与其祖辈一样，时刻都必须与大自然打交道，但他们今天面对的大自然已经不同于他们的祖辈拥有的大自然。由于遭到人类长久以来的无情算计、盘剥和掠夺，当代人类与大自然之间的关系正变得越来越紧张，甚至已经演变成一种相互对立、相互冲突的关系。长久以来，大自然一直承受着人类的无情算计、盘剥和掠夺，导致它最终开始以环境危机的方式报复人类。当代人类有许多无奈和痛苦，但他们最大的无奈和痛苦莫过于不得不生活于环境危机之中。

当代人类需要获得"诺亚方舟"式的拯救。在基督教《圣经》中，人类在亚当和夏娃偷吃"禁果"之后在罪恶的路上越走越远，最后甚至达到让上帝无法忍受的程度。创造世界的上帝想毁灭人类，但他发现诺亚等少数人还保持着人性的善良，因此，他决定实施"诺亚方舟"计划，拯救少数人类于罪恶泛滥的世界之中，以使他煞费苦心创造的人类不毁于一旦。《圣经》中的上帝是仁慈的，也是万能的，因此，他能够拯救人类于水火，能够避免人类陷入万劫不复的灾难。如果世界上真有这么一个仁慈、万能的上帝，这对于人类来说无疑是一个值得庆幸的福音。任何一个人在犯了罪之后都希望有被拯救的机会。人类亦如此。作为一个群体，人类在自然界生存和发展的根本目的绝对不是为了毁灭自身，而是为了使其自身达到繁荣昌盛；因此，在犯过严重错误之后，他们必定会像每一个人类个体一样盼望得到某种拯救。"诺亚方舟"在基督教《圣经》是一个隐喻，也是一个象征，它寓指希望，象征希望，是希望之舟。

可惜的是，世界不是上帝创造的，人类也不是上帝创造的。人类一路走来，在自然界披荆斩棘，其中有其自身的生物进化能力在发挥作用，更有其人性力量和理性能力在发挥作用。作为自然界中的灵长，人类不得不受制于自然规律，但他们在任何语境下都能表现出可贵的能动性。这种能动性使他们能够在很大程度上掌握自己的命运。他们因为自身的原因而生，也因为自己的原因而发展。他们因为自身的原因而乐，也因为自身的原因而苦。他们主宰着自己的生存和发展，也主宰着自己生存和发展的快乐和痛快。他们具有充分的意志自由。正因为如此，他们不得不为他们的所思所想和所作所为承担相关的所有责任。如果他们的所思所想和所作所为是合理的，则他们应该享受因此而产生的福祉。如果他们的所思所想和所作所为不合理，则他们也应该承担因此而导致的所有恶果。尤其是，如果他们犯了万劫不复的严重错误，他们只能自己拯救自己，绝对没有一个仁慈、万能的上帝会不失时机地站出来拯救他们。"诺亚方舟"存在于类似于《圣经》的宗教想象世界，它根本不可能变成可以信赖的现实。

《2012》演绎的是一个当代的诺亚方舟神话。环境问题自古就有，但它直到 20 世纪中后期才演变为一种全球性环境危机。这种危机的爆发打破了自然界长久以来保持的生态平衡，不仅对自然界的演变和进化规律造成了根本性破坏，而且对人类在地球上的生存和发展带来了致命性影响。当代人类生活于环境危机之中，其生活质量因为经常遭到环境污染、环境破坏等问题的干扰而难以得到保障。环境危机带给当代人类的生活恐惧感是前所未有的。环境危机的爆发意味着人类生活于充满危险的自然环境之中，五花八门的环境危险经常防不胜防地"偷袭"他们，他们在地球上的生存和发展时刻面临着来自环境危机的严重威胁。在此时代背景下，他们当然希望有某种类似于诺亚方舟之类的东西出现。

"诺亚方舟"承载的是希望，同时也是沉重的记忆以及深刻悲伤。如果人类没有不断地堕落，诺亚方舟的出现就没有必要。如果没有环境危机，当代人类也不需要诺亚方舟。在地球上繁衍和发展了几千年之后，人类因为自身原因引发了环境危机并导致其生存和发展变得难以为继，这是对人类的一种讽刺。一直以来，人类都自诩为自然界中的灵长，他们也总是为他们所创造的文明感到无比骄傲，但他们最终却陷入了因其自身的原因导致的生存危机。如果人类不从根本上反思其算计、盘剥和掠夺自然的观念和行为，传说中的"世界末日"终将到来，而到那时，如果"诺亚方舟"不可能出现，则人类只能掉入万劫不复的痛苦深渊。

三、《阿凡达》：地球生态灾难与生态殖民主义

《阿凡达》是 2009 年上映的一部美国电影，由詹姆斯·卡梅隆撰写剧本并执导，主要演员有萨姆·沃辛顿、佐伊·索尔达娜、西格妮·韦弗、米歇尔·罗德里格兹、斯蒂芬·朗等。《阿凡达》的故事情节是如此展开的：

在潘多拉星球上有一种别的任何地方都没有的罕见的常温超导体矿物元素"unobtanium"，它能够彻底解决人类深感忧虑的能源危机。然而，潘多拉星球并不适合人类生活，因为它的空气中充满氨气、甲烷、氯气等对人类造成致命性危害的气体。除此之外，潘多拉星球上有很多巨大凶猛的掠食动物，极度危险。这种特殊的环境造就了与人类迥然不同的生物种族：10 英尺高的蓝色类人生物"纳美族"。纳美族不满人类拓荒者的到来，更不满人类到达他们的星球之后到处挖矿而侵犯其土地和破坏其生活的做法。

为了取得另一星球的资源，人类开启了阿凡达计划。人类通过克隆技术，用人类与纳美人的 DNA 混血，培养出了身高近 3 米高的阿凡达。人类通过精神联络系统让自己的意识进驻阿凡达的身体，从而造就了一个能够在潘多拉星球上自由活动的"阿凡达"，使之成为人类在这个星球上自由活动的"纳美人化身"，并操控他在潘多拉星球上生存和开采矿产。然而，并不是任何人都可以操纵克隆纳美人"阿凡达"，只有 DNA 与他身上的人类 DNA 配型相符的人才有这样的能力。只有一个人具有这样的能力，他就是杰克·萨利的哥哥，但杰克的哥哥已经不在人世。为了不亏本，投资采矿的公司千方百计找到了杰克·萨利的弟弟，因为他与杰克·萨利的 DNA 配型相符。杰克·萨利的弟弟同意接受实验并代替死去的哥哥操纵"阿凡达"。

到了潘多拉星球的杰克，以他"阿凡达"的化身发现潘多拉星球的美景简直无法用语言来形容。在那个与地球完全不同的星球上，参天大树星罗棋布，茂密的雨林中到处都是色彩斑斓的神奇植物，那些植物到了晚上还会发光。在阿凡达的眼里，潘多拉星球是一个只能在梦中出现的奇幻花园。不过，背负重任的杰克很快就体验到了各种各样的危险。潘多拉星球上的原始森林与地球上

的原始森林有着根本区别，其中的动物能够对任何侵犯者发动致命的攻击。有一次，阿凡达遭到一只星球狼的攻击几乎死去，但他幸运地被纳美族人族长的女儿搭救。在与纳美人首次意外接触后，他不仅了解了纳美族人的真实生活，而且了解到纳美人一直以来与潘多拉星球的其他物种和谐相处并过着一种简朴天然的生活。

由于兼有人类和纳美人的 DNA，阿凡达能够与纳美人沟通。这种沟通为阿凡达完成"使命"提供了可能，但它也为阿凡达改变其价值观念创造了条件。他不仅渐渐认识、理解和接受了纳美人的价值观念，而且开始背弃地球人类的价值观念。他看到了人类侵犯潘多拉星球的邪恶用心，并决心成为潘多拉星球的救世主。事实上，他不仅阻止了采矿公司试图以武力强取豪夺的野蛮行为，而且解救了潘多拉星球采矿公司所雇用的所有地球工作人员，并将他们遣返回地球。

阿凡达的故事凸显了两个主题：一是环境危机的主题；二是生态殖民主义的主题。

在《阿凡达》这部电影里，环境危机以"能源危机"的方式得到了展现。在当今世界，几乎所有国家都不同程度地存在能源短缺的问题。正因为如此，国与国之间围绕能源问题展开的竞争经常发展成为一种能源争夺战。一些发达国家有时甚至为了掠夺他国的能源而不惜诉诸武力。它们以各种站不住脚的理由（如解放他国的人民等）发动战争，其真正的目的是为了将他国的自然资源据为己有。例如，美国在中东地区发动的几次战争都有能源危机的背景。

《阿凡达》中的生态殖民主义主题折射了地球上的生态殖民主义。在地球上，国与国之间的资源争夺有时候就表现为一种生态殖民主义现象。在当今世界，明目张胆的军事侵略已经不切实际，有些国家为了达到掠夺他国自然资源的目的只能诉诸生态殖民主义手段。当借助于国际贸易的手段仍然不能解决能源危机的时候，一些发达国家就会采用战争手段来达到目的。这样的国家觊觎他国的自然资源，时刻想将他国的自然资源据为己有。它们往往不顾他国保护自然环境的诉求，通过生态殖民主义掠夺的方式污染和破坏他国的自然环境，从而为世界环境保护事业带来更大的阻力。

《阿凡达》是一面镜子。它表面上映照的是地球与潘多拉星球、人类与纳美人之间的关系，实际上映照的是地球上的国与国之间的关系。具体地说，它实际上映照的是一些国家试图用生态殖民主义手段掠夺他国自然资源的邪恶行径。当今世界并非一个太平世界。发达国家与发展中国家之间的环境利益矛盾一直非常严重地存在。在这样的利益矛盾中，发达国家凭借其强大的军事力量、经济力量，更容易以各种借口对发展中国家发动以掠夺自然资源为根本目的的侵略战争。这应该引起当今世界的警觉。

人类社会有很多"潘多拉盒子"。这样的盒子一旦被打开，人类社会就会出现各种各样的"麻烦"。生态殖民主义就是一个"潘多拉盒子"，它的打开不仅仅意味着一个国家会侵略另外一个国家，更重要的是它意味着整个人类社会的环境状况会遭到更严重的破坏。生态殖民主义是当代人类缓解环境危机的主要障碍之一。由于生态殖民主义的存在，国与国之间的环境利益矛盾变得越来复杂，世界环境保护事业也因此而变得更加困难。为了推进世界环境保护事业，当代人类应该与生态殖民主义进行坚决的斗争。

作为人类艺术的一种重要形式，电影艺术是以现代科技为手段、以画面与声音为媒介的一种艺术。它通过在流动的时间和空间里创造银幕形象的方式反映和表现现实生活和思想感情。文学艺术界一般将其称为继文学、音乐、舞蹈、戏剧、绘画、雕塑之后的第七艺术，是唯一一种有确切诞生日期的艺术。

任何艺术都依赖于适合于表现它的工具。电影艺术的出现和发展依赖的是摄影机、录音机和洗印技术的发明。这些工具为电影艺术服务，它们的每一点进步都会给电影艺术的发展带来更大的可能。摄影与录音设备惟妙惟肖地复制自然的能力越来越强，但电影艺术不以复制自然为目的，而是旨在借助于独特的叙事手段、表现手段，试图用比实际生活更集中、更强烈、更富于典型性的方式反映生活。电影是一种人们喜闻乐见的重要艺术形式。在电视发明以前，它一直是群众性最强、最广的艺术形式。

环保电影的出现既是电影艺术获得新发展的表现，也是世界环境保护运动得到新推进的表现。环保电影以揭示环保主题为核心内容，但它在具体表现形式、技巧等方面并不拘于一格。不过，总体来看，《后天》《2012》《阿凡达》等环保电影普遍具有科幻电影的艺术风格。这种艺术风格使这些电影似真似幻，能够给观众留下更深刻的印象，这是它们能够广泛受到欢迎的一个重要原因。

不过，环保电影目前看还处于起步阶段。国内外电影界在推进环保电影方面所取得的成果目前还很有限。《后天》《2012》《阿凡达》等是数量有限的环保电影中的代表作品。这些电影具有强大的艺术震撼力和感染力，它们受到热烈欢迎的事实说明环保电影在当今世界是有广阔市场的。在"环境保护"日益受到重视的今天，环保电影的出现和发展必然成为世界电影艺术中的一道亮丽风景线，它也必定能够为世界环境保护事业作出越来越大的贡献。

需要指出的是，目前已经出现的环保电影主要出自西方发达国家，这与西方发达国家在环境保护方面比发展中国家更为积极的事实有关。虽然西方发达国家在推进世界环境保护事业方面经常犹豫不决、甚至无所作为，但是它们普遍很重视保护本土的自然环境。这是环境利己主义的表现，但它也有值得肯定的地方。毕竟重视本土自然环境的保护也说明西方发达国家在致力于环境保护。在经历 30 多年的改革开放之后，我国在取得丰硕的社会发展成果的同时也付出了非常巨大的环境代价。当今中国也遭遇了日益严重的环境危机。工业化、城市化等现代化指标的实现既为人们生活的改善提供了机会，也给自然环境的破坏提供了机会。从这种意义上来看，环保电影在当今中国的发展也具有广阔的空间。

环保电影在当今中国的发展需要依靠电影艺术家的艺术自觉。在当今中国，绝大多数电影作品以反映人的情感生活为题材，并且存在严重的"媚俗"倾向。有些艺术家为了迎合观众的低级趣味，不仅将情感主题庸俗化，而且在电影艺术技巧的选择和运用方面不精益求精，以至于他们推出的电影作品粗制滥造，品位低下，不仅无法给观众留下深刻影响，而且无法达到教化人心的作用。如果当今中国也要发展环保电影，这是电影艺术家需要吸取的教训。作为一种群众性特别强的艺术形式，电影应该注重体现艺术形式和主题思想的崇高性。这也是中国环保电影应该追求的根本目标。

第三节 环保音乐：文学艺术生态化追求的诗学意境

环保音乐是流淌在文学艺术生态化汇聚的大河中的一股清流，它清新而引人入胜，甜美而发人深省，优雅而引领高尚，崇高而催人行动，因而在文学艺术生态化潮流中占据着一个不容忽视的位置。环保音乐的发展目前还处于起步阶段，但它的影响正在与日俱增。本节将专门探析环保音乐在世界文学艺术生态化潮流中的独特地位和影响。

一、环保音乐：以环保为主题的音乐

人类生活的世界不能没有音乐。如果没有动物的鸣唱，自然界必定死气沉沉。如果没有音乐，人类生活的世界必定了无生气。音乐是人类抒发情感、表达思想和彰显生命活力的一种必不可少的方式。音乐可以给人类带来劳动的快乐，使其忘记劳动的艰辛。音乐可以使人类在闲暇时得到美好的精神享受，使其闲暇生活变得充实。音乐可以陶冶人类的情操，使其向真、向善、向美。如果一个人不懂音乐或不热爱音乐，他的生活乐趣一定不能与那些懂音乐或热爱音乐的人相提并论。一个懂音乐且能够拥有音乐的人一定是一个幸福的人。

音乐之美首先在于音律之美。音律是指音乐声韵存在的规律。也就是说，音律是声韵按照一定的规律高低起伏变化所形成的韵律或旋律。音律之美在于声律的发生和变化体现一定的规律性，能够让聆听它的人从赏心悦耳的声音中得到一种美的感受。音乐中的音律美或以雄壮得到表现，或以轻盈得到表现，或以清幽得到表现，或以甜美得到表现，总能震撼人心，激发情感，荡起想象。

其次，音乐之美也可以表现为歌词之美。一个音乐作品之所以美，要么是因为它具有美妙的音律，要么是因为它具有精彩的歌词。具有音律美的音乐营造的是一种美妙的韵律意境，而具有歌词美的音乐营造的是一种美妙的语言意境。音乐可以借助于精美、巧妙的语言表述诉说一个动人的故事，或抒发一种真挚的情感，或描绘一种优美的自然风景，以达到一种至真、至美、至善的审美意境。歌词之美是音乐之美的一种重要表现形式。

当然，有的音乐之美是通过融合音律之美和歌词之美达到的。有些音乐作品集音律美和歌词美于一体，并因此而展现一种美妙绝伦或美不胜收的音乐之美。要达到这种音乐美的难度很大，因为它不仅要求音乐所需要的音律和歌词很美，而且要求音律和歌词达到完美的协调，这必然要求音乐的创造者对音律和语言均有超强的驾驭能力。在现实生活中，只有极少数音乐家能够达到这种水平。

　　需要指出的是，音乐与自然界的关系十分密切。人类社会最早的音乐是人类模仿自然声音的结果，最美妙的音乐往往是音乐家成功模仿自然声音的产物。"黄河大合唱"的成功之处主要在于它真实地反映或再现了黄河惊涛拍岸的雄壮，并借此展现了中华民族不屈不挠、勇往直前的坚强气节和气质。自然声音自有其音律构成规律，自有其音韵之美，它是人类音乐之源。

　　以"自然"为主题的音乐作品很多。在我国，《青藏高原》《神奇的九寨》《草原之歌》等都是以歌咏自然为主题的音乐作品，它们在我国社会广为流传，影响非常广泛。近些年来，在与"自然"这一主题相关的音乐中兴起了一种新的音乐形式。它不再仅仅歌咏自然之美，而是进一步将"自然环境保护"作为一个重要主题纳入了音乐之中。这种音乐就是目前正为越来越多的人所熟悉的"环保音乐"。

　　环保音乐的出现仅仅是近些年的事情，它与当代人类深感忧虑的环境危机直接相关。在环境危机肆意成灾的时代背景下，自然界不仅因为受到人类的算计、盘剥和掠夺而变得千疮百孔，而且越来越缺乏生机和活力。当代人类的最大不幸在于，他们几乎过着与自然界完全对立、隔绝的生活。他们的生活中缺少自然花草的陪伴，更缺少鸟鸣蛙唱的享受。当人类感到这种生活并不是真正的人类生活时，他们的举措之一是借助于环保音乐来表达他们的心声。

　　环保音乐乃是环保之歌。环保之歌注重突出自然环境保护的主题。音乐中的环保主题强调：人类生活的地球家园应该有青山绿水、蓝天白云、鸟语花香；为了实现这一目标，人类应该具有环保意识、环保理念和环保精神，更应该将其环保意识、环保理念和环保精神变成尊重、热爱和保护自然的实际行动。让我们欣赏一下潘攀作词和作曲的《环保之歌》：

环保之歌

　　　　蓝蓝的天空
　　　　是我曾经的梦想
　　　　金色的阳光
　　　　是我曾经的向往

　　　　绿色的大地

早已变换了模样

迷茫的双眼

期待世界的闪亮

某一年　某一天　烟雾弄脏城市的脸

某一年　某一天　孩子忘记了蓝天

让我们　手牵手　净化我们的家园

让我们　肩并肩　打造美好的明天

五千年文化

是我们共同的家园

和谐的发展

我们重任在肩

也许你不曾

体会环保的意义

拉着我的手

我们一起净化家园

让我们　一起努力　让天空更蔚蓝

让我们　携手并肩　让空气更清新

跟着我　一起来　去做环保的卫士

跟着我　一起来　共创美好的家园

　　这是一首以弘扬环保理念为主题的歌曲。歌曲把追求蓝色天空、金色阳光和绿色大地视为人类的梦想，揭露人类污染环境所导致的环境危机，强调具有悠久文化传统的中华民族应该承担保护自然生态环境的责任，并呼吁人们成为环保卫士，为我国环保事业做出应有的贡献。听过这首歌曲的人会发现，它不仅歌词优美，而且具有美妙的旋律，能够激发人们对大自然的热爱之情和保护之意。

　　我们再看看另外一首题为"地球你好吗"的环保歌曲：

地球你好吗

当天空不再是蓝色小鸟不会飞翔

当江河不再有清澈鱼儿也离开家乡

当空气不再是清新花朵也失去芬芳

当乌云遮住了太阳世界将黑暗无光

当冰山渐渐地融化地球是一片汪洋

当大地干枯了村庄眼睛也失去渴望

当城市川流不息的车从此没有一点安详

当童话失去了森林仙女也丢了魔棒

当玩具变成你的衣裳从此没有天真幻想

当贪婪拼命地追逐没有动物与你歌唱

让我们一起热爱吧

让我们一起唱

让我们一起呼唤地球你好吗

让我们一起热爱吧

让我们一起唱

让我们一起呼唤

地球你好吗……

上述这首环保歌曲既是一首对环境危机深感忧虑的歌曲，也是一首呼吁人类保护自然环境的歌曲。歌曲以"地球你好吗"为题，歌词之中透着忧伤和悲叹，让我们联想到当代人类遭受环境危机之苦的沉重事实和悲切境遇。其实，环境危机表面上是自然界或地球陷入了灾难，实质上是人类本身陷入了灾难。自然界或地球是人类生存和发展之所，是人类社会生活的根本所在，它一旦遭受灾难，这就意味着人类赖以生存和发展的根本遭到了根本性破坏，意味着人类陷入了可怕的生存危机，因此，问一声"地球你好吗"与其说是在问候地球或自然界，还不如说是在问候人类本身。

近些年，西方国家也出现了不少环保歌曲，其中最有名的可能是迈克·杰克逊的《地球之歌》（*Earth Song*）。这首歌的歌词如下：

Earth Song

What about sunrise

What about rain

What about all the things

That you said we were to gain.

What about killing fields

Is there a time

what about the things

That you said was yours and mine

Did you ever stop to notice

All the blood we've shed before

Did you ever stop to notice

The crying Earth the weeping shores?

Aaaaaaaah Aaaaaaaaah

What have we done to the world

Look what we've done

What about all the peace

That you pledge your only son.

What about flowering fields

Is there a time

What about all the dreams

That you said was yours and mine.

Did you ever stop to notice

All the children dead from war

Did you ever stop to notice

The crying Earth the weeping shores?

Aaaaaaaah Aaaaaaaaah

I used to dream

I used to glance beyond the stars

Now I don't know where we are

Although I know we've drifted afar

Aaaaaaaah Aaaaaaaaah

Hey, what about yesterday (what about us)

What about the seas (what about us)

The heavens are falling down (what about us)

I can't even breathe (what about us)

What about the bleeding Earth (what about us)

Can't we feel its wounds (what about us)

What about nature' worth (what about us)

It's our planet's womb (what about us)

What about animals (what about us)

We've turned kingdoms to dust (what about us)

What about elephants (what about us)

Have we lost their trust (what about us)

What about crying whales (what about us)

We're ravaging the seas (what about us)

What about forest trails (what about us)

Burnt despite our please (what about us)

What about the holy land (what about us)

Torn apart by creed (what about us)

What about the common man (what about us)

Can't we set him free (what about us)

What about children dying (what about us)

Can't you hear them cry (what about us)

Where did we go wrong (what about us)

Someone tell me why (what about us)

What about babies (what about us)

What about the days (what about us)

What about all their joy (what about us)

What about the man (what about us)

What about the crying man (what about us)

What about Abraham (what about us)

What about death again (what about us)

Do we give a damn

Aaaaaaaah Aaaaaaaaah

笔者将上述歌曲翻译如下：

地球之歌

日出怎么呢

雨怎么呢

一切都怎么呢

你说我们会得到一切

杀戮的田野呢

是否有一天

那些东西

你说属于你和我

可你是否已经忘记

我们曾经挥洒的血汗

你是否看到

地球在流泪，海岸在哭泣

啊

我们对世界做了什么

看，我们做了什么

你还曾经向你的独子

承诺过的和平呢

百花争艳的大地呢
是否有一天
你和我的所有梦想
一切的梦想都不见了
你是否注意到
那些在战争中死去的孩子
你是否注意到
地球在流泪，海岸在哭泣
啊

我曾经梦想
我曾经遥望群星之外的星空
如今不知我们身在何方
尽管我明白我们漂泊了太远
啊

嘿，昨天怎么呢（我们该怎么办）
海洋怎么呢（我们该怎么办）
天堂正在堕落（我们该怎么办）
我简直不能呼吸（我们该怎么办）
地球在流血呢（我们该怎么办）
我们难道不能感受到它的伤口吗（我们该怎么办）
自然的价值呢（我们该怎么办）
那是我们行星的子宫（我们该怎么办）
动物呢（我们该怎么办）
我们把他们的王国化为灰烬（我们该怎么办）
大象呢（我们该怎么办）
我们是否已失去它们的信任（我们该怎么办）
鲸鱼呢（我们该怎么办）
我们在污染海洋（我们该怎么办）

　　森林呢（我们该怎么办）

　　被我们用恶意的借口烧毁了（我们该怎么办）

　　神圣的土地呢（我们该怎么办）

　　被我们四分五裂了（我们该怎么办）

　　老百姓呢（我们该怎么办）

　　我们难道不给予他自由吗（我们该怎么办）

　　垂死的孩子呢（我们该怎么办）

　　你听到他们的哭声吗（我们该怎么办）

　　我们到底做错了什么（我们该怎么办）

　　谁能告诉我原因（我们该怎么办）

　　我们的婴儿呢（我们该怎么办）

　　我们的岁月呢（我们该怎么办）

　　他们的所有欢乐呢（我们该怎么办）

　　我们人类呢（我们该怎么办）

　　那些啼哭的人呢（我们该怎么办）

　　亚伯拉罕在哪里呢（我们该怎么办）

　　再一次灭亡会怎样（我们该怎么办）

　　我们都不在乎吗

　　啊

　　在上面这首歌曲中，杰克逊不断重复的一句歌词是"What about us"，其意为：我们该怎么办？杰克逊自始至终没有歌咏自然之美，他更关注的是地球遭受人类破坏而陷入的危机状况。他的歌曲告诉我们，当代人类正生活在环境危机之中，其表现是生物多样性日益减少、环境污染日益严重等可怕事实，是当代人类生活于各种生态危险之中的事实。他呼吁人类重视环境危机的现实性，并告诫人类基督教《圣经》所传说的"诺亚方舟"式的拯救不可能发生，摆脱环境危机的希望只能寄托在人类身上。当然，杰克逊展现人类陷入环境危机的事实并不是仅仅为了让人类看到危机本身，他的根本目的是为了让当代人类树立起环境保护的意识和观念。

　　环保音乐是因为张扬环保的主题才被称为环保音乐的。因为具有环保主题，环保音乐与那些歌咏自然之美的传统音乐具有根本性区别。至少可以肯定的是，传统音乐更多地倾向于展现自然的美丽，而环保音乐在歌咏自然之美的同时更加注重表现自然遭到人类破坏而陷入的危机状态。暴露环境危机不是要丑化大自然，而是为了真正彰显大自然的存在价值，更是为了唤起人类保护大自然的思想、意识、观念和情感。

二、环保音乐：作为人类的寻根之歌

当代人类之所以以各种方式呼吁环保，其根本原因在于当代人类中有越来越多的人开始认识到：自然是人类生存和发展的依托，因而也是人类生存和发展之根。然而，并非所有当代人类都能够认识到这一事实，许多当代人类还在寻根的路上。如果当代人类不能普遍认识到大自然作为其生存根本的事实，他们的环保之路必然有诸多障碍。

有些环保音乐歌手显然认识到了环保的道理，并试图借助于环保音乐作品来揭示这样的道理。在当今中国广为传唱的歌曲《父亲的草原母亲的河》就是这样的环保歌曲。让我们看看它的歌词：

> 父亲曾经形容草原的清香，
> 让他在天涯海角也从不能相忘。
> 母亲总爱描摹那大河浩荡，
> 奔流在蒙古高原我遥远的家乡。
> 如今终于见到这辽阔大地，
> 站在芬芳的草原上我泪落如雨，
> 河水在传唱着祖先的祝福，
> 保佑漂泊的孩子，找到回家的路。
> 啊！父亲的草原，
> 啊！母亲的河；
> 虽然已经不能用不能用母语来诉说。
> 请接纳我的悲伤我的欢乐，
> 我也是高原的孩子啊！
> 心里有一首歌；

歌中有我父亲的草原母亲的河

啊！父亲的草原，

啊！母亲的河；

虽然已经不能用不能用母语来诉说。

请接纳我的悲伤我的欢乐；

我也是高原的孩子啊！

心里有一首歌；

歌中有我父亲的草原母亲的河。

我也是高原的孩子啊！

心里有一首歌；

歌中有我父亲的草原母亲的河，

啦……啦……啦……啦……

　　上述歌曲表面上抒发的是歌手自身对位于内蒙古的家乡的眷恋之情，其实际的寓意远远超出了这种乡恋之情。歌曲把家乡的山山水水比喻为"父亲的草原"和"母亲的河"，这不仅能够唤起人们对生养自身的父母的深切怀念，而且能够让人们联想到大自然作为生养人类的"养育者"形象。具体地说，它能够让人们联想到诗人郭沫若趴在地上呼唤地球母亲的感人语境。

　　向大自然寻找人类的根本是越来越多的当代人类无比向往的事情。这正如歌曲《神奇的九寨》所诉说的那样：

在离天很近的地方，

总有一双眼睛在守望，

她有着森林绚丽的梦想，

她有着大海碧波的光芒，

到底是谁的呼唤？

那样真真切切，

到底是谁的心灵？

那样寻寻觅觅！

噢……

神奇的九寨！

噢……

人间的天堂！

你把那温情的灵光，

噢……

洒遍山冈。

你看那天下人哪，

啊，深情向往吗？

噢，深情向往。

在离我很远的地方，

总有一枝花朵在芬芳。

她有着生命祈求的梦想，

她有着日月轮回的沧桑。

你把那童话的世界，

噢，铺满高原，

噢，深情向往，

向往！

在当今世界，类似"神奇的九寨"的地方已经所剩不多。九寨的神奇其实是地球或大自然的神奇。地球或大自然原本就是充满神奇的寓所，它总是按照它自己的逻辑性和规律性存在着，从来不以人类的意志来决定它的存在方式和内容。虽然自然界或地球上的一切仅仅"自然而然"地存在着，但是这种自然性就足以成就一切人类文明无法超越的神奇性。正因为如此，神奇的九寨才如此令人神往。人类之所以像潮水般涌向神奇的九寨，是因为他们只有在像九寨那样神奇的地方才能真正找到安身立命的寓所。

人类需要自然界来安身立命。自然界里的一切，哪怕是无生命的空气，都是人类必不可少的生活资料或资源，但在当今世界，要拥有蔚蓝的天空已经成为一种奢望。2013 年，我国很多城市出现了空前严重的雾霾现象。生活于有毒的雾霾之中，人们最大的希望莫过于拥有蔚蓝的天空和洁净的空气，这正如人们对"绿色"的渴望。当代中国歌手李宇春演唱的环保歌曲 Green 可谓真切

地表达了当代中国人对"绿色"即美好大自然的深切渴望:

滴答滴　棉花糖下雨　滴答滴　带我去旅行

滴答滴　为什么哭泣　滴答滴　眼泪在飞行

看星星　不哭泣　手心对手心　宝贝我爱你

不相信　是最讨厌东西　就让他死去

带我去无人的绿色天地

有你的　世界里　惊天动地

我们去无人的绿色天地

不老去　不别离　永恒美丽

只有我　明白你

黑白世界里　要小心翼翼

今天起　我唱新的歌曲

换新的血液

带我去无人的绿色天地　你说

你说的　我相信　不用怀疑

我们去无人的绿色天地

用生命　换约定　永恒美丽

飞上来要一口气　我在这里

闭上眼就不会停　我在这里

Lalalalalala

滴答滴　我们不哭泣

滴答滴　只有我和你

滴答滴

歌曲反复吟唱的一句歌词是:我们去无人的绿色天地。一方面,它说明歌手非常不满自然环境遭到严重污染、破坏的现实,尤其是地球上的绿色植被日益减少的现实;另一方面,它也说明歌手有回归美好大自然的强烈愿望。

在当代人类中间,许多人不知道大自然作为地球生命支持系统的重要价值,因而他们没有把大自然视为人类在地球上生存和发展的根本。他们以算计、盘剥和掠夺自然为荣，以尊重、热爱和保护自然为耻。即使生活于有毒的雾霾之中，他们也没有在自己身上寻找原因。这不能不说是人类的一种悲哀。

人类总是忙于各种事务，但他们很少思考如何保护其生存之根本的问题。他们所忙的都是一些细枝末节的事务。他们忙于聚敛钱财，而事实上钱财仅仅是一种具有工具价值的东西。他们忙于扩大自己的政治权力，而事实上将政治权力据为己有会对社会造成巨大危害。他们忙于人与人之间的钩心斗角，而事实上钩心斗角不仅会造成人际关系的不和谐，而且是导致许多人不幸福的一个重要原因。让人奇怪的是，他们是那么不愿意立足于根本来审视和对待他们的生存活动。这样的人是脱离了根本的人，即有些西方哲学家所说的"无根的人"。他们试图脱离自然的根本而生活或生存，而事实上他们将因为失去了根本而陷入苦难的深渊之中。这里所说的"苦难"就是环境危机。

三、环保音乐：弘扬家园意识的音乐

无论是在中国文化里，还是在西方文化里，"家"都是一个富有伦理意蕴的概念。首先，"家"是人类缔结社会关系的一种基本方式。家是构成人类社会的一种基本单位。没有家的结构体系，就不可能有人类社会的复合构成。人类先有家，然后才有社会的组织形式。家是人类社会的缩影。所谓人类社会，无非就是由男女两性和子孙后代构成的一种人类共同体，而这种结构体系都是一个完整的家必然具有的体系。在一个完整的家中，男女两性既相互依赖又相互对立，他们之间存在生存的博弈。男女两性在相互依赖又相互对立的关系中不断延续着他们人之为人的本质。"子孙后代"是一种隐喻，也是一种象征。他们喻指家的连续性，象征人类文明的可持续性。在人类文化中，"家"是一个具有不竭伦理意义的概念和话题。

一个人之所以愿意回家，这从根本上来说不是因为那里是他可以吃饭、睡觉的地方，而是因为那里是他的精神家园。所谓精神家园，就是人们可以找到精神依托的地方。人类从根本上来说是一种精神动物。一个人可能因为饥饿而痛苦，但一旦吃饱喝足，他的痛苦也就消失了。如果一个人是因为精神缺失而痛苦，则他的痛苦是长久的，甚至是难以移除的。精神依托是人类对其精神世界里的思想、观念、情感等的依托。作为一种精神依托，"家"能够给人类带来亲情感、安全感和归属感。"家"可以作为一个概念、一种理念或一种信念

存在于人们的精神世界里，从而成为人类精神家园的一个重要内容。由于能够在回家的时候找到一种精神家园，所以人类愿意组建家庭，并维护家庭的稳定。

人类对大自然的依恋有点类似他们对"家"的依恋。大自然就好比一个大家庭。只不过，在"大自然"这一大家庭的成员中除了人类之外，还有不计其数的非人类的自然存在物，因此，在这样的大家庭中，人类不仅需要处理复杂的人际关系，而且需要处理人类与非人类的自然存在物之间的关系。"自然"这一大家庭的内部关系比仅仅由人类构成的家庭关系要复杂得多。正因为如此，要生活于大自然之中的人类树立一种家园意识必定也要困难得多。

人类把大自然视为一个大家庭的困难主要在于，他们往往会用人类中心主义的眼光来看待自然界的成员，尤其是那些非人类的自然存在物。人类是一种拥有理性认识能力的动物，这是他们从根本上与其他自然存在物相区别的地方。由于具有理性能力，他们不仅"事实"上存在着，而且知道他们为什么存在。他们不仅知道自己为什么而存在，而且知道非人类的自然存在物为什么而存在。他们的生存往往具有明确的目的，即鲜明的意向性，而且往往建立在价值认识、价值判断和价值选择基础之上。正因为如此，他们很容易产生人类中心主义的错误观念。这种错误观念把人类视为整个自然界的中心，而且把人类确立为大自然的立法者。这种错误观念发展到极致的时候，它不可避免地会催生"人定胜天"的错误思想，并进一步将人类拖入一种试图征服、控制和掠夺自然的幻象之中。

在一个由人类构成的家庭里，家庭的和谐是以家庭成员之间的相互依存、相互尊重、相互保护为前提的。如果丈夫与妻子、父母与子女之间不能相互依存、相互尊重和相互保护，则一个家庭是不可能稳固的。在"自然"这一大家庭中，如果成员之间不能相互依存、相互尊重和相互保护，则它也不可能稳固地存在。由于人类是在"自然"这一大家庭中唯一具有理性的存在者，只有他们才知道包括他们自身在内的所有自然存在物的价值，也只有他们才知道伦理尊严的重要性。他们不仅应该强调其自身的伦理尊严，而且应该承认和尊重非人类的自然存在物的伦理尊严。只有这样，他们才能处理好他们的内部关系以及人类与非人类的自然存在物之间的关系。可惜的是，人类长久以来一直没有做到这一点。或者至少可以说，人类长久以来并没有很好地做到这一点。

人类既需要"自然"充当他们生存和发展的物质性家园，更需要"自然"充当他们的精神家园。借用中国歌手腾格尔的著名歌曲《天堂》来说，大自然应该是人类赖以生存和发展的"天堂"。

天 堂

蓝蓝的天空

清清的湖水

绿绿的草原

这是我的家哎耶

奔驰的骏马

洁白的羊群

还有你姑娘

这是我的家哎耶

我爱你我的家

我的家我的天堂

我爱你我的家

我的家我的天堂

腾格尔在歌曲里歌颂的是内蒙古大草原构成的美丽家园。听过这首歌的人都知道，它不仅是一首音律起伏变化大、音域广阔、抑扬顿挫的歌曲，而且是一首歌词很优美、很富有民族特色的歌曲。当它的音律和着歌词一起激荡着我们耳鼓的时候，我们作为听众能够借助于我们的无限想象力产生置身于辽阔蒙古大草原的感觉，更能深切地感受到人类以大自然为家、与大自然融为一体所达到的那种至真、至善、至美的生存状态。《天堂》是一首广为传唱的环保歌曲。虽然它自始至终都没有使用"环保"之类的字眼，但是它的音律和歌词之中均包含着要求人类热爱、尊重和保护大自然的价值取向。"天堂"即"美好的家园"。

视自然界为人类家园的思想不仅要求人类树立以自然界为家的思想、意识和观念，更重要的是它要求人类珍惜自然界中的一切。人类对家的爱往往具体地表现为他们对家中一切的珍惜和保护。人类普遍对其赖以生存的家持有强烈的珍惜意识和保护意识。他们以能够热爱、珍惜和保护家中的一切为荣，以不能热爱、珍惜和保护家中的一切为耻。在他们的眼里，热爱、珍惜和保护家的人能够带来家的兴旺发达，而不能热爱、珍惜和保护家的人必定会导致家的衰败。在中国，前一种人被称为能够光宗耀祖的人，后一种人则称为"败家子"。其实存在一个相同的道理：只有热爱、珍惜和保护自然的人类才能使自然界经久不衰，不热爱、不珍惜和不保护大自然的人类必然会导致自然的衰败。

人类不可能征服和控制大自然。他们所能做的是合理地开发利用自然。合理地开发利用自然是指人类在遵守自然规律的前提下对自然进行开发利用。人类对自然的合理开发和利用不同于人类对自然进行算计、盘剥和掠夺的态度，它不会导致环境危机的爆发，更不会使人类在环境危机中遭受各种各样的危害。如果人类能够用合理的方式来开发利用自然，自然界将得到很好的保护，而人类在自然界中所做的一切也具有坚实的道德合理性基础。

有一首环保歌曲题为《梯田》。它告诉我们，人类可以像在自然界开垦梯田那样来开发利用自然。

梯　田

说到中学时期　家乡的一片片梯田　是我看过最美的绿地

于是也因此让我得了最佳摄影　莫名其妙在画面中的我　不会写词都像个诗人

坐着公车上学的我　看着窗外的牛啃草　是一种说不出的自由自在

Hoi Ya E Ya 那鲁湾 Na E Na Ya Hei 哦～我亲爱的牛儿啊

Hoi Ya E Ya 那鲁湾 Na E Na Ya Hei 哦～跑到哪儿去啦

面店旁的小水沟　留着我们长大的梦　绕过天真　跳至收割期

人们的汗水夹杂着满足与欢喜　是我现在最舍不得的画面　也是我另一项参展作品

靠着回忆　画成油画　拿到奖状　有个啥用　鼓励你多去回忆是吧

哼　我真想撕掉　换回自然　怎么梯田不见　多了几家饭店　住在里面看西洋片

几只水牛　却变成画　挂在墙壁上　象征人们　蒸蒸日上

一堆游客偶尔想看看窗外的观光景点　但只看到　比你住得再高一层

的饭店

Hoi Ya E Ya 那鲁湾 Na E Na Ya Hei 哦～我亲爱的牛儿啊

Hoi Ya E Ya 那鲁湾 Na E Na Ya Hei 哦～跑到哪儿去啦

因地制宜　综合利用　利用对还是不对

自私的人类　狼不狼狈　破坏自然的生态　会不会很累

你说为了艺术　要砍下一棵树　将对还是不对

你说为了装饰　请问干我啥事　是不是只能用相机记录自然拿给下一

代回味

可怜可悲　森林绿地都已成纪录片　闻不到绿意盎然　只享受到乌烟

瘴气

我不能教育你们　我不是你们老师　我不是校长

也不能给你们一巴掌……掌……长……长……长篇大论

你们并不想听　我知道但我没办法　我就是要写

你们可能永远不能体会　显微镜底下的我们　会更现实更自私　这种

艺术　真的很难领悟

　　人类开垦梯田的行为是人类合理开发利用自然的典范。人类开垦梯田的目的是为了种植玉米、水稻等农作物。他们依靠山坡，顺势而为，并不采取"愚公移山"式的方式对大自然进行根本性的改变。梯田出现的地方，自然生态系统得到比较好的维持和保护，人类在获取农作物产量的同时并没有对自然生态环境造成难以复原的破坏。人类应该拥有开垦梯田的智慧，它是一种生态智慧。这种智慧旨在长久地维持人类与大自然之间的和谐和共荣。

　　当然，要人类具有开垦梯田的智慧并非易事。就是到了今天，还有许多人在不断地做着无情算计、盘剥和掠夺自然的事情。有一首环保歌曲对这样的人进行了批评：

送给不知怎去保护环境的人（包括我）

当偏僻的山里已不再见稻田　火车总觉路程太短

海中的那渡轮也不再是木船　沙鸥可有令人眷恋

当初的努力只为目前　此刻怎去接受变迁

都市中满灰烟　其实那里觉得呼吸欠自然

风雨中已疯癫　谁像以往那么天真信预言
当天空里漫游已不再是梦儿　清风总夹着尘与烟
高呼拯救地救已经有数十年　始终只有自由最浅
风光的建造机械乐园　休息工作继续探险
都市中满灰烟　其实那里觉得呼吸欠自然
风雨中已疯癫　谁像以往那么天真信预言
风光的建造不是乐园　休息工作继续探险
都市中满灰烟　其实那里觉得呼吸欠自然
风雨中已疯癫　谁像以往那么天真信预言
都市中满灰烟　其实那里觉得呼吸欠自然
风雨中已疯癫　谁像以往那么天真信预言

作为人类的（物质性和精神性的）家园，自然是强大的，也是脆弱的。说它强大，是因为它总是按照它自身的规律存在着，人类意志只能适应它的规律性才能在自然界中谋得真正意义上的生存和发展。说它脆弱，是因为任何强大的东西都有其局限性，大自然也不例外。大自然有能力应对人类对其实施的有限度的破坏和污染，但它不可能无限度地承受人类的破坏活动。如果人类对自然的算计、盘剥和掠夺达到疯狂的程度或地步，这必然意味着自然承受人类活动的能力会达到极限，而且意味着自然会因为其内在具有的生态平衡规律被打破而陷入环境危机。一旦出现这种状况，自然的脆弱性就会暴露无遗。为了这样一种状况，人类需要树立以自然为家的思想、意识和观念。环保歌曲往往包含这样一种值得肯定和赞扬的立场。

小　结

环境文学在当今世界的流行和发展在文学艺术的生态化潮流中占据十分重要的地位，它极大地扩大了文学艺术生态化的影响。美国环境文学家卡逊的《寂静的春天》自出版以来一直是一本畅销书，它的国际影响力至今仍然在上升。许多人就是因为读了这本具有国际影响力的环境文学作品才懂得了环境危机威胁当代人类的事实。可见，环境文学在人类社会的影响力是不容低估的。

环保电影的出现既是电影艺术获得新发展的表现，也是世界环境保护运动得到新推进的表现。环境危机愈演愈烈的现实使环境保护运动成为必要，这种必要性通过人们喜闻乐见的电影表现出来也是自然而然的事情。与所有其他的电影艺术作品一样，环保电影并不追求对现实的复制，但它能够通过其特有的方式反映现实，从而达到既与现实紧密联系又超越现实的艺术效果。

环保音乐是音乐王国中的一朵奇葩。环保音乐是一种即音律之美和思想之美（歌词之美）于一身的音乐。它或者把人类回归自然的旅途当作一种寻根之旅来加以展现，或者把自然界作为人类的家园来加以描写，或者旗帜鲜明地张扬自然环境保护的主题，其音律和歌词都萦绕着一种浓烈的"环保"味道。环保音乐就是宣扬环保和倡导环保的音乐。

环保音乐有别于那些以展现爱情为主题的流行音乐。由于具有"环保"这一严肃的主题，纵然采取的是流行音乐的作曲和作词手法，环保音乐仍然处处流露出一种它特有的思想严肃性。环保音乐有时甚至会给人们带来一种沉重的忧伤，尤其是如果它旨在展现的是"环境危机"的可怕性。从这种意义上来说，环保音乐不可避免地具有一定的道德教化特征。当然，为了达到寓道德教化于音乐之中，环保音乐的制作者必须具有更加高超的作曲和作词能力。优秀的环保音乐必须出自作曲和作词能力高超的音乐家之手。

音乐作品往往都具有道德教化功能。我国在抗战时期推出的抗战音乐为中华民族的抗战提供了强大的道德动力。我国在改革开放之初推出的《春天的故事》的音乐无疑为改革开放提供了强有力的道德辩护。作为音乐王国中的一个重要组成部分，环保音乐以宣传环保和弘扬环保为主要思想内容，它内含的道德思想、道德观念和道德精神是一种环境道德思想、环境道德观念和环境道德精神。环保音乐因为弘扬环保主题而具有思想深度，也因为具有环保主题而具有不容忽视的存在价值。

第 **6** 章

文学艺术生态化的价值取向

文学艺术的生态化催生生态化的文学艺术。生态化的文学艺术具有生态化的价值取向。生态化的价值取向以生态化思维方式为前提，以生态化思想和观念为依托，以追求人类与自然的和谐共荣为价值目标，表现为一种生态整体主义价值观。在以生态整体主义价值观为主导的文学艺术中，人类的文学艺术理论和实践均被打上了"生态化"的深深烙印和标志。

第一节 | 生态化的文学艺术及其生态科学价值取向

人类的文学艺术活动总是与人类的科技活动非常紧密地联系在一起。科技进步是人类不断提高其物质生活质量和水平的必要条件，也是人类文学艺术想象力得到张扬的重要基础。

一、生态科学与人的生存之真

从哲学的角度来看，人类开展科技活动的根本目的是为了掌握科学真理。所谓科学真理，即可以借助于科学事实加以证实的观念真理。人类要么首先提出某种思想、观念或理论，然后通过一定的科学事实来证明它是正确的，从而获得科学真理；要么首先发现一定的科学事实，继而在对这种事实进行合乎逻辑的归纳或演绎的基础上提出某种可以被称为真理的思想、观念或理论，从而掌握科学真理。科学真理的敌人是谬误，因此，人类科技活动的核心任务是求真避错。

与科技活动不同，人类文学艺术活动的根本目的在于反映人类的生存状态或生活状态。人类的生存或生活有哪些内容？人类采取何种方式来生存或生活？这些是人类在其文学艺术活动中需要回答的两个基本问题。正因为如此，人类在欣赏文学艺术作品时，他们通常会拿它们与人类生存或生活的现实进行对比。那些受到人类称赞的优秀文学艺术作品通常是较好地反映了人类生存状况或生活状况的作品。一部优秀文学艺术作品要么还原了现实中的某个人物形象，要么再现了人类的某种真实感情，要么重现了人类社会的某个事件，它的"优秀"与其对人类生存状况或生活状况的表现所达到的真实程度直接相关。当然，文学艺术也可以在一定程度上超越人类生存或生活的实际状况，但这种"超越"总是有限度的。这个限度就是：文学艺术不能完全脱离人类生存或生活的实际状况。正因为如此，神话故事中的神往往具有人的形象特征、性格特征、精神气质和行为方式，否则，神话就不可能成为人类喜闻乐见的文学艺术。因此，我们可以说文学艺术也追求"真"，但它所追求的"真"不同于人类在科技活动中追求的"真"。人类在文学艺术活动中追求的"真"是一种建立在人类生存现实性或生活现实性基础之上的真，而人类在科技活动中追求的真是一种建立在科学事实基础上的真。

生存之真和科学之真是两种不同的真。科学之真往往以绝对真理的形式存在，而生存之真则往往以相对真理的形式出现。我们不难想象，某种思想、观念或理论一旦确定为科学真理，则它就是绝对真理。物理学家发现的"能量守恒定律"、"万有引力定律"等就是这样的绝对真理。我们同样不难想象，人类的生存或生活在绝大多时候是"条条道路通罗马"的状态。我们可以这样生存或生活，也可以那样生存或生活。只要我们不违背人类生存或生活的基本道理，即伦理，我们在生存或生活内容和方式的选择上是自由的。人类的生存或生活没有固定的内容，也没有固定的方式。一个人不能武断地要求另外一个人依据他的生存或生活内容和方式来生存或生活。

恪守文学艺术之真与科学之真之间的区别是文学艺术中一个根深蒂固的传统，也是自然科学中一个根深蒂固的传统。在这两种传统中，我们不可能在自然科学中找到文学艺术家追求的生存或生活之真，也不可能在文学艺术中找到科学家追求的科学之真。在漫长的人类历史上，文学艺术家和科学家长久坚持着这样一种区别，文学艺术和科学也长期以来处于"井水不犯河水"的关系状态中。

将人类的文学艺术活动与科技活动截然区分开来并不具有合理性基础。事实上，人类的一切活动都是相互关联的。人类的文学艺术活动需要基于其科技活动提供的科学事实来张扬其文学想象力。由于生物学家揭示了人类起源于类人猿的科学真理，一个相信科学真理的文学艺术家就不会把人类的祖先归结为某个神秘莫测的神。人类历史上流行的神话传说只不过是人类在科学不发达时代处于蒙昧状态的产物。在科学发展日新月异的今天，人类再也不会构思出上帝造人之类的神话。同样，人类的科技活动也完全可能建立在浪漫的文学想象力基础之上。试想，如果没有对太空的无限想象，人类又怎么会造出探测太空奥秘的哈勃望远镜呢？

二、生态化文学艺术对科学之真的追求

文学艺术生态化的一个重要成果是它不仅使文学艺术与生态学、生物学等自然科学学科非常紧密地连接在一起，而且使文学艺术展现出明显的生态科学价值取向。这是指，生态化的文学艺术把彰显生态学、生物学等自然科学学科旨在追求的科学真理作为其价值取向中的一个要脉。导致这种状况的原因主要有两个方面：

一方面，进入文学艺术生态化进程的艺术家要么同时兼有生态学家、生物学家、博物学家等科学家身份，要么对生态学、生物学、博物学等自然科学学科深有了解。这一点在西方环境文学家中间表现得尤其突出。众所周知，奥尔多·利奥波德、蕾切尔·卡逊等美国环境文学家同时也是颇有建树的生物学家和生态学家。蕾切尔·卡逊提供给当今世界的《寂静的春天》既是一部环境文学名著，也是一部生物学和生态学名著。有些西方环境文学家并不是生物学家或生态学家，但他们往往是关注和关心生态问题的艺术家。例如，美国环境文学家亨利·梭罗就是一个对自然生态环境非常了解的文学家。他曾经专门在"瓦尔登湖畔"生活过两年零两个月时间。用梭罗自己的话来说，他是为了"实验"一种亲近自然和了解自然的生活。①

另一方面，进入文学艺术生态化进程的艺术家普遍具有深切的环境忧患意识，他们了解环境危机的巨大危害性，深知生态环境保护对于维护人类生存和发展的可持续性的深刻意义，并且有帮助人类摆脱环境危机的强烈愿望。例如，美国海洋生物学家和环境文学家蕾切尔·卡逊是世界上最早揭露环境危机的人。她的《寂静的春天》用优美而沉重的文学语言深刻揭露了生态危机的可怕事实：美国中部一个曾经美丽如画、生机勃勃的小城镇突然莫名其妙地变

---

① 亨利·梭罗. 瓦尔登湖［M］. 徐迟，译. 长春：吉林人民出版社，1997：302.

成了一个怪病流行、生命凋零、死气沉沉的地方，纵然是到了春天，那里也只有一片奇怪的寂静笼罩着田野、树林和沼泽地。那个小镇是一个"被生命抛弃的地方"。卡逊说："上述的这个城镇是虚设的。但在美国和世界其他地方都可以容易地找到上千个这种城镇的翻版。我知道并没有一个村庄经受过如我所描述的全部灾祸；但其中每一种灾难实际上已在某些地方发生，并且确实有许多村庄已经蒙受了大量的不幸。"① 在卡逊的笔下，人类用各种手段疯狂算计、盘剥和掠夺大自然的行为不仅最终危及生态平衡，而且危及人类自身在地球上的生存和发展，这就是众所周知的环境危机状况。卡逊呼吁人类走可持续发展道路，她的《寂静的春天》也因此而成为世界环境保护运动史上的一块里程碑。

生态化的文学艺术具有明确的生态科学价值取向。这种价值取向说明文学艺术的生态化进程具有深厚的生态学理论背景。走生态化道路的文学艺术家注重将生态学知识和理论融入他们的艺术作品之中，这不是为了宣示他们的生态学理论素养，而是为了给他们描写的生态状况、特别是环境危机状况提供令人信服的事实依据。

正如我们在前面所说，环境危机具有潜伏性，它对人类的巨大危害性通常是隐而不露的。卡逊曾经指出，化学药品污染是人类对环境最危险的"袭击"。化学药品在改变大自然过程中所起的毒害作用至少可以和放射性危害（如核辐射）相提并论。被撒入农田、森林和菜园里的化学药品可能长久地停留在土壤中，然后进入到生物的组织中，在一个引起中毒和死亡的环链中不断传递。有时，它们随着地下水神秘地转移，等到它们重新显现的时候，它们会在空气和阳光的作用下形成新的物质形式，然后毒害植物和家禽，并使饮用地下水的人类受到危害。卡逊还引用阿伯特·济慈的话说："人们恰恰很难辨认自己创造出来的魔鬼。"② 为了让人们认识"环境危机"这一"魔鬼"的现实性和危害性，卡逊不得不像生态学家那样用铁的事实来加以论证。这就是我们在阅读《寂静的春天》时会遭遇大量事实数据的原因所在。

把大量的科学事实引入文学艺术作品之中，这有利于增强文学艺术作品的说服力和感染力，但也会在一定程度上弱化文学艺术作品的生动性。另外，文

---

① 蕾切尔·卡逊. 寂静的春天［M］. 吕瑞兰，李长生，译. 长春：吉林人民出版社，1997：3.
② 蕾切尔·卡逊. 寂静的春天［M］. 吕瑞兰，李长生，译. 长春：吉林人民出版社，1997：263.

学艺术在体现这种价值取向时也会遭遇不少实际困难。显而易见，生态化的绘画艺术、建筑艺术等艺术形式很难将这种价值取向体现出来。正因为如此，能够较好体现这种价值取向的主要是环境文学。环境文学是一种语言艺术，它可以借助于"语言"这一工具把艺术家所掌握的生态学知识和相关的科学事实摆在读者面前，从而使读者在阅读文学作品的过程中同时感受文学和科学的魅力，并从中受到科学真理的启迪。

第二节　生态化的文学艺术及其生态道德价值取向

文学艺术与伦理道德的关系十分密切。一部成功的文学艺术作品必定蕴含深刻的伦理思想和伦理精神。从这种意义上来看，文学艺术的发展往往与伦理学的发展状况有着千丝万缕的联系。

一、社会伦理与自然伦理

伦理学的研究对象是"伦理"和"道德"。我们已经在前面指出，伦理乃是隐藏于人类社会和自然界之中的"道理"，它是一种不以人的意志为转移的规范性力量。道德是人类对社会之理和自然之理进行认识、理解和解读所形成的思想、观念和行为的总和。人类通过过道德生活可以无限接近社会之理和自然之理，但他们永远无法完全掌握社会之理和自然之理。在人类社会中，道德通常表现为一系列普遍有效的行为原则和规范。

世界伦理学的发展有一个清晰可见的分水岭，20 世纪中期，环境危机的爆发对整个世界的发展形成了巨大冲击。这种冲击也波及了伦理学领域。具体地说，它作为现实原因导致了一种新伦理学理论的出现，即生态伦理学或环境伦理学的诞生。20 世纪中期之所以是世界伦理学发展的一个分水岭，这主要是因为伦理学的研究对象——道德——的内涵从此之后得到了根本性拓展。在20 世纪中期之前，道德仅仅归结为一种约束人类行为的社会规范，因此，道德关系也仅仅指与自然无关的人际利益关系。而在 20 世纪中期之后，人与自然的关系也开始被人类视为一种重要的道德关系。生态伦理学或环境伦理学的诞生是世界伦理学发展史上具有划时代意义的一个事件。

生态伦理学最先兴起于西方国家。1923 年，法国学者施韦泽出版《文化哲学》一书。他在该书中提出了自然万物平等的思想，同时认为传统伦理学对道德的理解过于狭隘。他明确反对仅仅把道德关系局限于人际关系的做法。他不仅呼吁人类用道德眼光看待人之外的自然存在物，而且呼吁人类运用科技手段、法律手段和道德手段限制其自身破坏自然的行为。由于最早呼吁人类用道德关怀自然，施韦泽被称为西方生态伦理学的开创者。在施韦泽之后，美国学者奥尔多·利奥波德主张创建"道德共同体"。他认为，人类不是大自然的主宰和统治者，也不可能成为大自然的主宰和统治者，而只是其中的一个普通成员；人类长久以来一直坚持从纯功利的角度来看待非人类的自然存在物的存在价值，这是导致人类疯狂算计、盘剥和破坏自然的根本原因；人类应该树立"道德共同体"思想，承认自然界中的花草树木、飞禽走兽的价值；只有在道德共同体范围内，人与非人类的自然存在物才能和谐相处。奥尔多·利奥波德是在美国较早倡导生态伦理和生态道德的学者。他的生态伦理思想影响了蕾切尔·卡逊等后来的美国学者。时至今日，生态伦理学或环境伦理学已经在西方伦理学领域成为一道引人注目、引人入胜的风景。

我国生态伦理学研究迟于西方，它起步于 20 世纪 90 年代初。刘湘溶教授1992 年出版的《生态伦理学》是我国生态伦理学研究的开山之作。他在该书中对生态伦理学研究的对象、生态伦理学产生的时代背景、生态伦理原则和规范等问题进行了比较系统的探讨，从而开创了我国学术界对生态伦理学展开系统化研究的新局面。继《生态伦理学》出现之后，我国迅速崛起了一大批研究生态伦理学的学者，并结出了丰硕的研究成果。经过十多年的努力，生态伦理学研究如今已经成为我国伦理学领域中的"显学"。

生态伦理学催生的是生态道德。生态伦理学主张把人类的道德思想和道德观念延伸到非人类的自然存在物。在生态伦理学里，"人应该对自然讲道德"变成了一个基本的伦理学命题——这一命题将人类长久以来对大自然怀有的爱、崇敬和尊重提升到了道德的高度，这不仅进一步拓展了伦理学的研究领域，而且从根本上提高了人类道德思想境界，说明人类在道德方面获得了新的巨大进步。

生态道德是当代人类在受到生态危机严重威胁的现实条件下做出的重大道

德选择。生态道德对人类观念世界正发挥越来越大、越来越深刻的影响。时至今日，它已经成为一种越来越广泛的道德价值观。一个明显的例子是生态道德向宗教界的渗透。20 世纪 90 年代以后，基督教承认生态伦理思想构成了西方国家的一个重要文化特征。许多西方国家的基督教教会积极参加西方社会的环境保护运动，成为推动世界环境保护事业的一支重要力量。教会将生态道德融入它的宗教信仰之中，要求信徒通过对人与自然存在物之间的关系的正确认识达到变革整个社会的目的。西方基督教宣扬生态道德的具体做法可能并不可取，但它至少说明了这样一个事实：生态道德在西方社会已经成为一种不可低估的道德思想和道德观念。

二、生态伦理学与文学艺术生态化的关联

生态伦理学是世界伦理学发生生态化的产物，它的诞生对文学艺术的影响非常深刻。在人类道德价值观念生态化的时代背景下，与人在道德价值观念密切相关的文学艺术不可避免地会深受其影响。事实上，文学艺术受到世界伦理学生态化进程影响的情况更为明显，也更容易得到人们的理解，因为奥尔多·利奥波德、蕾切尔·卡逊等环境文学家同时也是举世公认的生态伦理学家，他们的环境文学著作《沙乡年鉴》《寂静的春天》等也都是举世公认的生态伦理学名著。当这些生态伦理学家进行环境文学创作的时候，他们的文学艺术想象力必然处处显现出生态伦理学的痕迹。

由于与生态伦理学有着非常紧密的关系，世界文学艺术在生态化过程中呈现出鲜明的生态道德价值取向。生态道德价值取向就是以生态伦理为价值航标的道德价值取向。生态伦理是自然界存在的内在道理，它显示的是自然秩序、自然关系和自然法则存在的合理性，要求自然界中的每一个存在者都必须具有服从自然规律的德性。在自然秩序、自然关系和自然法则面前，所有自然界的存在者都是平等的，任何一个存在者都不能、也不应该享有不受自然规律制约的特权。

人类是最容易突破自然规律的存在者，因为他们具有其他自然存在者无法相提并论的智力和能力。只要人类愿意，他们有足够的智力和能力改变自然界中的一切，甚至有足够的智力和能力将整个自然界摧毁。众所周知，人类目前所拥有的核武器就足以将地球摧毁几十次。人类之所以没有这样做，并不是他

们没有这样的智力和能力，而是因为他们不愿意与地球或自然界同归于尽。诚如一些美国学者在 20 世纪末所说："近 200 年内，特别是在突飞猛进的近 25 年中，人改造自然的力量、广度和深度，都似乎预示着人类历史上革命新纪元的来临。这可能是人们所能设想到的最重大的革命。人类似乎正以全球范围的规模，对未受控制的事物加以控制，并用人造的代替天然的，用计划性代替盲目性。人们正以史无前例的速度和深度，对大自然进行改造。"①

在整个自然界中，最应该受到生态伦理制约或约束的是人类，而不是其他自然存在者。人类是自然万物中的灵长，但他们不仅总是坚持人类中心主义思维方式，而且是自然界中最自私的物种。他们曾经长期无所顾忌地算计、盘剥和掠夺自然，从而使整个自然界陷入前所未有的生态危机。"造成目前破坏的最深层原因在于某种意识模式，这种模式确立了人与其他存在形式之间的彻底断裂，把所有权利都赠予人类自己，其他非人类存在形式没有权利，其现实和价值仅仅与人类对它们的使用关联。在这样的背景下，对于人类的开采利用来说，非人类就完全是任人宰割的……"② 人类的出现给自然界带来了荣耀，但也使自然界陷入了万劫不复的深渊。

生态化的文学艺术是与当代人类普遍倡导的生态道德结盟的文学艺术。提倡生态道德是当代人类在环境危机严重威胁其生存和发展的时代背景下所做的必然选择，因而将生态道德引入文学艺术也是大势所趋。选择走生态化道路的文学艺术家都是具有生态道德修养的艺术家。他们不仅把生态道德融入了他们的观念世界和精神世界，而且希望用他们的生态道德观念和生态道德精神影响他们的读者。他们是一群具有生态道德责任感的艺术家群体。他们的道德价值观念中有对文学艺术的价值追求，有对自然生态环境的价值期待，有对人类生存状态的价值评判。他们对人类和非人类的自然存在物均怀有深厚的道德感情。这种道德感情彰显的是他们对自然生态系统整体的真爱、大爱。

---

① 芭芭拉·沃德，勒内·杜博斯. 只有一个地球—对一个小小行星的关怀和维护［M］.《国外公害丛书》编委会，译. 长春：吉林人民出版社，1997：5.

② 托马斯·贝里. 伟大的事业：人类未来之路［M］. 曹静，译. 北京：生活·读书·新知三联书店，2005：4.

第三节｜生态化的文学艺术及其生态美学价值取向

除了受到生态学、生态伦理学等学科的深刻影响之外，文学艺术的生态进程还与生态美学有着千丝万缕的关系。这并不奇怪，因为文学艺术历来与人类的审美情趣、审美眼光、审美观念和审美理论密不可分地联系在一起。

一、人类审美情趣向自然的延伸

"世界似乎只有作为审美现象才有存在的理由。"① 人类不仅"现实"地生存于世界之中，而且总是带着审美情趣、审美眼光和审美观念（有些人甚至带着审美理论）生存于世界之中，这是美学得以产生的现实原因。美学源于人类对美的事物的发现，但它的终极目标是确定美本身的价值。美本身是一种形式之美，但它是美的事物成为美的事物的根源。一切美的事物都是因为有美本身的形式美才彰显出美的德性。

追求美是人类社会生活的一个基本内容。人类社会生活其实只有三件大事：一是求真，即追求科学真理；二是求善，即追求道德上的善；三是求美，即追求美学意义上的美。完美的人类生活是真善美达到统一的生活。在人类社会生活中，追求美与追求真、善具有同等的重要性。人生无美不足以成为人生，人生无美不能存真保善。在真正有意义的人生中，真为善，善为真，善为美，美为善，真善美相互贯通，相辅相成。因此，有学者指出："艺术是由美而求真的生命感悟过程，是将真理置于艺术作品的同时赋予世界和人生全新意义的创造活动。"②

文学艺术是人类美学思想和理论的主要载体。"人类对世界审美意义的追问，则只有通过澄明的艺术之境方能臻达。换言之，正是艺术境界的超越性，使人们从日常生活的琐碎卑微状态中挣脱出来，直面自身的灵肉处境，从而摆

① 尼采．悲剧的诞生［M］．赵登荣，译．桂林：漓江出版社，2007：104.
② 胡经之．文艺美学［M］．北京：北京大学出版社，1999：21.

脱存在者的羁绊，达到本真存在的澄明之境。"① 人类的美学思想和理论具有历史性和时代性。有什么样的历史和时代，就有什么样的美学思想和理论。在远古时期，人类的审美思想和理论处于酝酿过程中，具有强烈的朦胧性，因此，那个历史时期的人类崇尚的是神话之美。神话之美乃是一种梦幻之美、朦胧之美和懵懂之美。进入启蒙时代之后，人类理性和感性均得到高扬，人类的审美思想和理论也高度理性主义化和感性主义化。此时的人类美学或者以呼吁合理性、逻辑性和清晰性为主旋律，或者以张扬个体化情感、情绪和精神为主旋律，其重点是突出人类在美学世界中的主体地位。在这一点上，传统美学可谓与传统文学艺术意气相投，气脉贯通。传统美学通过传统文学艺术得到传播传承，传统文学艺术则充当着传统美学的主要载体。

世界美学发生的最深刻变化是它融入世界生态化进程所发生的根本性转变及其以全新的方式对世界文学艺术的生态化发挥积极的推动作用。自 20 世纪中期开始，环境危机的爆发对美学的当代发展产生了深刻影响。在环境危机被人类发现之前，虽然人类从来都没有停止对自然之美的讴歌，但是他们对自然环境的关注毕竟主要停留在"鉴赏"的审美层面。生态美学或环境美学的出现打破了这种格局。虽然"环境美学关注于鉴赏自然"，但是它"超越了鉴赏"。② 生态美学或环境美学是一种具有鲜明跨学科特征的新美学。它不仅从生态哲学中吸取了大量思想和理论，而且从艺术史学、生态学、生态伦理学、生态建筑学、生态心理学等相邻学科中吸取了大量思想和理论养料。与许多现代学科一样，生态美学的视角是一种多维视角。

二、生态化文学艺术对生态美的强调

生态美学的出现为文学艺术的生态化提供了美学基础。如果说人类文学艺术史的演进总是基于一定的美学基础之上，那么生态美学就是文学艺术生态化的美学基础。生态美学以其特有的生态审美情趣、生态审美观念和生态审美理论进入文学艺术在当代发生的生态化进程，并深刻地影响着这一进程的推进，从而展现了人类文学艺术活动与其审美活动在新时代背景下的贯通和结合。

---

① 胡经之. 文艺美学［M］. 北京：北京大学出版社，1999：21.
② 阿诺德·伯林. 环境与艺术：环境美学的多维视角［M］. 刘悦笛，等，译. 重庆：重庆出版社，2007：5.

生态美学强调创造自然美或建构自然美的重要性。自然之美可以是原始的，这种原始之美是自然自身具有的美，但它需要人类的鉴赏才能显现出来。传统美学对自然之美的把握主要停留在这一层面。与传统美学不同，生态美学不仅鉴赏自然之美，而且创造或建构自然之美。它创造或建构的自然之美乃是人类与自然之间的关系达到和谐、达到共荣、达到合一之美。这种美意境更深远，意义更重大，价值更珍贵。

文学艺术生态化进程催生的生态化文学艺术具有显而易见的生态美学价值取向。它充分体现了生态美学要求的生态审美情趣、生态审美观念和生态审美理论。这主要表现在三个方面：

第一，生态化的文学艺术注重展现自然的原生态之美。人类身处其中的自然曾经是无比美丽的。自然之所以是美的，并不是因为人类赋予它美的特质，而是因为它具有一种自然而然的美。自然之美源于自然本身。自然界中的一石一砾、一草一木、一鸟一兽等均有其用途，也均有其美丽之处，由它们的整合、统一构成的生态系统更是美不胜收。一个小池塘有荷花满池，有水草随风摇曳，有小鱼漫游，有蛙声荡漾，由此而形成的生态之美绝对非人力所能为，它所达到的意境之美也绝对非任何人为画卷所能媲美。只有这样的美才称得上真正的自然之美。自然之美乃是生态之美，它是因为自然生态系统所达到的自然和谐而产生的一种美。这种美自然而然，它不是人为雕琢的结果，也不是某种神灵造就的产物。它的美只能在自然自身之中找到根源。

请欣赏美国环境文学家约翰·缪尔对美国黄石国家公园的自然之美的描写：

> ……这是一片广袤而洁净的原始自然区，分布在落基山脉辽阔的最高峰，丰沛的雨水和降雪，使这里成为美国众多大河的发源地。公园的中部是一片覆盖着茂密森林、相对平坦的火山高原，其平均高度约有海拔8000英尺，周围环绕着壮丽的加勒廷山支脉、温德河、提顿、阿布萨罗卡以及一些白雪皑皑的山峦。无数的湖泊在其间闪烁，将它们彼此串连在一起的著名的溪流群，有的在灼热的熔岩上流淌，有的从冰封雪冻的山巅奔泻而下。河道有的危岩嶙峋，有的光秃平坦，有的苔痕遍布，有的林木丛生，一直汇入主要的大河，一路欢唱着克服艰难险阻，自然地分为两脉，向东向西，奔往两个遥远的海洋。

绵延的冰川草原和河狸草原使溪流两岸充满了迷人的魅力，森林中有公园般的空地，崎岖幽深的大山之中有无数神秘的花园，很多花园中的花朵要多于枝叶，与此同时，欢快的动物使整个大自然充满了勃勃生机。①

众所周知，黄石国家公园是美国自然生态环境保护较好的少数国家公园之一。在上述描述中，约翰·缪尔淋漓尽致地展现了该公园的原生态之美，可谓抓住了自然之美的本质。

第二，生态化的文学艺术注重揭露和批评人类破坏自然的原生态之美的丑陋行径及其造成自然生态环境陷入环境危机的可怕景象。自然的原生态之美是以自然生态系统得到保持为前提的。自然的原生态一旦失去其应有的原始性，则自然之美也荡然无存。我们以中国环境文学作家对黄河的描写为例：

黄河是中华民族的摇篮，摇出些包着羊肚毛巾的儿女，摇出些璀璨夺目的文化，也摇出些保守和落后，愚昧与贫穷。满满当当一河浑黄，阳光照射之下变成明黄，浑黄里长高粱，明黄中生帝王。是历史也是现实，是昨天也是今天，是光荣也是耻辱，是福泽也是灾难，是摇篮也是包袱。牵住了今天，拖住了未来。继承起来容易，扬弃起来艰难。

流经之处，一片黄土，死守一条弯弯曲曲的河道，山围攻它，人消耗它，渐渐地耗干了血液，耗干了生命，耗干了营养，使水和土一同流失了，使古老和落后形成的河道淤塞污染并且断流了。

中国人喜欢以偏概全，说黄河好话时，就说黄河是我们的母亲河，是中华民族的摇篮，是华夏文化的发源地，是共和国的血脉和国脉。如今黄河污染且断流，是不是我们国家的血脉脏了或断了呢？是不是母亲已经不再守着摇篮，抛弃了我们这些儿女呢？②

每一个中国人都知道，今天的黄河确实是一条名副其实的"黄色的河"。由于黄河两岸的植被遭到严重破坏，加上各种污染日益严重，黄河之水早就变得浑浊不堪。近几十年来，黄河甚至开始出现年年断流的现象。中华儿女之所

---

① 约翰·缪尔. 我们的国家公园 [M]. 郭名倞，译. 长春：吉林人民出版社，1999：27.
② 哲夫. 黄河生态报告 [M]. 石家庄：花山文艺出版社，2004：7–8.

以今天仍然坚持赞美黄河之美，这绝对不是因为它变成了黄色之河，而是因为他们对黄河的感恩情怀。毫无疑问，黄河确实是养育中华儿女的母亲河，也确实是中华文化的发源地。同样毫无疑问的是，曾经养育中华儿女和孕育中华文化的黄河如今已经成为污染和破坏自然环境、酿造环境危机的最典型象征，曾经美丽无比的黄河变得不再美丽。黄河的蜕变映射的与其说是自然生态之美的退化，还不如说是人性之恶的暴露。中华民族没有保护好生养自己的母亲河，这是导致黄河变丑的根源所在。

第三，生态化的文学艺术呼吁人类与自然之间的关系应该彰显和谐的生态之美。人类出现在地球上是自然界的"大事"，甚至是最富有生态意义的大事。不可否认，人类的出现逐渐从根本上改变了自然界的生态格局，人类与非人类的自然存在物之间的关系逐渐变成了自然关系体系中最重要的一个关系，能否使这种关系达到和谐在自然界也具有了举足轻重的意义。走生态化道路的文学艺术家都深深地洞察到了这一生态事实，但他们同时也深知，如果人类与非人类的自然存在物之间的关系无法达到和谐，那么这不仅意味着人类与其他的自然存在物之间将陷入无休无止的矛盾和冲突之中，而且意味着人类在自然界中的生存和发展将失去可持续性，因此，他们呼吁人类深刻认识其自身与非人类的自然存在物之间的关系达到和谐的重要性，并把追求这种和谐的生态之美当成当代人类从事文学艺术活动的最高价值目标来看待。

美国环境文学家托马斯·贝里把人类追求生态之美当成一种"伟大的事业"。他说：

> 当进入一个新千年之际，我们所面临的伟大事业是要实现这样一个转变：由人类蹂躏地球的时期，转向人类以一种共同受益的方式存在于这颗星球上的时期。①

从生态美学的角度来看，人类社会之美源于自然界的原生态之美。人类社会之美乃是人为之美，乃是文明之美。自然界的原生态之美乃是原始之美，乃是自然之美。这两种美之间的关系是"本"与"末"的关系。如果人类本末

---

① 托马斯·贝里. 伟大的事业：人类未来之路［M］. 曹静，译. 北京：生活·读书·新知三联书店，2005：3.

倒置，则他们根本找不到美的真正源头，他们更不可能拥有真正的美。生态化的文学艺术具有追求原生态美的美学价值取向。它歌颂自然原生态美得到保护的美丽和价值，批评人类破坏自然原生态美的无知和愚昧，呼吁当代人类在生态美学的指引下重建人类与自然的和谐关系，从而在新的时代背景下再现自然界应有的和谐生态之美。

小　结

人类总是带着一定的价值观念从事文学艺术活动。这是指，人类的文学艺术活动总是表现为人类对其活动进行价值认识、价值判断、价值定位和价值选择的活动。人类的文学艺术活动都有明确的价值取向。

文学艺术的生态化催生的是生态化的文学艺术。生态化的文学艺术具有生态化的价值取向。通过生态化的文学艺术凸显出来的价值取向有三个主要方面，即生态科学价值取向、生态道德价值取向和生态美学价值取向。这三个方面的价值取向一起寄身于环境文学之中，使环境文学能够集崇尚科学事实之真、道德事实之善和美学事实之美于一体，从而使环境文学能够达到真善美的统一。

我们分析文学艺术的生态化价值取向旨在揭示文学艺术在生态化过程中对生态化价值目标的追求。生态化价值目标是引领文学艺术生态化的导航仪，它为文学艺术的发展指引着方向。因为具有生态化的价值取向，文学艺术能够在形式上采用环境友好型语言来传达作家热爱、尊重和保护自然的情感，能够在内容上以追求人类与自然的和谐共荣为核心主题。生态化的价值取向是文学艺术生态化进程的价值支柱。

由于具有生态化的价值取向，环境文学、环保音乐、环保电影等生态化的文学艺术形式才与传统的文学艺术从根本上区别了开来。传统的文学艺术宣扬的是人类可以征服、控制和统治自然的虚假事实，是"人定胜天"的虚假美德，是人类文明可以凌驾于自然之上的虚假之美。从自然主义哲学的角度来看，传统文学艺术中的价值取向具有反"生态化"的鲜明特征。这种价值取向不仅使传统文学艺术无法真正达到真善美的统一，而且有害于人类和自然的和谐。文学艺术生态化的合理性基础主要是由它内在具有的生态化价值取向提供的。

第 7 章

文学艺术的生态化与生态文明建设

　　党的十八大报告明确指出："建设生态文明，是关系人民福祉、关系民族未来的长远大计。面对资源约束趋紧、环境污染严重、生态系统退化的严峻形势，必须树立尊重自然、顺应自然、保护自然的生态文明理念，把生态文明建设放在突出地位，融入经济建设、政治建设、文化建设、社会建设各方面和全过程，努力建设美丽中国，实现中华民族永续发展。"① 这说明生态文明建设是当今中国社会建设的一项重要任务，事关我国社会发展的长远利益和根本利益，应该受到高度重视。因此，在本书的最后一章，我们集中探析文学艺术的生态化进程与生态文明的关系。我们的主要观点是：文学艺术的生态化是当代人类建设生态文明的一条重要路径，也是我国推进生态文明建设的一条重要途径，它能够为当今世界和当今中国的生态文明建设事业做出不容忽视的贡献。

第一节　当代人类对生态文明的热切呼唤与追求

　　人类走出自然状态的结果是拥有越来越发达的人类文明。文明是人为的一切，因此，它意指人类脱离自然的状态。当人类不再像其他动物那样从自然界采集和狩猎的时候，而是能够人为地耕种农作物和饲养家禽的时候，他们就开始拥有农业文明。当人类不再完全依靠自然物品来充当其生产劳动工具的时候，而是能够用自己的双手将矿产资源加工成五花八门的劳动工具，甚至加工成各种各样的机器时，他们开始拥有日渐发达的工业文明。当人类在地球上建

---

　　① 胡锦涛．坚定不移沿着中国特色社会主义道德前进　为全面建成小康社会而奋斗 [M]．北京：人民出版社，2012：39.

立起各种生活设施齐全的城市时，他们开始拥有几乎与大自然完全隔绝的城市文明。文明是人类之手编制出来的一种生存方式，但它是人类特有的生存方式。人类是一种文明动物，他们希望过一种文明的生活。

一、人类文明与自然的存在状况

人类文明的发展不可避免地会对自然界的存在状况产生日益深刻的影响。人类文明从一开始就表现出鲜明的反自然性特征。人类文明之所以被称为文明，从根本上来说是因为它不是自然的。自然的东西具有自然性，文明的东西则具有反自然性。人类文明之车碾过的地方就是自然的自然性被消解、甚至被碾碎的地方。如果人类文明之车没有得到很好的驾驶，自然界必定沦为其牺牲品。正因为如此，如何认识和处理文明和自然的关系问题对于人类来说历来是一个至关重要的问题。

人类应该永远停留在自然状态吗？这哪怕是在人类常识的层面也不可能站得住脚。自然界的进化过程永不停息，因此人类在地球上的出现可谓在所难免。一旦出现在地球上，人类就不可能再像其他动物那样生存。他们必然会探寻人之为人的特殊生存方式，并且也一定会找到这样的生存方式。人类在自然界诞生的目的不是为了证明他们与其他动物的相似性，而是为了证明他们与其他动物的差异性。他们的最高目的是为了证明他们具有人之为人的本性和本质。当他们真正作为人而存在的时候，他们就与其他动物区别开来，因为他们的生存状态被打上了"文明"的烙印。

人类应该仅仅处于文明状态吗？脱离自然状态对于人类来说是必然的，但这是否意味着人类将拥有一种彻底的文明状态，并应该仅仅处于这样一种状态？应该承认，人类曾经长期把完全摆脱自然的自然性当成其追求文明的最高目标。他们中的绝大多数人曾经长期把未能彻底摆脱自然状态视为一种耻辱。他们渴望拥有完全不具有自然性的物品，渴望他们的衣食住行均被文明化。他们渴望穿"文明"的服装，吃"文明"的饭食，住"文明"的房子，乘坐"文明"的交通工具。在他们使用的字典里，"文明"的义项只有一条，这就是彻彻底底地摆脱自然性，完完全全地拥有文明性。这种做法的后果是可以想象的，它必定导致人类文明与自然状态的尖锐对立和冲突。环境危机就是这种"对立"和"冲突"的产物。

环境危机带给人类的教训是深刻的。它不仅使人类过去走过的发展道路显示出严重的荒谬性，而且使人类的未来发展道路变得困难重重。当代人类必须承担的一个全球性使命就是要千方百计消除环境危机。如果他们不能彻底消除日益严重的环境危机，他们也必须竭尽全力阻止环境危机的进一步蔓延；否则，人类在地球上的生存和发展状况将是难以想象的。

人类的伟大之处不在于他们有征服和控制自然的欲望和想法，而是在于他们能够不断反思自身的生存状况，并在这种反思基础上对自身的生存方式做出合理的设计和安排。人类在其发展史上曾经犯过无数错误，但他们或迟或早都能从错误之中摆脱出来。在很多历史时期，人类热衷于相互残杀，但他们最终发现这种相互残杀其实毫无意义，因此，他们痛定思痛，以史为鉴，决心不再重蹈历史覆辙。最明显的当然是两次世界大战留给整个人类的惨痛历史教训。世界大战的机器一旦发动，整个人类就如同患了精神病一样彼此歇斯底里地相互对抗和搏杀，其结果是整个世界变得水深火热，人类遭遇了他们自己都无法相信的空前浩劫。好在人类能够在疯狂中惊醒，好在人类社会的正义力量总是能够最终战胜邪恶，好在人类的良知总有复苏的能力，因此，当整个人类被世界大战的机器搅得精疲力竭之时，他们最终选择了难能可贵的和平。虽然当今世界还有少数国家和民族为了一己之私仍然试图重启战争机器，但是曾经经历过世界大战之苦的人类所形成的强大阻力绝对不会让他们的阴谋轻易得逞。人类社会的进步不可能一帆风顺，但由于人类本身积聚和释放的正能量总是大于负能量，人类社会滚滚向前推进总是大势所趋。

环境危机日益严重的现实让越来越多的有识之士备感忧虑，也确实为当代人类谋求社会发展设置了最严重瓶颈。人类再次站在了一个重要的历史关口。在这个关口的前方，延伸着两条可供人类选择的道路，一条是人类与自然尖锐对立的道路；另外一条是人类与自然和谐共荣的道路。前一条道路是人类一直在走着的路，它已经延续了几千年，一直横亘在人类社会的中央。后一条道路是一条新辟道路，它还刚刚露出端倪，需要人类不断探索才能日渐成型。我们可以把前一条道路称为环境危机之路，而把后一条道路称为生态文明之路。

生态文明之路是人类在既不可能永远停留在自然状态也不可能仅仅处于文明状态的境况中选择的一条发展道路。它是日益严重的环境危机迫使当代人类做出的一个选择。正如一位国内学者所说：

20 世纪后半叶以来，一个幽灵在地球上四处漫游。这个幽灵就是生态危机。

20 世纪后期，特别是 90 年代以来，人类在全球范围内采取了大规模保护环境的措施，试图赶走这个幽灵。但是，几十年过去了，这个幽灵不仅没有被赶走，反而好像一个吃饱喝足了的吸血鬼，变得越来越庞大，越来越难以对付了。

打开电视或收音机，翻阅手边的报纸或杂志，我们每天都会看到、听到或读到关于这种或那种报道，例如，温室效应，物种灭绝，森林锐减，能源短缺，大气、土壤和水污染，有毒化学药品污染，等等。

困扰全球的这些环境问题，也同样困扰着我国。……①

在日益严重的环境危机面前，难道当代人类还能有别的道路选择吗？继续环境危机之路，人类在地球上的生存和发展将快速失去其可持续性，人类长久以来致力于建构的文明大厦将毁于一旦。这当然是当代人类不愿意看到的结果。唯有走生态文明之路，当代人类才能为人类社会的未来发展开启可以期待的希望之门。

生态文明之路是当代人类试图在自然和文明之间达到合理的协调和平衡所选择的一条道路。它是融自然的生态性和文明的合理性于一体而铺就的一条道路。在生态文明之路上，人类没有试图彻底摆脱自然的自然性，也没有试图彻底张扬文明的人为性，而是试图在推动两者并驾齐驱、同时并举的基础上实现自然与文明的相互对接、相互贯通和相互支持。在生态文明之路上，自然与文明不是相互对立和相互冲突的，而是相辅相成、相得益彰的。或者至少可以说，它们是并行不悖的。

人类在地球上的生存和发展状况受很多因素的影响和制约，但能够对其发挥决定作用的是人与自然的关系状况，即文明与自然的关系状况。人类可能陶醉于国与国、民族与民族、个人与个人之间的争斗，这种争斗也完全可能将整个人类拖入万劫不复的毁灭深渊，但事实上，这种争斗所带来的危害恐怕远远

---

① 杨通进，高予远. 现代文明的生态转向［M］. 重庆：重庆出版社，2007：1.

不能与人类文明与自然之间的对立和冲突可能给人类带来的巨大危害相提并论。人类文明与自然之间的对立和冲突引起的环境危机危害所波及的不是某一个国家、民族或个人，而是整个人类或整个世界。它可以通过摧毁人类赖以生存和发展的生态支持系统使整个人类社会失去生存和发展的基础和前提。越来越多的人类正认识到环境危机的可怕。美国人之所以非常热衷于探寻火星等其他行星是否适合人类居住的事实，这在一定程度上反映了当代人类试图摆脱为环境危机困扰的地球的强烈愿望。

条条道路通罗马。当代人类可以通过多条路径通达生态文明之路。"生态文明"是殊途同归之路，是九九归一之路。自从环境危机在 20 世纪中期被西方人首先发现之后，当代人类就开始探寻通达生态文明的途径。这种途径被称为"生态化"的途径。走生态化道路就是走生态文明的道路。生态化道路是由经济生态化、政治生态化、文化生态化等多条具体的路径铺就而成。在"文化生态化"这一路径中，伦理文化的生态化催生了生态道德或环境道德；文学艺术的生态化催生了环境文学、环保音乐、环保电影等新的艺术形式。

二、文学艺术生态化对生态文明建设的促进作用

作为文化生态化的一种重要表现形式，文学艺术的生态化是当代人类开启生态文明之门的一把钥匙。这把钥匙是用人类在长期的文学艺术活动中逐步形成的生态思想、生态观念、生态精神和生态实践铸造而成，是人类在长期的文学艺术活动中追求真善美统一的过程中逐步铸造而成。它是一把有利于保护自然生态环境的钥匙，是一把有利于促进人类与自然的关系达到和谐的钥匙。

建设生态文明是当今中国社会发展的当务之急。我国是一个人口多、发展任务重、自然资源消耗量大的国家，环境危机的形势非常严峻，建设生态文明也显得更加紧急。要建设生态文明，我国需要调动一切社会力量才能达到目的。

建设生态文明对于任何一个国家或民族来说都是一项社会系统工程。它的完成需要人类社会在经济、政治和文化领域做出全面规划和努力。对于当今中国来说，关键是要"坚持节约资源和保护环境的基本国策，坚持节约优先、保护优先、自然恢复为主的方针，着力推进绿色发展、循环发展、低碳发展，形成节约资源和保护环境的空间格局、产业结构、生产方式、生活方式，从源

头上扭转生态环境恶化趋势，为人民创造良好生产生活环境，为全球生态安全作出贡献"①。

文学艺术生态化也是当代中国人开启生态文明之门的一把钥匙。在当今中国，一支以建设生态文明为文学艺术创作价值目标的文学艺术家队伍正在发展壮大。他们或者进行环境文学创作，试图用倡导生态环境保护的环境文学作品激励当代中国人尊重、热爱和保护自然；或者进行环保音乐创作，试图用展示人类能够与大自然和谐相处的美妙音乐激励当代中国人培养应有的环保意识；或者进行环保建筑设计，试图借助于环保建筑理念、环保建筑风格、环保建筑技术等推动当代中国人拥有与大自然同生共荣的生活方式。

我国目前在各个领域展现的生态化趋势是世界生态化潮流的一个要脉。我国文学艺术的生态化进程也是世界文学艺术生态化潮流的一个重要支流。在当今世界，我国不是在生态化道路上孤军奋战的国家。走生态化道路是世界潮流、大势所趋，它的不断深化将对整个世界的生态文明建设产生深远影响。建设生态文明是世界各国的生态道德责任，也是中国的生态道德责任。唯有融入当今世界建设生态文明的"潮流"和"大势"，并真正有所作为，中华民族才能成为当代人类建设生态文明队伍中的强大生力军，为世界生态文明建设作出应有的贡献。在推进生态文明建设的伟大事业中，当代人类任重而道远，当代中国人任重而道远。

第二节　文学艺术的生态化与生态文明模式

与其他生态化进程一样，文学艺术的生态化以"生态文明"为价值目标。

一、生态文明与传统文明模式的区别

生态文明是什么？它首先是一种与传统文明相区别的文明模式。

---

① 杨通进，高予远. 现代文明的生态转向 [M]. 重庆：重庆出版社，2007：39.

人类在地球上或自然界生存和发展的道路就是人类追求文明之路。所谓人类文明，就是建立在人类社会文化基础上的所有东西。自然的东西不是文明。文明是人类将其特有的文化思想、文化观念和文化精神融入其开发利用自然的成果所产生的东西。文明是人为的产物。文明是专属人的东西。在整个地球上或自然界，只有人类才被打上了"文明"的烙印。

人类文明从诞生之初起就以脱离自然为根本标志和根本特征。长久以来，人类秉承的文明观念是："自然"意味着野蛮，"文明"意味着"越不自然越好"。在追求文明的漫长历史中，人类以不野蛮为文明，以偏离自然为文明，以不自然为文明，以看不见自然为文明，以与自然隔绝为文明。因此，吃熟食是文明，创建专属人类的村庄和城镇是文明，区分人类和其他动物是文明，坐在汽车里行走是文明，躲在水泥房子里是文明。正如我国环境文学作家赵鑫珊所说："所谓人类文明，就是人想方设法同大自然隔着一层。"①

上述文明模式是传统文明模式，它是人类对文明的"传统"理解和解释。这种文明模式是基于人类试图征服、控制和统治自然的价值观念建立起来的，它是人类中心主义思维方式和伦理观得到张扬的产物。从整个自然生态系统演化的漫长历史来看，人类一直是一个正在成长、也需要继续成长的孩子。在成长过程中，他们经常流露出天真幼稚的一面，经常流露出无知愚昧的一面，因此，他们也经常犯一些致命性错误。发动两次世界大战是人类犯下的致命性错误。引发环境危机是人类犯下的另外一个致命性错误。由于具有征服、控制和统治自然的幻想和欲望，人类在开发利用自然的过程中对自然采取疯狂算计、盘剥和掠夺的态度，他们建立起来的文明也才变成了一种在今天看来需要反思和重新评估的东西。赵鑫珊所著《人类文明的功过》就是在这样的时代背景下写出来的，其基本观点就是呼吁当代人类对其过去走过的文明道路进行反思和重新评估。

生态文明是对上述传统文明模式的反叛。它反对在"文明"与"自然"的对立关系中来建立人类文明，主张把文明和自然看成两种相互联系、相互作用、相互影响、相互促进的力量。它是一种主张用文明包容自然、用自然包容文明的文明模式。在生态文明模式中，人类文明是在自然中挺立起来的，自然

---

① 赵鑫珊. 人类文明的功过 [M]. 北京：作家出版社，1999：22.

的价值也可以在文明中得到充分体现。文明与自然的关系是一种你中有我、我中有你的关系。

"人类文明本身是没有罪的。"① 文明毕竟是人类建构的东西。如果说曾有的人类文明是不合理的、甚至是错误的，那么这一定是人类在建构文明的过程中犯了错误。赵鑫珊指出："人类文明的弊病和罪恶并不是文明本身的过错，根源在于人性中的恶那部分。"② 在他看来，要改造人类文明，其关键是要改造人性。

改造人性即改造人类。人类是一种需要不断改造的存在者。在这一点，人类应该多聆听德国哲学家和文学家尼采的声音。尼采反复强调："人是一种应该被超越的东西。"③ 他还指出："人之所以伟大，是因为他是一座桥梁，而非目的。人之所以可爱，是因为他是一种过渡，一种毁灭。"④ 在尼采看来，人类没有理由自视太高，因为他们总是存在这样或那样的局限性。他呼唤"超人"的出现。他所说的"超人"不是一种与人类没有任何关联的人，而是实现了精神超越的人。实现精神超越的人在一定意义上来说就是超越了自身局限性的人。

当代人类要实现生态文明对传统文明模式的取代，他们必须对自己进行改造。或者说，他们必须对自身有所超越。最重要的是，他们必须改变其长久以来坚持的人类中心主义思维方式和伦理观。他们必须从自以为在自然界高高在上的位置上走下来，习惯于把他们自己看成自然界中的普通成员，同时学会尊重、热爱和保护自然。只有这样，生态文明对传统文明模式的反叛和取代才有实际意义，生态文明建设也才会显现出值得人类期待的希望。

其次，生态文明是一种强调人类与自然和谐相处、同生共荣的生态理念或生态道德价值观念。

传统文明模式往往通过人类的传统文明理念或道德价值观念表现出来。生态文明也会借助于当代人类的生态理念或生态道德观念来表现自己。不同的是，传统文明表现为一种强调人类可以、能够也应该征服、控制和统治自然的

---

① 赵鑫珊. 人类文明的功过 [M]. 北京：作家出版社，1999：29.
② 赵鑫珊. 人类文明的功过 [M]. 北京：作家出版社，1999：29.
③ 尼采. 查拉图斯特拉如是说 [M]. 黄明嘉，译. 桂林：漓江出版社，2007：5.
④ 尼采. 查拉图斯特拉如是说 [M]. 黄明嘉，译. 桂林：漓江出版社，2007：7.

理念或道德价值观念，而生态文明表现为一种强调人类应该与自然和谐相处、同生共荣的生态理念或生态道德价值观念。

人类选择何种文明模式，这在很多时候表现为一种理念或观念建构。人类总是先形成一个关于房子的理念或观念，然后才建造出具体有形的房子。同理，人类对文明模式的选择也总是基于一定的文明理念或观念。文明是一种理念或观念。生态文明也是一种理念或观念。

"生态文明"这一生态理念或生态道德价值观念的核心内容是要在新的时代背景下重新建构人类与自然的关系。"在人与大自然之间，必须确立一种崭新的关系。这是 21 世纪文明新哲学的重要内涵之一。"① 在环境危机成为当代人类进一步推进社会发展的严重瓶颈的语境下，当代人类致力于建构的生态文明理念或观念应该体现他们对人类与自然的关系的重新认识、理解和解读。如果当代人类无法在理念世界或观念世界理清这种关系，他们所建构的生态文明理念或观念必然缺乏合理性基础。

当代人类建构生态文明理念或观念的途径有很多种。他们可以走生态哲学之路。这意味着他们必须具有生态哲学思维方式。它要求当代人类对其自身与自然的关系进行彻底的哲学追问，直到找到最终答案为止。这对于绝大多数普通人来说是一件艰难而乏味的事情。因此，许多人更愿意在生态化的文学艺术作品中找到他们需要的生态文明理念或观念。这就为文学艺术的生态化进程提供了强大动力。

正如文学艺术能够帮助人类建构其理念世界或观念世界的事实一样，生态化的文学艺术也能够在帮助当代人类建构生态文明理念方面发挥不容忽视的作用。通过阅读环境文学作品，通过欣赏环保建筑艺术，通过观赏环保电影，通过聆听环保音乐，人们的思维方式可以得到改善，人们的思想境界可以得到提高，人们的道德价值观念可以得到优化。人们在生态化的文学艺术中获取艺术享受的同时，他们的生态理念或生态道德价值观念会在不经意之中萌生、强化和拓展。我们不得不承认，有些人就是在观看了某部环保电影或阅读了某部环保小说之后就产生了投身于人类环保事业的想法或愿望。在帮助当代人类形成和强化生态理念或生态道德观念方面，生态化的文学艺术可以大有作为。

---

① 赵鑫珊. 人类文明的功过［M］. 北京：作家出版社，1999：57.

再次，生态文明是一种行为方式或社会实践方式。

当代人类建设生态文明的理想是美好的，但这种美好理想不应该成为"海市蜃楼"。传说中的海市蜃楼美丽无比，但它毕竟是昙花一现、脱离现实的东西。当代人类建设生态文明的理想不是海市蜃楼，也不能成为海市蜃楼。原因很简单，难道当代人类乐意在环境危机的阴影下继续生活下去吗？环境危机是当代人类意欲驱赶的一个面目狰狞的魔鬼。而要驱赶这个可怕的魔鬼，他们唯有走建设生态文明的道路。以生态文明自救，这是当代人类摆脱环境危机的唯一出路。

二、人类生态文明观念的塑造

要让人类形成生态文明观念比较容易，要人类将这种观念付诸行动却不容易，甚至可能非常困难。人类容易对自己长久坚持的传统恋恋不舍，他们常常表现出依恋传统的情结。这是当代人类在试图建设生态文明的过程中必须着力克服的一个障碍。当代人类需要把他们建设生态文明的良好愿望变成一种实际行动。用蕾切尔·卡逊的话说，这就是：

> 我们必须与其他生物共同分享我们的地球，为了解决这个问题，我们发明了许多新的、富于想象力和创造性的方法；随着这一形势的发展，一个要反复提及的话题是：我们是在与生命——活的群体、它们经受的所有压力、它们的兴盛与衰败——打交道。只有认真地对待生命的这种力量，并小心翼翼地设法将这种力量引导到对人类有益的轨道上来，我们才能希望在昆虫群落和我们本身之间形成一种合理的协调。①

卡逊最关心的是如何在人类和非人类的生物之间形成一种合理的协调，以真正促进人与自然的和谐。事实上，当代人类建设生态文明的社会实践就是一个需要用实际行动促进人与自然和谐共荣的过程。生态文明不仅是一种生态理念或生态道德价值观念，而且是一种行动主义、一种具体的行为方式、一种切实可行的社会实践方式。或者说，生态文明是一种实践力量。只有在这种实践

---

① 蕾切尔·卡逊. 寂静的春天 ［M］. 吕瑞兰，李长生，译. 长春：吉林人民出版社，1997：262.

力量得到真正彰显的时候，生态文明才真正能成为当代人类值得期待、可以期待的理想或价值目标。

作为一种新的文明模式或形态，生态文明的价值是通过两个维度表现出来的。一方面，它通过反传统文明的方式获得了超越性价值。生态文明是基于人类批评精神建立起来的一种文明模式。因为人类敢于批判传统的农业文明和工业文明，生态文明才获得了出场的机会。生态文明是超越传统文明模式而兴起的一种文明模式。另一方面，它通过诉诸生态文明实践的方式获得了现实价值。作为一种新的文明模式，生态文明是通过一种新的行动主义来显示其现实价值的。它要求人类用实际的行动来促进人类文明与自然环境的和谐相处和同生共荣。

文学艺术的生态化所造就的文学艺术能够用特殊的艺术形式为生态文明提供一种价值支撑。环境文学、环保音乐、环保电影等在文学艺术生态化过程中兴起的艺术形式都能够为生态文明提供价值支撑。当代人类可以通过其具体的文学艺术活动为生态文明建设贡献力量。

第三节　文学艺术的生态化与生态文明的未来前景

人类是一种意向性动物，他们所做的一切事情都有一定的目的。他们总是带着这样或那样的目的做事情，并且总是希望他们的目的能够得到实现。致力于实现善的目的常常成为人类行动的动机和原因。在很多时候，如果人类相信他们的行为动机是善的，则他们会认为其自身的行为是正当的，并愿意将其行为付诸实施。

一、生态文明建设的现实路径

建设生态文明是当代人类谋求生存和发展的共同目的或共同目标。这一目的或目标应该成为当代人类人事政治活动、经济活动和文化活动的根本目的或动机。由于生态文明模式强调人类文明与自然环境之间的和谐相处、同生共荣，它符合人类在地球上谋求生存和发展的共同利益、长远利益和根本利益，因此，能够为当代人类的政治行为、经济行为和文化行为提供动因。对此，越来越多的人已经达成共识。可持续发展观在国际层面受到广泛重视和推崇的事实就证明了这一点。

然而，人类行为是一个复杂系统。人类不仅有行为动机，而且有行为过程和行为结果。从行为动机到行为结果是一个复杂工程。一个善良的动机可能导致正当的结果，也可能导致不正当的结果，甚至可能导致与善良动机背道而驰的结果，即邪恶的结果。因此，要建设生态文明，人类仅仅有向往和追求生态文明的善良动机还不够，他们还应该致力于将这种动机转化为实际的行为，并努力使之产生他们期待的有价值的结果。从这种意义上来说，生态文明的前景既取决于人类的所思所想，也取决于人类的所作所为，还取决于人类所思所想和所作所为的结果怎么样。

2013年通过的《中共中央关于全面深化改革若干重大问题的决定》指出："建设生态文明，必须建立系统完整的生态文明制度体系，实行最严格的源头保护制度、损害赔偿制度、责任追究制度，完善环境治理和生态修复制度，用制度保护生态环境。"注重借助于社会制度的合理设计和安排来建设生态文明是中共中央在如何推进生态文明建设问题上达到的一个新的认识高度，它说明中共中央在抓生态文明建设工作方面找到了关键点。

借助于社会制度的合理设计和安排来建设生态文明固然十分重要，但相关社会制度的出台和实施都必须具备一个前提，即人们能够在观念上认识到"生态文明制度体系"的重要性，并能够在实践中真正尊重和服从它们。从这种意义上来说，要建设生态文明，当今中国需要有一场深刻的观念解放运动或思想解放运动。它的核心主题是强化人们的生态文明意识、生态文明观念或生态文明思想，其根本目的是为生态文明建设提供必要的意识基础、观念基础或思想基础。这一目的的实现不仅需要依靠社会制度的强制性规范功能，而且需要依靠个人道德修养、个人文学艺术修养等手段。

二、生态化文学艺术与生态文明建设的前景

文学艺术是人类必不可少的一种生存方式，也是人类促进社会发展和推动社会进步的一个重要手段。生态化的文学艺术能够为当今中国建设生态文明提

供强有力的支持。由于生态化的文学艺术包含丰富而深刻的生态文明意识、生态文明观念或生态文明思想，它能够在宣传和弘扬生态文明方面发挥不容忽视的作用。文学艺术的生态化不仅显示了文学艺术融入生态化世界潮流的事实，而且显示了它促进当今世界建设生态文明的时代大势的强大力量。

毋庸置疑，生态文明是人类推进文明建设的未来目标。在这一点上，人类已经别无选择。日益严重的环境危机已经使人类在地球上的生存和发展岌岌可危，已经使人类在自然界建立的文明大厦摇摇欲坠，这样的事实具有不容置疑的说服力，它们正推动着越来越多的人开始以追求生态文明作为生活和生存的根本目标。毕竟人类在地球上生存和发展的根本目的不是为了毁灭自身。黑格尔曾经说过："世界历史呈现在我们面前的是一个合理化过程。"① 人类在自然界繁衍和发展的历史也应该是一个合理化过程。在这一过程中，人类的理性应该充分发挥作用，以将人类文明与自然环境之间的关系引向和谐和共荣。

大势所趋的东西是合乎时代潮流的东西，是任何主观意志都无法阻挡的东西。在环境危机严重威胁当代人类生存和发展状态的时代背景下，文学艺术应该顺应当代人类全方位走生态化道路的"大势"，应该顺应当代人类建设生态文明的"大势"。"生态化"是世界文学艺术未来发展的必然道路，也是中国文学艺术未来发展的必然道路。

为了在促进我国生态文明建设方面发挥更多的作用，我国文学艺术界应该以更多的热情、更强烈的社会责任感和更多的实际行动推进我国文学艺术的生态化进程。总体来看，我国文学艺术在生态化的广度和深度上均不能与西方国家的文学艺术相提并论。这给我国文学艺术的生态化进程敲响了警钟。当今中国正试图在各个方面、各个领域赶超西方发达国家，在文学艺术的生态化进程上也应该有这样的气魄和精神。文学艺术的生态化有利于当今中国的生态环境保护事业，有利于当今世界的生态环境保护事业，是一项功在千秋的事业，值得我国文学艺术家为之全心全意地奉献。

---

① Georg Wilhelm Friedrich Hegel. The Philosophy of History. New york：Dover Publications，INC. 1956，p. 9.

小 结

文学艺术不仅能够陶冶人的艺术修养，而且具有很强的道德教化功能。一部环境文学作品可以引导读者去追求环境道德，从而使之自觉地将热爱、尊重和保护自然当成一种可贵的美德。一首美妙的环保音乐作品可以让它的听众感悟人类与自然达到和谐的价值和意义，从而推动他乐意成为一个名副其实的环境保护主义者。一部环保电影可以让它的观众强化其环境保护意识，从而推动他成为自然环境的卫士。一栋环保建筑不仅能够给人类带来健康，而且能够使人类深刻感受人类与大自然和谐相处的巨大幸福。这一切的一切都说明文学艺术的生态化是必要的、重要的，它的价值和意义远远超出了它本身当下所达到的水平。

"我们业已失去的世界是有机的世界。从我们这个物种的朦胧起源时代开始，人类为了生存，就一直生活在于自然秩序的日常的、直接的关联中。"① 与自然打交道是人类无法逃脱的现实。人类来到这个世界上也必须感恩于自然界，因为是自然界是养育人类的母亲。文学艺术的生态化是人类借助于文学艺术活动与自然打交道的一种新方式，它既意味着人类能够在其文学艺术活动中与自然达到和谐和共荣，还意味着文学艺术能够成为人类推动生态文明建设的重要手段。

"追求一个生活得较好的人类社会，这是自有人类以来就有的愿望，而这种愿望又来自人类生活经验本身。人类深信他们自己能够得到幸福。他们感受到的幸福有：舒适、安全、愉快地参加各种活动、心智的驰骋、知识的猎取、诗意的陶醉、精神的恬静以及身体的闲适等等。他们力图在人类环境中体现所有这一切。"② 对于人类来说，自然界不仅是他们的生存和发展之所，而且是他们获取人生快乐和幸福之所。文学艺术的生态化是将这种"快乐"和"幸福"化为现实的一个行之有效的途径。通过体现追求生态文明的价值取向，文学艺术的生态化能够带给人类真切、美好的艺术享受，亦能带给人类深刻、现实的快乐和幸福。

---

① 卡洛琳·麦茜特. 自然之死——妇女、生态和科学革命 [M] . 吴国盛，等，译. 长春：吉林人民出版社，1999：1.

② 芭芭拉·沃德，勒内·杜博斯. 只有一个地球——对一个小小行星的关怀和维护 [M] .《国外公害丛书》编委会，译. 长春：吉林人民出版社，1997：1.

结 束 语

环境危机对于当代人类来说是一种丑陋的现实，是一种扼杀人类快乐和幸福的现实。生活于这样的现实之中意味着人类不得不忍受酸雨的侵害、有毒农作物的毒害、有毒家具的危害，意味着人类不得不面对生物多样性锐减、森林快速消失、水土严重流失等事实，意味着人类不得不过着与自然越来越隔绝的生活，意味着人类不得不时刻担忧其生存和发展的可持续性。这样的现实正在以残酷无比的方式将当代人类的生存和生活引向一个充满威胁、危险的方向。

"如果我们能够对于唯一的、美丽的、脆弱的行星——地球，培养出真挚的忠心的话，在人类社会中，我们是有希望长期生存于丰富多彩的生活之中的。"① 当代人类需要做出的一个重大抉择是，他们必须在如何对待地球（自然界）的问题上对其态度进行重新定位。如果他们继续沿着无情算计、盘剥和掠夺自然的老路来展现其生产方式和生活方式，他们在地球上生存与发展的可持续性将在可预期的将来被彻底阻断。如果他们能够放低身姿，以热爱、尊重和保护的态度来对待地球或自然界，他们仍然可能重新塑造人类与自然的和谐。

与自然界对抗是人类迄今为止所做的最愚蠢的事情。人类有能力移走自然界中的一草一木、一石一砾，甚至有能力将一座山移走或使一条河流改道，但他们绝对不可能使整个自然界服从他们的主观意志。自然界是神圣的、神奇的，自然界中的万事万物也都有各自的方式显示其存在的伦理尊严。人类或许

① 芭芭拉·沃德、勒内·杜博斯. 只有一个地球——对一个小小行星的关怀和维护［M］. 《国外公害丛书》编委会，译. 长春：吉林人民出版社，1997：260.

都不喜欢老鼠之类的动物，并且一直在致力于灭鼠，但老鼠并没有因为人类的憎恨和打击而灭绝。自然界按照它自身的法则和规律存在，这不是人类意志可以左右的。自然界中的许多存在者甚至以人类绝对不喜欢的方式存在，但人类却只能容忍。这就说明，人类在自然界中的地位并不像有些人所想象的那样至高无上。一个至高无上的存在者不会受制于任何别的事物。人类显然不是这样的存在者。

人类总是同时生活于两个世界，即现实世界和理想世界。一方面，他们总是立足于现实土壤之中；另一方面，他们又总是在追求着各种各样的理想。现实之中总是有很多不让人满意的地方，因此，人类必须到理想王国里去寻找人生的快乐、幸福和慰藉。人类对理想的追求犹如黄河之水一路奔流到海的态势，那是一种毅然决然的态势。诚如李白在诗歌《将进酒》所描写的那种态势："君不见，黄河之水天上来，奔流到海不复回。君不见，高堂明镜悲白发，朝如青丝暮成雪。"人类对理想王国的追求总是不懈不怠。

对于整个人类来说，他们的理想是要实现其生存和发展的可持续性。为此，他们必须彻底抛弃试图征服、控制和统治自然的幻想，必须改变传统的经济增长方式和生活方式，必须树立追求可持续发展的价值观念。除此之外，他们还必须拿出足够的智慧和魄力来有效协调彼此之间的利益矛盾。为此，他们必须抛弃在环境保护问题上讨价还价的恶习，用长远的眼光、宽广的胸怀和充分的智慧来认识和对待他们的环境权利和环境义务。总而言之，他们应该齐心协力走生态化道路。

世界各国所走的生态化道路不可能完全相同，但它们的最终目的是高度一致的，即实现经济、社会和自然环境的和谐共荣。世界各国目前在生态化进程中所处的阶段也不可能相同，但只要它们能够朝着同一个目标前进，生态化进程在世界范围内的推进就是值得期待的。因此，目前的第一要务是世界各国必须在走生态化道路这一重大战略选择上最大限度地达成共识。如果没有这种共识，走生态化道路就不可能成为整个人类的共同战略，就不可能整合全世界的人力资源，就不可能最有效地付诸社会实践。

当今中国正快速融入世界生态化潮流。当代中国人正以其特有的思维方式、话语体系和思想观念显示他们对"生态化"这一道路的认识、理解和解读。他们想走出一条具有中国特色的生态化道路。

　　建设生态文明和美丽中国是当今中国社会各界的共同呼声。"生态文明"与"美丽中国"之间存在一种相辅相成的辩证关系。美丽中国是具有生态美的中国，是经济、社会和自然环境能够达到和谐共荣的中国，是能够充分体现生态文明的中国。

　　生态文明和美丽中国的建设不是一个仅仅停留在理论反思层面的理想，更重要的是它必须通过具体的社会实践充分体现出来，这就要求该建设任务必须变成一个具体的社会实践过程。具体地说，它要求当今中国建设生态文明和美丽中国的过程应该具体地表现为一个全方位的生态化过程。为了实现建设生态文明和美丽中国的宏伟理想，当今中国需要全面推进经济生态化、政治生态化和文化生态化进程。

　　走生态化道路就是走生态文明发展道路。生态文明是一种与以资源高消耗、生活高消费和环境高污染为主要特征的工业文明模式有着根本区别的文明模式，它是一种环境友好型、资源节约型的新文明模式。要求经济效益、社会效益和环境效益同时并举是生态文明的内在要求。生态文明强调实现经济、社会和自然环境的全面可持续发展对提高人类生活质量和确保人类在地球上长期生存与发展具有决定性意义和价值。

　　当今中国还刚刚步入生态化进程，因此它的推进显然具有两面性：中国共产党和政府已经明确提出建设生态文明和美丽中国的伟大构想和以生态文明观推进中国社会进步的发展思路，这既说明我国已经形成引导经济社会发展的指导思想和价值观，也说明走生态文明道路已经被确定为我国经济社会发展的未来方向；与此同时，由于生态文明建设起步较晚，我国社会各界认识和接受生态文明模式尚需时日，我国建设生态文明和美丽中国的进程不可避免地还会面对着诸多阻力。最大的阻力在于，我国民众的生态文明意识目前还普遍偏低，这完全可能对我国建设生态文明的进程形成巨大阻力。

　　走生态化道路对于当今中国来说可谓任重而道远，但这不应该成为我国推进生态化进程的阻碍。当今中国应该坚定不移地走生态化道路，以实现建设生态文明和美丽中国的宏伟目标。

　　第一，这是当代中国人充分吸取历史教训的结果。在计划经济时代，我国曾经试图通过"大跃进"的方式赶超西方资本主义国家的经济发展水平，其结果是国民经济几乎陷入崩溃，并对自然环境造成了难以想象的破坏。进入改革开放时代之初，我国曾经试图大规模地发展乡镇企业，其结果是不计其数的乡镇企业冒了出来，但我国的自然环境遭到了令人发指的破坏——大部分乡镇企业成为环境污染的"大户"，它们为政府增加的环境治理费用比其产生的财政收入要高出几倍、甚至几十倍。如果我国经济长期以这样的方式发展，其前景是可想而知的。唯有走生态化道路，在经济活动中遵循自然规律，我国经济发展才能摆脱与自然环境尖锐冲突的困境。

第二，这是顺应时代潮流的必然结果。当今世界，走生态化道路是大势所趋。从 20 世纪中叶开始，西方发达国家在被环境危机惊醒的同时开始致力于改变传统经济增长方式，并掀起了保护本土自然环境和自然资源的环境保护运动。进入 20 世纪末期之后，联合国向全世界发出了走可持续发展道路的倡议，呼吁当代人类和世界各国正视自然环境承载人类经济活动的能力的有限性，要求确保自然资源和能源的持续利用，倡导把"保护环境"作为一种美德和经济理念代代相传，推进生态文明建设也因此而从西方发达国家扩展成为一种全球性时代潮流。唯有走生态化道路，我国经济社会的发展才能顺应当今世界追求经济、社会和环境全面可持续发展的生态化潮流。

第三，这反映了我国现实国情的紧迫需要。我国人口众多，自然资源和能源的数量非常有限，社会和经济发展给自然环境造成的压力异常巨大，这些客观事实决定了中国决不应该、也没有能力重蹈美国等西方发达国家"先污染、后治理，先破坏、后保护"的工业化道路的覆辙。地球承载人类经济活动的能力是有限的，我国自然生态环境承载中国庞大经济体系的能力更是十分脆弱。唯有走生态化道路，我国经济和社会的发展才能不步西方发达国家的工业化后尘，才能具有中国特色。

第四，这代表了我国经济和社会发展的未来方向和出路。中国经济要发展，中国社会需要发展，但"发展"不能与自然环境的进化过程相冲突，更不能与人本身的根本利益相矛盾；否则，它就是荒谬的发展、没有意义的发展。以污染和破坏自然环境为主要特征的传统工业经济模式不仅危害我国自然生态系统的整体结构、整体功能和整体运行机制，而且会以公害事件、酸雨、温室效应等形式危害我国人民的身体健康和长远发展，因此它的意义和价值遭到了越来越多的质疑和否定。我国必须从不合理的传统工业经济模式转向追求经济、社会和环境全面可持续发展的生态经济模式。唯有走生态化道路，我国经济发展才能有利于经济效益、社会效益和环境效益的协调平衡和全面增进。

走生态化道路涉及当今中国经济和社会发展的各个领域、各个方面、各个环节，涉及中国社会主义现代化建设的全局，涉及经济和社会发展过程中出现的复杂利益矛盾。

走生态化道路是一项无比伟大的事业。它考验当代中国人的经济理念、道德思想、法制观念和文明意识。总体来看，它要求当代中国人具有高度的生态经济理念、生态道德思想、生态法制观念和生态文明意识。中国的生态化进程需要有与之相匹配、相适应的生态文化精神作为支撑。生态化条件下的中国人需要正确认识社会经济系统与自然生态系统之间的辩证关系，需要真正理解经济效益、社会效益和环境效益之间的内在统一性，需要认真思索经济、社会和环境全面可持续发展的实现对于人的生存和发展的根本意义和价值，需要全面探求人之为人的生活质量的真正内涵。中国的生态化进程追求以人为本的发展，反对背离人的根本利益；追求对环境友好的发展，反对疯狂地算计、盘剥和掠夺自然；追求节约资源和能源的发展，反对浪费资源和能源、污染自然环境；追求公平合理的发展，反对以牺牲他人的环境权益为代价来谋求以自我为中心的畸形发展；追求可持续发展，反对把经济社会发展的过程变成一个有害于人自身的荒谬过程。将中国经济、政治和文化的发展全面纳入生态化进程代表着我国经济和社会发展的未来方向和前景。

"生态化"不仅应该成为当今中国的一个时髦术语，而且应该成为当代中华民族的民族精神和时代精神的一个重要内容。如果我们真正热爱我们的国家，那么，我们应该通过走生态化道路的方式使我们的国家变得美丽起来。如果我们是一个勇于改革创新的民族，那么，我们应该通过更新我们落后的思维方式、思想观念和精神气质来把我们的国家建设成为一个让人无比向往、让人备感骄傲、让人深感光荣的幸福王国。

文学艺术的生态化是当今中国致力于迅速推进的生态化进程的重要一环。在整个社会被纳入生态化进程的时代背景下，文学艺术在当今中国的发展不可避免地会被打上"生态化"的烙印。环境文学的蓬勃发展、环保音乐的迅速崛起、环保电影的快速传播等事实都证明了这一点。

作为文学艺术生态化的一种重要表现形式，环境文学在当今中国的发展呈现出喜人的态势。与西方国家一样，环境文学在中国的最初发展是以散文体裁为主。随着时间的推移，环境小说、环境诗歌等也迅速发展。这种大好形势让我们能够有机会借助于环境文学作品来陶冶自己的环保意识、环保理念和环保精神。在当今中国，环境文学正以其特有的风格和特色显示其独特的魅力。

环保音乐在当今中国的出现和发展犹如一股清风涤荡着我国歌坛当下存在的媚俗之气。一些歌手不仅过度地渲染言情的主题，而且把人类无比高尚的情感进行"无病呻吟"或"歇斯底里"的处理，其结果必然是导致人类情感的高度庸俗化。与这种无病呻吟或歇斯底里的歌曲相比，环保音乐不仅彰显主题设计的严肃性，而且在音韵安排上表现出高雅的特质。环保音乐是一座真正的音乐殿堂，它清新而高雅，纯真而深刻，宁静而致远，能够把我们引向追求精神超越的高境界。我们能够在聆听环保音乐的过程中超越物欲横流的现实，从而使我们的环保意识、思想和观念得到强化。

环保电影的发展前景是值得期待的。这种艺术形式具有更容易引人入胜的特质。进入当今时代，人们的生活充满压力感。忙碌的生活方式、快速的生活节奏和杂乱的生活内容让许多人具有"应接不暇"的感觉。人们生活在当今时代就如同生活在沙子搅拌机之中。我们身处其中的社会就是一部庞大的沙子搅拌机。它把我们搅来搅去，把我们变成难以掌控自身命运的人。在当今时代生活，我们的生活受到偶然性因素的影响日益增多。一个个偶然性事件的发生把我们拖入无休无止的琐碎杂物之境。我们不仅忙于工作，而且忙于应酬。我们难以有时间平心静气地读书学习。在这种时代背景下，虽然看电影通常被当成一种奢侈，但是由于电影毕竟是一种最省事的事情，因此，它仍然能够受到许多人的青睐。从这种意义上来看，环保电影的发展不仅具有广阔的市场，而且能够在推进生态化进程方面发挥不容忽视的作用。

生态化进程在当今中国不断推进的事实催人兴奋，令人欣慰，让人感动，但我们不能奢望这一进程在一朝一夕之中就能圆满完成。人类社会的绝大多数事情都必须按照一定的程序和规律来缓慢完成。走生态化道路更不可能成为例外。"生态化"不仅涉及人际关系的大反思和大调整，而且涉及人类与自然关系的大反思和大调整，因此，它是一个复杂的社会系统工程。要完成这一系统工程，当今中国需要调动一切可以调动的力量，其中最重要的是需要从根本上提高和强化人们的生态理念、生态思想和生态意识。这是当今中国能否完成生态化进程的关键所在。文学艺术的生态化能够在这方面发挥不容忽视的重要作用。

尼采曾经说过："艺术是生命的最高使命，是生命本来的形而上活动。"①
追求、创造和欣赏文学艺术是人类追求精神超越的一个重要表现。人类不可能
仅仅满足于经验层面的生活，因为他们在立足于经验现实的同时总是要尽力攀
越精神的高峰。人类从事文学艺术活动的主要目的是为了实现精神的攀越。文
学艺术源于现实，但它又高于现实。它对现实的"高出"就在于它能够通过
精神的攀越提升人类现实生活的品质、境界、质量和水平。

人类社会总是会出现这样或那样的问题，其中最严重的问题是精神颓废、
甚至沦丧的问题。这一问题在西方发达国家很严重，在当今中国也不容乐观。
市场经济体制的推行无疑有利于鼓励人们张扬个性、发挥创造力和突出个人才
华，但它同时也会将人们追逐物质财富的欲望最大限度地激发出来。市场经济
体制的机器一旦发动，整个社会就会被变成一部"欲望机器"。人们追逐物质
财富的欲望不仅会被刺激出来，而且会呈现出日益膨胀的态势。这部机器的运
行使人类社会的运行被置于资源高消耗和资源高浪费的轨道上。它越是不停地
开动，它对自然资源的消耗量越大。在这种背景下，如果人类不能保持一定的
精神超越性，他们在地球上的生存和发展必然会陷入日益严重的环境危机之
中。这一客观事实要求当代人类不能不重视精神的超越性。只有形成坚实而稳
固的生态理念、生态思想、生态观念和生态意识，当代人类才能超越环境危机
困扰整个人类的残酷现实，并在它们的引导下找到缓解环境危机的有效路径。
文学艺术的生态化是一个要求当代人类必须用社会实践推进的过程，但也是一
个要求当代人类用"精神"来推进的过程。虽然文学艺术的生态化不是当代
人类有效缓解环境危机的唯一有效途径，但是它毕竟值得当代人类信赖的一个
途径。作为当代人类所走的生态化路径的一个分支，文学艺术生态化的路径是
一条指向"生态文明"这一目标的路径。如果当代中国人真正希望将中国变
成一个美丽的国度，他们不能不选择文学艺术生态化的路径，因为这种选择能
够为他们缓解环境危机增添一份希望。

走生态化道路不是某一个中国人的事情，不是某一个政府部门的事情，不
是某一个企业的事情，不是某一个团体的事情，而是整个中华民族的事情。作

①　尼采. 悲剧的诞生［M］. 赵登荣，译. 桂林：漓江出版社，2007：15.

为一个伟大民族，中华民族曾经在人类社会发展史上创造了举世瞩目的文明奇迹。中华文明的绵延不应该停留在农业文明、工业文明的水平上，而是应该进一步提升到生态文明的高度。为了达到这一目标，当代中国人肩负着不可推卸的责任。我们不仅应该充分认识和理解建设生态文明的重要性，而且应该将我们在认识和理解过程中形成的生态文明观念、生态文明意识和生态文明精神转化为具体的实践活动，并使之贯穿在我们追求经济文明、政治文明和文化文明的社会实践活动之中。

在文学艺术领域走生态化道路有助于形成有中国风格、有中国气派、有中国特色的文化模式。当今中国正处于重新凝聚和整合文化软实力的关键时期。经济的高速增长、民主政治的快速推进和文化的大发展都应该充分体现生态文明的内在要求。这意味着，当今中国社会的发展应该以实现经济、社会和自然环境的和谐共荣为终极价值目标，中国经济和社会的发展不能以自然环境的彻底恶化为代价，它应该是一种具有可持续性、生态美和生态文明底蕴的发展模式。

"生态化"是我国文学艺术未来发展的一个重要方向，也是世界文学艺术发展的一个重要方向。人类曾经千方百计脱离自然的约束和束缚，但他们最终必须回归自然的怀抱。在试图脱离自然的过程中，人类实际上走上了一条与自然对立、冲突的危险道路。如果人类一意孤行地沿着这条路前行，它将是一条不归之路。在如何对待自然的问题上，当代人类必须改弦易辙，并坚定不移地走生态化道路。作为世界上人口最多的国家，当今中国面对的发展压力也是最大的，但这不应该、也不能成为它拒绝走生态化道路的理由。好在走生态化道路已经成为当今中国的党心所向、国心所向和民心所向。在这样的时代大势面前，文学艺术的生态化应该成为当代中国人的坚定选择。

一个民族不能没有自己的文学艺术。在环境危机困扰整个人类的今天，一个民族不能没有生态化的文学艺术。生态化的文学艺术以最真实、最深刻的方式反映文学艺术的本质，它不仅依据自然界的内在规定性来确立文学艺术的根本，而且反映人类对文学艺术的深切需要。如果说没有文学艺术点缀的人类生活是枯燥乏味的，那么，没有生态化的文学艺术点缀的人类生活必定是不堪忍受的。就像人类生活不能没有空气、水等自然资源的事实一样，人类对生态化文学艺术的需要也是一种事实。人类不仅需要借助于生态化的文学艺术来陶冶其艺术修养和品格，而且需要借助于生态化的文学艺术来提高其生活质量和品质。环境文学、环保音乐、环保电影等文学艺术形式在当今中国、乃至当今世界的飞速发展用事实反映了当代人类对文学艺术生态化进程的热切期盼和欢迎。文学艺术的生态化是一面能够将当代中国人，乃至当代人类引向一个美好未来的伟大旗帜。

参考文献

胡锦涛．坚定不移沿着中国特色社会主义道德前进　为全面建成小康社会而奋斗［M］．北京：人民出版社，2012.

德富芦花．自然与人生［M］．周平，译．上海：上海文化出版社，1998.

笛卡尔．笛卡尔思辨哲学［M］．尚新建，等，译．北京：九州出版社，2004.

卡尔·雅斯贝尔斯．生存哲学［M］．王玖兴，译．上海：上海译文出版社，2005.

比尔·麦克基本．自然的终结［M］．孙晓春，马树林，译．长春：吉林人民出版社，2000.

卡尔松．环境美学——自然、艺术与建筑的鉴赏［M］．杨平，译．成都：四川人民出版社，2006.

约翰·缪尔．夏日走过山间［M］．纪云华，杨纪国，范颖娜，译．北京：当代世界出版社，2005.

约翰·缪尔．阿拉斯加的冰川［M］．胡淼，译．厦门：鹭江出版社，2005.

约翰·缪尔．我们的国家公园［M］．郭名倞，译．长春：吉林人民出版社，1999.

威廉·福克纳．去吧，摩西［M］．李文俊，译．上海：上海译文出版社，2004.

亨利·梭罗．瓦尔登湖［M］．徐迟，译．长春：吉林人民出版社，1997.

蕾切尔·卡逊．寂静的春天［M］．吕瑞兰，李长生，译．长春：吉林人民出版社，1997.

世界环境与发展委员会．我们共同的未来［M］．王之佳，柯金良，译．长春：吉林人民出版社 1997.

汉娜·阿伦特．人的条件［M］．竺乾威，等，译．上海：上海人民出版社，1999.

芭芭拉·沃德，勒内·杜博斯．只有一个地球——对一个小小行星的关怀和维护［M］．长春：吉林人民出版社，1997.

托马斯·贝里．伟大的事业：人类未来之路［M］．曹静，译．北京：生活·读书·新知三联书店，2005.

尼采．悲剧的诞生［M］．赵登荣，译．桂林：漓江出版社，2007.

尼采．查拉图斯特拉如是说［M］．黄明嘉，译．桂林：漓江出版社，2007.

卡洛琳·麦茜特．自然之死——妇女、生态和科学革命［M］．吴国盛，等，译．长春：吉林人民出版社，1999.

阿诺德·伯林．环境与艺术：环境美学的多维视角［M］．刘悦笛，等，译．重庆：重庆出版社，2007.

老子．道德经［M］．北京：外语教学与研究出版社，1998.

刘湘溶．生态文明论［M］．长沙：湖南教育出版社，1999.

肖明翰．威廉·福克纳研究［M］．北京：外语教学与研究出版社，1997.

程虹．寻归荒野［M］．北京：生活·读书·新知三联书店，2001.

伍蠡甫、翁义钦．欧洲文论简史［M］．北京：人民文学出版社，1985.

沈从文．沈从文小说选［M］．长沙：湖南文艺出版社，1981.

向玉乔．经济·生态·道德——中国经济生态化道路的伦理分析［M］．长沙：湖南大学出版社，2007.

曾珍香、顾培亮．可持续发展的系统分析与评价［M］．北京：科学出版社，2000.

黄杲炘．美国抒情诗选［M］．黄杲炘，译．上海：上海译文出版社，2002.

张力军．愿地球无恙［M］．北京：中国环境科学出版社，1997.

胡经之．文艺美学 ［M］．北京：北京大学出版社，1999.

哲夫．黄河生态报告 ［M］．石家庄：花山文艺出版社，2004.

杨通进，高予远．现代文明的生态转向 ［M］．重庆：重庆出版社，2007.

赵鑫珊．人类文明的功过 ［M］．北京：作家出版社，1999.

Lawrence Buell, The Future of Environmental Criticism: Environmental Crisis and Literary Imagination , Oxford: Blackwell Publishing, 2005.

Lawrence Buell, The Environmental Imagination: Thoreau, Nature Writing, and the Formation of American Culture, Cambridge, Massachusetts, and London: The Belknap Press of Harvard University Press, 1995.

Scott Slovic, "Environmental Literature" in A Companion to Environmental Philosophy, ed. Dale Jamieson , Massachusetts: Blackwell Publishers Inc. , 2001.

Scott Slovic, "Giving Expression to Nature: Voices of Environmental Literatrure," Environment, 1999 .

Gary Snyder, "Ripples on the Surface" in No Nature: New and Selected Poems, New York and San Francisco: Pantheon Books, 1992.

Finch & elder (ed.), The Norton Book of Nature Writing, W. W. Norton & Company, Inc. , 1990.

Northrop Frye, Anatomy of Criticism: Four Essays , Princeton: Princeton University Press, 1957.

Patricia D. Netzley, Environmental Literature: An Encyclopedia of Works, Authors, and Themes , Santa Barbara, California: ABC – CLIO, 1999.

Stephen Kaplan, "Perception and Landscape: Conceptions and Misconceptions," in Environmental Aesthetics: Theory, Research, and Applications, ed. Jack L. Nasar, Cambridge and New York: Cambridge University Press, 1988.

SueEllen Campbell, Bringing the Mountain Home . Arizona: The University of Arizona Press, 1996.

James E Miller (ed.), Heritage of American Literature: Beginnings to the Civil War , Tucson: The University of Arizona Press, 1991.

John Muir, John of the Mountains: Unpublished Journals of John Muir, ed.

Linnie Marsh Wolfe, Boston: Houghton Mifflin, 1938.

Mary Austin, The Land of Little Rain, New York: Random House, Inc. , 2003.

Edward Abbey, Desert Solitaire, A Season in the Wilderness, New York: Simon & Schuster Inc. 1990.

Edward Abbey, Desert Solitaire: A Season in the Wilderness, New York: McGraw – Hill Book Company, 1968.

Robert Hass, "State of the Planet," inTime and Materials: Poems 1997 – 2005, New York: Ecco, 2007.

SueEllen Campbell, Bringing the Mountain Home, Arizona: The University of Arizona Press, 1996.

Robert Silverberg, "The Wind and the Rain," inDream's Edge, ed. Terry Carr (San Francisco: Sierra Club Books, 1980.

Paul Rot (ed.), Walden and Civil Disobedience, New York: Houghton Mifflin Company, 2000.

George Lakoff & Mark Johnson, Philosophy in the Flesh: The Embodied Mind and Its Challenge to Western Thought , New York: Basic, 1999.

Sam Shepard, The God of Hell , Random House: Inc. , 2005.

Georg Wilhelm Friedrich Hegel. The Philosophy of History. New york: Dover Publications, INC. 1956.